Kerstin Ekman

Tagebuch eines Mörders

PIPER

Zu diesem Buch

Am Sonntag, dem 6. April 1919, fügt der Stockholmer Arzt Pontus Revinge seinen Aufzeichnungen letzte Notizen hinzu. Adressiert sind sie an Hjalmar Söderberg, den von ihm bewunderten Schriftsteller. Ihm hatte Revinge einst die Inspiration zu einem Roman geliefert. Wie man nämlich, ohne Verdacht zu erregen, einen Menschen mittels Zyankali töten kann. Er selbst ermordete später seinen verhassten Arbeitgeber und heiratete dessen Witwe. Damit aber setzt Revinge folgenschwere Ereignisse in Gang. Als plötzlich von einer Obduktion des Toten die Rede ist, packt ihn die Angst … Mit diesem vielschichtigen Roman einer Obsession gelingt Kerstin Ekman ein großer psychologischer Roman, der in Schweden zum Bestseller wurde.

Kerstin Ekman, geboren 1933, gilt als die wichtigste skandinavische Gegenwartsautorin. Ihr umfangreiches literarisches Werk ist preisgekrönt, wurde vielfach verfilmt und in zahlreiche Sprachen übersetzt. Nach ihrer Novelle »Hundeherz«, die Leser und Kritiker in gleicher Weise begeisterte, folgte »Tagebuch eines Mörders«, das in Schweden schon jetzt als moderner Klassiker gefeiert wird. Zuletzt erschien ihr doppelbödiger Roman »Schwindlerinnen«.

Kerstin Ekman

Tagebuch eines Mörders

Roman

Aus dem Schwedischen von
Hedwig M. Binder

Piper München Zürich

Mehr über unsere Autoren und Bücher:
www.piper.de

Von Kerstin Ekman liegen bei Piper vor:
Zeit aus Glas
Hundeherz
Geschehnisse am Wasser
Tagebuch eines Mörders
Schwindlerinnen

Die Übersetzung wurde von Swedish Arts Council Stockholm gefördert.

Die Übersetzung wurde vom Deutschen Übersetzerfonds gefördert.

Das Nachwort erscheint mit freundlicher Genehmigung der
Bonnier Group Agency, Stockholm, Schweden.

MIX
Papier aus verantwortungsvollen Quellen
FSC® C083411

Ungekürzte Taschenbuchausgabe
September 2012

Titel der schwedischen Originalausgabe:
»Mordets Praktik«, Albert Bonniers Förlag, Stockholm, 2009

Umschlaggestaltung: Kornelia Rumberg, www.rumbergdesign.de
Umschlagmotiv: Getty Images (Himmel), plainpicture (Vögel)
Satz: Kösel, Krugzell
Gesetzt aus der Stempel Garamond
Papier: Munken Print von Arctic Paper Munkedals AB, Schweden
Druck und Bindung: CPI – Clausen & Bosse, Leck
Printed in Germany 978-3-492-27477-7

– jetzt, da die Kerzenflamme im Luftzug flackert und mein Schatten an der grünen Tapete zittert und flattert wie die Flamme und zum Leben erwachen möchte –, jetzt denke ich an Andersen und sein Märchen vom Schatten, und mir scheint, ich selbst bin der Schatten, der Mensch werden wollte.

Hjalmar Söderberg, *Doktor Glas*

ALLES IST IN bester Ordnung. Ich verspüre keine Unruhe. In den vergangenen Tagen habe ich oft an den Mann gedacht, durch den mein Leben eine so ungewöhnliche Wendung genommen hat. Ich würde ihm gerne schreiben. Doch ich glaube nicht, dass er sich an mich erinnert. Ein Schriftsteller kann ja von Menschen inspiriert werden, sich ihrer bedienen und sie dann vergessen. Kann er sich auch meines Namens nicht entsinnen, so müsste er sich doch an meine ausgestreckte Hand erinnern. An meine Gabe.

Es ist Sonntag, der 6. April 1919, und somit mehr als dreizehn Jahre her, dass ich diese Aufzeichnungen zu führen begann. Jetzt muss ich sie vernichten. Das ist eine gewaltige Arbeit, und ich habe lange darüber nachgegrübelt, wie ich dabei zu Werke gehen soll. Mein erster Gedanke war, Nunne zur Müllkippe zu schicken, mit der Bitte, die Kuverts in eines der Feuer zu werfen, welche dort ständig brennen.

»Bombom«, nuschelt er, wenn er erfährt, dass er einen Auftrag erledigen soll. Ja, Nunne, du bekommst deine Bonbons und Tabak und ein großes Geldstück.

Doch diese Order besteht wahrscheinlich aus zu vielen Einzelschritten, Nunne bewältigt höchstens zwei. Unmittelbar vor der Visite kam mir ein anderer Gedanke. Wenn der Chefarzt an der Spitze seines Trupps von Assistenzärzten und Krankenschwestern hereinkommt, werde ich fragen, ob es mir schadet, hin und wieder eine Zigarre zu rauchen. Erhalte ich keine Erlaubnis dazu, gibt es immerhin noch die Möglichkeit, mich mit meiner Zigarre und meiner Streichholzschachtel ans offene Fenster zu stellen. Dort werde ich die Papiere anzünden. Eins nach dem anderen werden sie Feuer fangen und verkohlen, die schwarzen Flocken werden vom Winde ergriffen werden und sich mit dem frisch sprießenden Laube vermischen.

Zuerst aber werde ich sie lesen.

Der ideale Leser

Ich habe beschlossen, von nun an Tagebuch zu führen. Das ist ganz natürlich. Ein Mann braucht einen Ort, an dem er seinen Gedanken und Ideen unverblümt Ausdruck verleihen kann. Diese Aufzeichnungen nach längerer oder kürzerer Zeit zu lesen, muss so sein, als führe man mit sich selbst ein Gespräch. Ich habe ja sonst niemanden zum Reden. Was wir Menschen zueinander sagen ist ohnehin größtenteils Geplapper. Höflichkeit oder Häme. Gleichwohl immer Geplapper. Mit wem könnte ich schon aufrichtig sprechen?

Von Beichte ist hier nicht die Rede. Ich wähle selbstverständlich aus, was ich erzählen möchte, genauso wie in einem normalen Gespräch.

Ich glaube, es kann interessant sein, auf diese Aufzeichnungen zurückzukommen. Tyko Glas behauptet zwar, für niemanden zu schreiben, nicht einmal für sich selbst. Später verrät er jedoch, dass er immer wieder gelesen habe, was er über die beiden Stimmen in seinem Innern geschrieben hat. Das ist doch wohl ein Gespräch über etwas!

Ich werde das Buch noch einmal lesen. Die Stimmung am ersten Weihnachtstage ist trostlos. Es ist kalt im Hause.

Es ist Silvester, und jetzt gegen Abend sind die Straßen meist leer. Wer eine Familie hat, sitzt vermutlich in trautem Kreise um die Abendlampe. Vielleicht wurden Kerzen angezündet und es regen sich Schatten an der Tapete. Gießt man in der Neujahrsnacht immer noch Blei, obwohl bereits das Jahr 1906 anbricht?

In meinem Elternhause haben wir Blei gegossen, und meine Mutter sah in dem erstarrten Metall ihre Wünsche in Erfüllung gehen. Für sich selbst sah sie Schmuck, für meinen Vater Geld in Hülle und Fülle. Was mich betraf, so sah sie einmal eine Schlange. Das Blei rann in das zischende Wasser, doch konnte ich nicht erkennen, dass es sich zu dem Emblem mit der Schlange formte, welche sich um einen Stab windet. Es glich eher dem, worin ich später im Leben zu wühlen hatte, um ihren Träumen von meiner Zukunft entgegenzukommen.

Immer wieder lese ich in dem Buche über Doktor Glas die Aufzeichnung vom 10. Juli.

> *Es ist jedoch beruhigend und gut zu wissen, daß diese in Mehl gerollten Kügelchen, die wie Schrotkörner aussehen, da drin liegen und auf den Tag harren, an dem man sie braucht.*

Der Schock, den mir diese Worte versetzt haben, als ich sie zum ersten Male las, ist abgeklungen. Doch sie berühren mich auch jetzt noch stark.

Seine Erinnerung trügt ihn ein wenig. Die Kugeln sind größer als Schrot. Auch wurden sie nicht in Mehl gewälzt, sondern in Hexenpulver. Ich habe sie immer noch.

Ein neues Jahr. Ich sehe nicht, dass es eine Änderung meiner Stellung oder meiner Verhältnisse mit sich bringen wird. Eine feine Windhose aus Schnee ist vorbeigezogen, und auf dem Hause gegenüber hat sich der Kaminhut gedreht. Wegen der verkleisterten Fenster und der geschlossenen Lüftungsklappe konnte ich ihn nicht kreischen hören. Ich kam mir wie ein Gefangener vor, in watteartige Stille eingeschlossen und vom menschlichen Leben abgeschnitten. Ich sehne mich jedenfalls nach dem Alltag. Morgen, wenn ich zum Dienste gehe, beginnt er.

Er glaubt wohl, ich habe eine Praxis, denn er schreibt: *Ich bin geritten und habe gebadet, ich habe wie üblich meine Sprechstunde abgehalten und meine Krankenbesuche gemacht. Und wieder wird es Abend. Ich bin müde.*

Nein, ich habe keine Praxis, nicht einmal den Ansatz dazu. Ich habe kein Geld, um eine Wohnung zu mieten, um Möbel, Instrumente und sonstige Ausstattungsgegenstände zu beschaffen. Ich reite nicht. Ich bade in einem Keller in einem hölzernen Waschzuber. Ich habe die Madam dort unten dabei ertappt, wie sie in demselben Zuber Stockfisch eingeweicht und dann versucht hat, ihn mir zum Weihnachtsschmause aufzutischen. Das ist widerwärtig. Nein, er kann mein Leben nie und nimmer verstehen. Er dichtet.

Ich habe heute abgetakelte Frauen in zumeist schmuddeliger Wäsche untersucht. Da sie nach Aufforderung des Amtsdieners die Unterröcke geschürzt hatten, bevor sie bei mir eintraten, näherten sie sich auf eine

Weise, die in einer anderen Situation schamlos gewirkt hätte. Mittlerweile wirken sie meist gleichgültig feindlich. Und es sind nicht nur die älteren, die stark nach Alkohol riechen. Die jungen, welche zum ersten Male hier sind, haben Angst vor meinem Spekulum und scheuen davor zurück. Manches ausreichend betrunkene alte Weibsen wagt einen Scherz und ein Augenzwinkern. Ich reagiere nicht darauf.

Wenn sie Symptome von Ulcus molle, Syphilis oder Gonorrhö aufweisen, verurteile ich sie zur venerologischen Heilanstalt Eira. Die Jungen mit noch gesunder und, wie es scheint, unberührter Schleimhaut auf der Zunge, im Rachen und am Scheideneingang pflegte ich in den ersten Jahren nahezu flehentlich zu warnen. Heute schweige ich.

Wunde Leisten, After mit unnatürlich ausgeweitetem Ringmuskel, rote und entzündete Schleimhautpartien rund um den Harnröhrenausgang, grießiger grauweißer Ausfluss, Blutungen aus Enddarm und Scheide, Papeln, Lymphknotenschwellungen, heftige rote Ausschläge und geschwürige Verhärtungen, das ist es, was ich sehe. Gegen Ende des Tages habe ich den Eindruck, als bestünde zwischen den Geschlechtsteilen und den Rachen, in die ich blicke, kein großer Unterschied.

Ich bin weder geritten, noch habe ich gebadet. Das ist keine Dichtung.

Ich wohne nun schon so lange in dieser Stadt, dass ich mich im Großen und Ganzen in allen ihren Straßen zurechtfinde. Trotzdem kann mich noch ein Gefühl der Desorientiertheit überkommen, besonders an hochsommerlichen Sonntagen, wenn das Sonnenlicht von stummen Hausfassaden zurückgeworfen wird. Leere Straßen und dröhnende Kirchenglocken erinnern mich an meine ersten Stunden in Stockholm. Trotzdem bin ich mir ziemlich sicher, an einem Werktage angekommen zu sein. Es roch nach Kohlenrauch, und die Pferdedroschken und Lastkarren ratterten mit eisenbeschlagenen Rädern vor dem Hauptbahnhofe. Das Gefühl der Unwirklichkeit war jedoch dasselbe. Ich stand mit meinem Koffer da und fragte mich, ob diese lange Reise sinnvoll gewesen sei.

Doch so lang war sie eigentlich gar nicht. Ich war nur aus Linköping gekommen, wo wir wohnten, nachdem mein Vater eingeliefert worden war. Das Sonnenlicht muss grell gewesen sein und mitten am Tage die Schatten verkürzt haben. An solchen Tagen kann mich das aberwitzige Gefühl beschleichen, dass ich drauf und dran bin, vollends zu verschwinden.

Der wilde Klang schwingender Kirchenglocken, welcher zwischen kreideweiß erhellten Hausfassaden widerhallt, vermittelt mir das Gefühl, schattenlos durch eine mir unbekannte Stadt zu wandern, in der mein Dasein keinen Sinn hat.

Nun, man meidet dergleichen. An einem Sonntagvormittag zur Gottesdienstzeit verlasse ich nicht einmal dann das Haus, wenn mir die Zigarren ausgegangen sind. Die Läden sind ohnehin nicht geöffnet. Alles ist stumm und verschlossen. Die Schatten sind kurz. Zu ihnen möchte ich nicht gehören.

Wenn ich nicht länger Tagebuch schreibe, geselle ich mich zu den Schatten, zu jenen, welche nie gelebt haben. Wie aber könnten wir unser Leben mit der Schilderung in einem vollendeten Roman vergleichen? Das bin ich – und bin es doch nicht. So dachte ich, als ich sein Buch las. Schmutz, Überdruss und Trivialitäten sind daraus getilgt. Er reitet, er badet und erhält von einer Dame Rosen. Nein, das bin nicht ich.

Ich war jetzt im Lesesaale und habe dafür bezahlt, H.C. Andersens *Der Schatten* lesen zu dürfen. Dort zu sitzen ist ebenso demütigend, wie im Allgemeinen Zeitungskontor gegen eine Gebühr von zwei Öre Zeitungen zu lesen. Doch ich wollte sein Märchen unbedingt lesen, da es in *Doktor Glas* erwähnt wird. Der Kauf dieses Romans hatte meine Finanzen bereits aus dem Gleichgewicht gebracht.

Ist das ein Märchen? Vielleicht sollte man es Sittenstück nennen?

Ein Schatten wird lebendig. Er dringt via Altane durch ein Fenster beim Nachbarn ein, er flattert, bewegt sich über die Wand und beginnt ein eigenständiges Leben. Ein böses Leben. Als der lebensgierige Schatten sich die Welt samt all ihren Verlockungen der Macht und des Reichtums erobert, welkt der nun schattenlose Mann dahin und stirbt.

Wenn Tyko Glas der Schatten ist, wer ist dann der Mann? Dieses Buch ist in vielerlei Hinsicht schwer zu verstehen. Aus H.C. Andersens Geschichte wird man ebenso wenig richtig klug.

Ich habe oft das beunruhigende Gefühl, einen Fehler gemacht zu haben. Nur, in welcher Hinsicht? Ich weiß es nicht. Gleichwohl kann sich die Angst in meinem Innern bis zum Brechreiz steigern. Ich habe bisher nie versucht, dieser Pein auf den Grund zu gehen. Sie erschien mir als etwas Natürliches. Ich glaube aber kaum, dass Menschen generell das Gefühl permanenten Ungenügens haben. Für mich gehört es zum Leben.

Von Schuld kann keine Rede sein, jedenfalls nicht in dem Sinne, dass ich einen Fehler begangen hätte, welcher zu sühnen wäre. Es ist eher so, als müsste ich etwas zurückzahlen. Doch wer fordert von mir mehr, als in meiner Macht steht? Wer ist dieser Gläubiger, dessen Stimme ich zuweilen zu hören meine? Heute kam es mir auf dem Wege zum Amte so vor, als ginge er hinter mir über das Kopfsteinpflaster. Als ich stehen blieb, waren jedoch keine Schritte zu hören.

Wer ist er?

Ich will handeln. Leben ist Handlung.

Er schreibt, er sei bereit, Stellung, guten Ruf und Zukunft wie Ballast an Bord eines Schiffes zu verstauen, käme es nur mit einer Tat beladen.

Ich habe diesen Ballast nicht. Im Übrigen handelt es sich bei ihm um ein Luxusgeschöpf, welches behauptet, nach einer Tat zu dürsten, um dem Überdrusse abzuhelfen. Seine Worte weckten auch bei mir die Lust auf eine Handlung. Obgleich ich nicht wusste, auf welche. Seine Handlung war dramatisch, weil es eine Romanhandlung war. Gewiss, Menschen töten einander auch im wirklichen Leben, aber kaum, um der Übersättigung ein Ende zu setzen. Meine Handlung war vergleichsweise harmlos. Sie entsprang nicht wie die seine langen Grübeleien. Und so trug es sich zu:

Ich war im Azorelli, wohin ich sonntags immer gehe, wenn mein Dienst mich nicht daran hindert. Es war und ist noch Sonntag, der 16. September 1906, und wie üblich habe ich Kontrollen durchgeführt. Die Madam bezahlt mir 2 Kronen pro Mädchen. Auf diese Weise brauchen sie ihre Arbeit nicht zu unterbrechen, um zum Amte zu gehen. Das ist völlig legal und in Übereinstimmung mit der Reglementierungsverordnung. Außerdem bezahlt die Madam gut. Normalerweise bekommt man pro privater Untersuchung zwischen 75 Öre und 1,50 Kronen.

Zur selben Zeit wie ich traf Johannes Skade in dem Etablissement ein. Als er keuchend seinen schweren Leib Stufe um Stufe in das Stockwerk über dem Zigarrenladen wuchtete, fragte ich: »Geht es, Bruder?«

»Wenn du die Treppe meinst, dann gerade mal so«, erwiderte er. »Dort oben strenge ich mich allerdings nicht nennenswert an. Da dürfen die Mädchen arbeiten.«

Ich bemerkte jedoch Angst bei ihm. Zwar habe ich vielleicht nicht viele Talente, Angst aber erkenne ich in den Gesichtern der Menschen schnell. Der alte Fettwanst ist sich nicht im Unklaren darüber, dass er mitten in seinem vermutlich nur mäßigen Vergnügen einen Schlaganfall bekommen kann.

Er ekelte mich an. Trotzdem behielt ich mein Lächeln bei und sagte: »Und die Praxis? Geht es damit noch so wie früher?«

Später, nachdem ich meine Untersuchungen vorgenommen und gegen Hysterie und Nachtschreck Bromkalium verschrieben hatte, rauchte ich mit Skade im Salon der Madam eine Zigarre.

Als ich ihm meinen Vorschlag unterbreitete, achtete ich darauf, meine Worte mit der von ihm geschätzten Art von Anspielungen zu versehen: »Mit einer zuverlässigen Ablösung im Berufsleben ginge es mit der Lustbarkeit wahrscheinlich noch länger und besser.«

Er schwieg und starrte mich aus seinen kleinen Augen an, welche so fahl sind, dass man sie auch als vollkommen farblos bezeichnen kann.

»Du hast doch gar kein Geld«, sagte er schließlich.

»Nein. Aber desto billiger wäre ich in der Praxis.«

Sowie ich das gesagt hatte, verspürte ich einen kalten Zug um die Nasenflügel. Als fiele ich gleich in Ohnmacht. Ich habe das schon bei Widerwärtigkeiten im Zuge meiner Ausbildung erlebt. Doch diesmal war es keine Angst und auch kein überwältigender Ekel. Es war Erstaunen. Ich war über mich selbst verblüfft, mein Mut und meine Geistesgegenwart machten mich aufgeräumt.

Dies wirklich zu sagen, ihm vorzuschlagen, er solle mich anstellen, war doch etwas anderes, als es nur zu planen. Gott ist mein Zeuge, dass ich Auswege geplant, bebrütet, durchgekaut und gesucht habe! Doch dies hier war eine Handlung.

Worte können eine Handlung sein. Vielleicht bin ich, mehr noch als Tyko Glas, ein Mann der Tat.

Heute Abend war ich bei Skade zu Besuch. Er wohnt in Övre Norrmalm, wo er in der Tegnérgatan eine Neunzimmerwohnung gemietet hat. Sie ist so aufgeteilt, dass drei Zimmer der Praxis vorbehalten sind. Vom Vorraume führt eine Doppeltür mit Glasfenstern in das Wartezimmer der Praxis. Skade bat mich herein und weiter ins Sprechzimmer, das von einem Schreibtische dominiert wird, einem massiven Möbel aus dunkel gebeizter Eiche. Vor diesem Tische ist ein Besucherstuhl so platziert, dass das Licht vom Fenster auf den Patienten fällt. In einem Schrank mit Glastüren verwahrt er einiges an medizinischer Ausrüstung, der Großteil der Instrumente und Medikamente befindet sich jedoch im Untersuchungszimmer. Dort stehen eine mit Lederimitat bezogene Pritsche, weiß gestrichene Schränke mit Ausrüstung und ein Sterilisator. Ich begriff, dass dies mein Arbeitsplatz würde, sollte Skade auf meinen Vorschlag eingehen. Es wäre schließlich ganz natürlich, mich das medizinische Handwerk betreiben zu lassen, während er selbst Anamnesen aufnähme und Rezepte ausstellte.

Ein neues Leben. Oder zumindest ein neuer Lebensabschnitt. Ich bin Hilfsarzt in Johannes Skades Praxis. Das bedeutet zwar wieder Sklaverei, doch ein besseres Dasein. Körperausdünstungen gibt es nach wie vor, doch sind sie hier nicht so streng. Skades Patienten tragen gemeinhin reine Unterwäsche.

Dieser Abschnitt begann mit der Lektüre eines Romans. Ohne ihn ginge ich weiterhin in das Amt.

Andererseits wäre ohne mich der Roman undenkbar. Er wäre einfach nicht geschrieben worden. Deshalb habe ich beschlossen, alles aufzuzeichnen, was zwischen mir und dem Schriftsteller Hjalmar Söderberg vorgefallen ist. Ich werde es in der Reihenfolge erzählen, in welcher es sich zugetragen hat.

Bevor ich seinen Namen niederschrieb, habe ich gezögert. Wir leben alle in unserer eigenen Welt. Lediglich als Schatten bewegen wir uns in den Welten anderer Menschen.

Ich übe keine Gewalt auf seine Wirklichkeit aus. All dies hat sich zugetragen, und ich werde es niederschreiben.

UNSERE ERSTE BEGEGNUNG fand am Donnerstag, dem 14. November 1901, statt. Tags zuvor war ich durch den Kungsträdgården gegangen, wo in den Rabatten noch immer Astern und Rosen blühten. Nun war über Stockholm ein wirbelnder Schneesturm niedergegangen. Viele erinnern sich noch an dieses Datum.

Im Untersuchungsamte waren gegen Ende des Tages noch drei Frauen, welche darauf warteten, dass das Schneeunwetter nachlassen würde. Sie saßen draußen beim Amtsdiener und grollten, obgleich es für sie dort, wo sie herkamen, wohl kaum erfreulicher war. Als es zu dämmern begann, hatten sie anscheinend das Gefühl, die Pflicht riefe sie zum Dienste. Ungefähr so, wie wenn das Morgengrauen in die Kammer einer Stallmagd dringt: raus und melken! Sie schmiegten sich unter ihren Schultertüchern zu einem dichten Knäuel aneinander und brachen auf. Da beschloss ich, ebenfalls den Versuch zu wagen, dem Sturme zu trotzen. Ich war hungrig und voll Überdruss.

In dem dichten Schneegestöber verdunkelte sich die Luft. Die Straßenlaternen würden an diesem Abend nicht lange brennen, falls sie sich überhaupt anzünden ließen. An eine Straßenbahn war gar nicht zu denken, die Pferdebahnen würden in den Schneewehen stecken bleiben, ohne wieder freizukommen. Ich war also gezwungen, den ganzen Weg nach Hause in die Surbrunnsgatan zu Fuß zurückzulegen.

Als ich bergan strebte, war der Schneesturm noch ärger geworden. Ich gelangte in den Windschatten der Storkyrkan, doch als ich in die Kåkbrinken abbiegen wollte, hätte mir ein Schneewirbel beinahe den Hut vom Kopfe gerissen. Blind vor spitzem grauem Schnee, suchte ich mir zwischen den Steinwänden meinen Weg. Unten in der Västerlånggatan hörte ich eine Dampfstraßenbahn stampfen, ohne dass sie vom Flecke gekommen wäre.

Auf der Norrbro konnte ich mich nur mit Mühe gegen den heftigen Wind stemmen und aufrecht halten. Durch das dichte Schneetreiben schimmerten auf der anderen Seite des Strömmen hier und dort schwache Lichter. Keinen Menschen bekam ich zu Gesicht, bis ich das Ende der Brücke erreichte. Dort bildeten dicht zusammengedrängte Menschen einen schwarzen Klumpen.

Als ich mich näherte, erkannte ich die drei Frauen, die kurz vor mir das Untersuchungsamt verlassen hatten. In ihrer Mitte war ein Mann, und sie beugten sich über ihn. Sie schienen an ihm zu zerren.

»Was machen Sie da!«, schrie ich, doch es war nicht weit zu hören, denn mir trieb eine Ladung Schnee entgegen, und ich hielt die Hände vor das Gesicht. Die Szene war so absurd wie der Sturm. Wollten sie ihn bestehlen?

»Lasst ihn los!«, rief ich.

Sie starrten mich unter ihren Tüchern aus grauen Gesichtern an. Erstaunt. Da wurde mir klar, dass sie dem Manne zu helfen versuchten.

Er war in eine tiefe Schneewehe gesunken. Nun hatten sie ihn glücklich herausgezogen, doch er krähte: »Meine Galosche!«

Es sah aus, als versuchte er, auf einem Bein zu stehen.

Eines der Mädchen, ein ziemlich angejahrtes nebenbei bemerkt, schrie unnötigerweise: »Herr Doktor! Er hat eine Galosche verloren!«

»Nun geht schon!«

Ich hatte den Mann jetzt nämlich erkannt.

»Fort mit euch! Ihr habt hier nichts zu schaffen.«

Murrend watschelten sie unter ihren Schultertüchern davon.

»Brr«, sagte der Mann.

Und dann: »Räven, du alter Fuchs!«

Es war einer dieser Kommilitonen, denen ich am liebsten aus dem Wege gehe. Doch er hatte mich natürlich auch erkannt.

»Räven ... Salve! Teufel aber auch, was für ein Wetter! Und ich muss auch noch meine Galosche verlieren.«

Ich fand das gute Stück in der Schneewehe, und indem er sich auf mich stützte, gelang es ihm, sich den Überschuh anzuziehen.

»Kanntest du die Schnepfen?«, fragte er.

»Kaum«, erwiderte ich.

»Aber sie haben doch Herr Doktor zu dir gesagt.«

Er ließ das Thema indes fallen und schlug vor, irgendwo ein Glas zu trinken und einen Happen zu essen. Offensichtlich mussten wir in die gleiche Richtung, und so landeten wir im SHT.

»Die Erlösung naht«, sagte er, als wir in einer flüchtigen Lücke in dem Schneesturme das Haus sahen. »Ich lade dich ein! Immerhin hast du meine Galosche gefunden.«

Er heißt Rubell. Wir haben uns zur selben Zeit auf das Medizinstudium vorbereitet. Er ist der Sohn eines Großhändlers und hat sein Studium abgebrochen. Ich glaube, er ist in den väterlichen Betrieb eingetreten, denn er sah jetzt aus wie das blühende Leben und schien über reichlich Geld zu verfügen.

Es war nicht möglich, vor dem Sturme draußen die Tür hinter sich zuzuziehen. Auf einem Schilde stand TÜRE NICHT SCHLIESSEN! SCHLIESST SELBSTTÄTIG MITTELS NORTONS AUTOMATISCHEM TÜRSCHLIESSER. Und sie schloss sich majestätisch langsam, während die ältere Dame, die hinter dem Büfett thronte, von ihrer Stickerei aufsah und sich sichtlich darüber ärgerte, dass Schnee hereindrang.

Nasser Schnee lag auf unseren Hüten und Schultern. Die Hosenbeine waren wadenhoch durchnässt. Vorsichtig schüttelten wir unsere Mäntel aus, und die in schwarzen Satin gekleidete Dame betrachtete uns mit anklagendem Blicke.

In dem Café war nur ein einziger Gast. Der Mann saß auf einer Lederbank und las das *Svenska Dagbladet*. Feiner Rauch stieg auf und wurde für einige Augenblicke vom Druck des Windes von draußen in Unruhe versetzt.

Auf dem Wege in den Speisesaal rief Rubell den Mann beim Namen: »Hjalle! Teufel aber auch. Bist du dem Unwetter entkommen?«

Tatsächlich war dieser Mann von der Nässe unbeschadet. Sogar die Gamaschen, die er über den Schuhen trug, waren trocken. Er musste schon vor dem Schneesturme hier gesessen haben. Ich wusste nicht, wer er war. Erst als Rubell uns einander vorstellte, wurde mir klar, wen ich vor mir hatte. Sein Name war ja schon berühmt oder zumindest berüchtigt. Es war Hjalmar Söderberg, der Autor der freimütigen Bücher *Verirrungen* und *Martin Bircks Jugend*. Sie waren mir natürlich bekannt, und ich wusste, welchen Ruf sie hatten.

Ich fürchtete, Rubell würde mich mit meinem alten

Spitznamen vorstellen, welcher aus dem Gymnasium in Linköping bis nach Uppsala gedrungen war. Ich habe ihn noch nie gerne gehört, aber jetzt blieb es mir immerhin erspart. Denn obwohl Rubell zu dem Schriftsteller Hjalle sagte, unterließ er es, mich Räven zu nennen.

Ich weiß nicht, ob einem so bizarre Details wie dieser automatische Türschließer am deutlichsten im Gedächtnisse bleiben. An den Stoff von Söderbergs Anzug erinnere ich mich deshalb, weil er von ausgesucht guter Qualität war. Hellgraubraun und mit Streifen in einer etwas dunkleren Nuance. Ich erinnere mich an das Zigarillo und an die Hand, die es hielt. Er hatte lange Finger. Auch lange Beine, wie ich bemerkte, als er sich zur Begrüßung erhob.

Dann brachte ich ein paar Worte über *Martin Bircks Jugend* hervor. Ich bin mir nicht sicher, ob ich zusammenhängend sprach. Ich sagte, dass ich das Buch bewundere. Dass es eine scharfe Kritik in glasklarer Prosa sei. Es beschreibe Erfahrungen, welche man am liebsten nicht erwähne, die aber, wie ich wisse, große Bedeutung für das Leben der Menschen hätten.

»Sieh an«, erwiderte er und hob endlich den Blick, sodass er mir in die Augen sah. »Der ideale Leser also.«

Daran erinnere ich mich.

Wir müssen uns zumindest ein paar Minuten unterhalten haben, denn er sagte: »Aha, Medizinstudent … ein Herr, der stets Zyankali in der Tasche hat.«

Dies war ein Kommentar zu Rubells Vorstellung. Ich erwiderte steif, ich sei Arzt, und Rubell reckte die Hände in die Höhe und fuchtelte auf lächerliche Weise herum. Das sollte vermutlich eine Entschuldigung darstellen.

Söderberg sagte: »Verzeihung, das war nur ein Strindbergzitat. Zudem ein ungewöhnlich dummes.«

Gleichwohl ist es nicht ausgeschlossen, dass ich an ihm schon damals ein leises Interesse für meine Person bemerkte. Eines aber weiß ich mit Sicherheit: Wir sprachen noch weiter über die Aufnahme von *Martin Bircks Jugend.*

Dazu bemerkte er: »Wir verletzten Idealisten.«

Es klang spöttisch. Doch war es wirklich so gemeint? Rubell schloss er in diese Worte nicht ein. Er meinte sich selbst und mich. Uns beide.

Wir verabschiedeten uns von Söderberg und gingen zum Essen in den Speisesaal. Als wir zurückkamen, saß er immer noch da, sah jedoch erst von seiner Zeitung auf, als Rubell laut Adieu rief. Draußen hielten Sturm und Schnee unvermindert an.

Warum hatte ich gesagt, ich hätte *Martin Bircks Jugend* gelesen?

Das Buch war ungefähr einen Monat zuvor erschienen, und ich hatte in einigen Zeitungen Rezensionen darüber gelesen. Es stimmt jedoch, dass ich es bewunderte. Ich bewunderte auch *Verirrungen,* ohne es gelesen zu haben. Er hatte über Dinge zu schreiben gewagt, welche nur in medizinischen Termini oder im Scherze berührt werden können.

Die meisten betrachten das Geschlechtsleben als eine Bequemlichkeit, umgeben von einer gewissen Lächerlichkeit. Ich weiß eine Menge über die Folgen des Coitus. Deshalb stand ich auf seiner Seite, ohne im Detail zu wissen, was er eigentlich geschrieben hatte. Nun aber beschloss ich, mir die beiden Romane zu kaufen. Noch immer geht jede Krone, die ich entbehren kann, in die Abtragung meiner Schulden bei Schölers Erben. Doch diese Bücher musste ich mir einfach leisten.

Auf dem Heimweg im Schneesturme dachte ich an nichts anderes. Ich sah die Hausmeistersfrau auf der

Straße; das Schultertuch stand ihr wie eine Tüte über dem Kopfe, bevor sie schwankend den Plankenzaun des Grundstückes erreichte. Blind von einem Schneewirbel war ein Droschkenpferd an der Straßenmündung stehen geblieben, und plötzlich wurde die Luft so dicht, dass das Pferd wie ausgelöscht schien.

Als ich auf mein Zimmer kam, war es ausgekühlt. Das Feuer im Kachelofen, das meine Zimmerwirtin entfacht hatte, als sie mein Essen aufsetzte, war natürlich niedergebrannt, da sie die Klappe sperrangelweit offen gelassen hatte. Das Essen, welches sie mir immer auf den Schreibtisch stellte – einen anderen Tisch hatte ich nicht –, bestand aus erstarrten grauen, von Fettaugen umgebenen Klumpen. Ich nehme an, es waren mit Speck gefüllte Kartoffelklöße.

Es ist bald fünf Jahre her, dass sich dies zugetragen hat, doch erinnere ich mich noch an meine Verzweiflung und meinen Ekel. Ich verabscheute mich selbst, mein Leben und meine Lügen. Ich öffnete die Lüftungsklappe des Fensters und ergriff den Teller, um den Inhalt hinauszuschleudern. Eine heftige Sturmböe mit spitzem Schnee machte mich blind. Der Mansch von dem Teller fiel in mein Zimmer zurück. Wie Erbrochenes lag er auf dem Schreibtische und hatte das Fließpapier befleckt.

Auf den Sturm folgten klare Spätherbsttage mit einem Himmel, hart wie Email. Ich ging oft am SHT vorbei und warf jedes Mal einen Blick hinein, um zu sehen, ob er da war. Ich hatte jetzt sowohl *Verirrungen* als auch *Martin Bircks Jugend* gelesen und hoffte, durch ein Gespräch über die Bücher meine Lüge vertuschen oder gar tilgen zu können. Ich fürchtete, dass ich, ohne es zu wissen, die Worte »scharfe Kritik« und »glasklare Prosa« irgendeiner Rezension entnommen hatte. Wenn er sie nun wiedererkannt hatte! Die schwarzgekleidete Dame musterte mich und schaute entrüstet, wenn ich mich zurückzog, ohne einzutreten.

Ich begann nun, auf dem Heimweg vom Amte unruhig durch die Straßen zu wandern. Das hatte zur Folge, dass das Essen immer schon kalt war, wenn ich auf mein Zimmer kam. Eines Abends sah ich ihn ins Rydberg gehen. Ich wollte ihm folgen, wagte es jedoch nicht. Mein Mantel ist verschlissen, und um meinen Anzug steht es fast noch schlimmer. Im Dienste trage ich einen Zelluloidkragen, da ich ihn selbst reinigen kann und auf diese Weise Ausgaben vermeide.

Es war demütigend, ihm nicht in das Lokal folgen zu können. Ich dachte an den guten, leicht glänzenden Stoff seines Anzuges. Während ich darauf wartete, dass er wieder herauskäme, wanderte ich auf dem Platze umher. Dass ich hungrig war, ignorierte ich. Schließlich musste viel Zeit vergangen sein, denn nun trafen Herren im Abendanzug und mit einer Blume im Knopfloch ein. Sie wollten wahrscheinlich nach einem Diner noch einen Nachttrunk zu sich nehmen. Erst jetzt merkte ich, dass ich durchgefroren war, und machte mich auf den Heimweg.

Tags darauf bestellte ich mir einen Anzug aus schwarzem Kammgarn. Der Schneider wollte eine Anzahlung haben, weshalb ich in diesem Monat keine volle Rate an Schölers schicken konnte. Ich schrieb an Berta, die zwar ebenso gierig ist wie die anderen, mir aber nicht so viel Hass entgegengebracht hat, da sie den Hintergrund meiner Schulden bei ihnen möglicherweise nicht versteht. Ich bat nicht um Aufschub, sondern schrieb ganz einfach, dass sich die Zahlung um einige Zeit verzögere.

Das war eine Handlung. Wie mir jetzt auffällt. Schon damals also!

Schließlich begegneten wir uns. Zuerst auf der Straße, wo er meinen Gruß erwiderte, indem er den Hut lüftete, danach abermals im SHT. Er saß dort mit zwei anderen beim Whisky-Soda und grüßte zerstreut. Ich wagte nicht zu stören, sondern setzte mich an einen Tisch bei der Tür und bestellte einen Porter und ein Schinkenbrot, weil mir die Hüterin des Büfetts auffordernde Blicke zuwarf. Nachdem ich das *Allehanda* und das *Aftonbladet* gelesen hatte, ging ich. Er sah mich nicht. Nicht einmal von Weitem konnte ich mich verabschieden.

Seit ich meinen neuen Anzug abgeholt hatte und statt Zelluloidkragen nun gestärkte Leinenkragen trug, war ich kühner. Ich möchte nicht behaupten, dass ich ein anderer war, doch ganz derselbe war ich nicht mehr.

Eines späten Nachmittags, draußen war es bereits dunkel, saß ich im Rydberg an dem kleinen Tische bei der Tür. Ich ging nach der Arbeit dort jetzt immer ein Glas Portwein trinken. Es muss im nachweihnachtlichen Winter gewesen sein, denn es wurde bereits matschig, und über dem Strömmen lag kalter Nebel. Die Straßenlaternen hatten verschwommene Gloriolen, was den Schein des elektrischen Lichtes milderte und die herannahende Dämmerung weniger bedrückend machte.

Da kam er. Er hatte den Hut bereits abgesetzt, als sein Blick auf mich fiel, deshalb nickte er nur. Vor dem Spiegel beim Garderobenständer brachte er mit einer dieser Bürsten, welche man in der Handfläche verbergen kann, sein Haar in Ordnung. Als er zu einem Tische bei den Bänken ging, blieb er plötzlich stehen, so als wäre ihm etwas eingefallen. Im nächsten Augenblicke machte er kehrt und kam auf mich zu.

»Wir haben uns schon einmal gesehen«, sagte er. Es war aber eher eine Frage.

»Ja«, erwiderte ich. »Mit Rubell. Im SHT.«
»Richtig! Sie sind Arzt, nicht wahr?«

ஐ

Ich schreibe meine Erinnerung an die Begebenheit nieder, als sähe ich sie vor mir und als hätte sie sich kürzlich erst zugetragen. Was ich gestern geschrieben habe, ist wahrscheinlich nicht in allen Teilen korrekt. Auf die in seiner Handfläche verborgene Haarbürste habe ich geschlossen, sie ist mir also im Gedächtnisse geblieben, ohne dass ich sie überhaupt gesehen hätte.

Dann geschah das Merkwürdige, dass er mich bat, mich zu ihm auf die Bank zu setzen, auf der er offenbar immer zu sitzen pflegt. Er trank Whisky und fragte mich nun, ob ich ebenfalls einen trinken wolle. Ich blieb jedoch bei Portwein, denn schließlich war mir daran gelegen, diesen Augenblick nicht dadurch zu entwerten, dass mir Gedanken und Willen verschwammen. Ich wollte doch über die beiden Bücher sprechen, um mich vor mir selbst zu rehabilitieren.

Er steckte sich ein längliches Zigarillo an und blinzelte mich durch den Rauch an. Dies lässt sich leicht behaupten, denn er rauchte ununterbrochen, und in seiner Art, sich das Zigarillo anzustecken, lag eine Eleganz, die mir auffiel und an die ich mich erinnere.

»Sie sind doch Mediziner, nicht wahr?«

Möglicherweise schwieg ich.

Seine Stimme klang eigenartig, als er fortfuhr: »Herr über Leben und Tod also.«

Mir war bereits klar geworden, dass nie zu entscheiden war, ob er etwas ironisch oder ernst meinte. Hatte er schon getrunken, bevor er ins Rydberg kam? Dieser Gedanke befällt mich erst jetzt, fast fünf Jahre später.

In Rydbergs Café hängen große Lüster, und sie verbreiten einen milden Gasschein. Rauch schwebt in Schleiern und lässt alle Gesichter diffus werden. Je später der Abend, desto milder wird der Eindruck, welchen man von den Menschen bekommt. Dann und wann wird er jedoch vom Gelächter eines feistnackigen Herrn im Frack zerstört.

Ich saß in meinem schwarzen Kammgarnanzug und meinem nahezu reinen Kragen da und hatte große Lust, wahrhaftig zu sein. Doch ich bekam keine Gelegenheit dazu.

»Hören Sie«, sagte er mit plötzlicher Schärfe. »Wenn Sie wollten, könnten Sie ohne Weiteres jemanden ums Leben bringen.«

Das war eine verblüffende Aussage.

»Als Arzt haben Sie doch die Mittel dazu«, fuhr er fort.

Das war durchaus wahr. Doch wie sollte ich darauf reagieren?

»Sie können einem Patienten etwas verabreichen, was ihn, anstatt zu lindern oder zu heilen, in die ewige Seligkeit befördert. Ich dachte mir, das müsste möglich sein.«

»Ja, das müsste wohl möglich sein. Aber sagen Sie, Herr Söderberg, was bringt Sie auf diesen Gedanken?«

»Eine Idee«, erklärte er. »Ich habe da so eine Idee, die mich nicht loslässt.«

Wir müssen beide lange Zeit geschwiegen haben. Vermutlich trank er seinen Whisky aus und bestellte sich einen neuen. Ich erinnere mich an seine langen Finger mit den gepflegten Nägeln und wie sie an dem Glase herumspielten. Das Getränk schimmerte wie Bernstein.

Als er erneut zu sprechen anhob, erzählte er, dass er einen Gedanken habe, welcher möglicherweise entwicklungsfähig sei. »Aber die Praxis! Davon habe ich keine Ahnung. Wie geht man zu Werke?«

»Es handelt sich um etwas, worüber Sie schreiben wollen«, sagte ich ganz erleichtert.

»Ja, sicher.«

Er hatte sich offenbar sehr gründlich in die Sache eingedacht, denn er meinte, am zweckmäßigsten sei wohl ein Herzleiden. Ob ich ihm da recht gebe? Eine fingierte Schwäche, die Gefahr eines Herzschlages ganz einfach.

»Sein Arzt stellt ihm eine Diagnose – doch sie ist falsch! Das wäre doch nicht unmöglich?«, sagte er.

»Kaum.«

»Und dann? Was gebe ich ihm?«

Nun wurde ich erneut unsicher. Doch er wirkte jetzt fast kindlich. Seine großen, leicht rot unterlaufenen blauen Augen waren voller Vertrauen auf mich gerichtet. Hätte er sich mit anderen Gedanken als denen an seine Dichtung getragen, dann wäre er in dieser mehr als eigenartigen Angelegenheit nicht so offen an mich herangetreten.

»Kaliumcyanid«, sagte ich, ohne zu zögern.

»Und das wird man nicht merken?«

»Gewiss nicht.«

»Ich meine, es wird nach einem Schlaganfalle aussehen?«

»Dessen bin ich mir ziemlich sicher«, sagte ich. »Sie stellen sich also vor, dass er das Gift vom Arzt bekommt?«

»Ja, sicher!«

»Der es als Medizin ausgibt?«

»Genau.«

»Dann ist er zweckmäßigerweise bei der Einnahme zugegen und fertigt den Totenschein selbst aus.«

Er schwieg.

»Das muss aber ein gewissenloser Arzt sein«, sagte ich.

»Keineswegs«, erwiderte er kurz.

Unmittelbar danach ging er. Er hatte darauf bestanden, als Dank für die Hilfe, meine Zeche zu bezahlen. Ich hatte nicht das Gefühl, eine große Hilfe gewesen zu sein, und über seine beiden Bücher hatte ich überhaupt nicht sprechen können.

So todmüde wie zu meiner Zeit im Eira und im Untersuchungsamte falle ich auch jetzt abends ins Bett. Schreiben kann ich hier nur sonntags. Skade bürdet mir immer mehr Patienten auf. Ins Azorelli gehe ich weiterhin. Den Mädchen fehlt immer etwas, und Madam bezahlt die Rezepte für beruhigende und blutungshemmende Mittel gut. Meine Verschreibungen können zudem die Wirkung der präservativen Spülungsmittel verstärken, welche sie ihnen zuteilt. Anfänglich setzte sie nur Essigessenz zu.

In den vergangenen Tagen habe ich die Praxis ganz und gar selbstständig geführt. Skade hat eine moribunde Patientin, die vermögende Gattin eines Oberlandesgerichtsrates. Sie leidet an Magenkrebs. Skade verbringt einen großen Teil seiner Zeit in ihrer Wohnung in der Trädgårdsgatan, doch ich bin dahintergekommen, dass er zwischendurch einen Abstecher ins Azorelli macht, um sich das zu verschaffen, was er Abwechslung nennt. Binnen ein, zwei Stunden kehrt er zu der geplagten Frau zurück.

Schmerz zu lindern und, falls irgend möglich, zu beseitigen, das ist ja seiner Ansicht nach die vornehmste Aufgabe von uns Ärzten. Infolgedessen ist er mit Opiaten großzügig. Er wird nicht ohne ein exorbitantes Honorar von diesem Sterbebette scheiden.

Jetzt ist die Gattin des Oberlandesgerichtsrates tot. Die Glocken der Jakobskirche haben für sie gedröhnt. Skade war natürlich auf der Beerdigung und nahm an dem anschließenden Leichenschmause teil. Als er zurückkehrte, gab es Suppe mit Klößchen, was ihn rasend machte. Ihm war schlecht von der fetten Bouillon und den mächtigen Blätterteigpasteten, welche nach der Begräbnisfeier gereicht worden waren. Er ließ die Suppe abtragen und verlangte Aufschnitt und dazu einen Schnaps und ein Butterbrot.

Seine Frau ist ein farbloses, aber spitzzüngiges Geschöpf, welches er auf seine alten Tage geheiratet hat. Sie war die Witwe eines Kantors der Klarakirche, als sie wegen verschiedenartiger Krämpfe in seine Praxis kam. Merkwürdigerweise besitzt sie hier auf Norrmalm ein kleines Steinhaus. Es soll sich um ein mütterliches Erbe handeln. Mit dem Kantor hat sie folglich nach unten geheiratet, und die Ursache dafür dürfte Frida gewesen sein, die mir am Esstische gegenübersitzt. Das Mädchen muss in Verblendung zustande gekommen sein. Möglicherweise mit einem Einschlag religiöser (oder musikalischer?) Exaltation. Sie ist sehr niedlich.

Das Hausmädchen musste außer der Suppenterrine auch gleich die Bartnelken auf dem Büfett hinausnehmen. Skade behauptete, sie röchen nach Beerdigung. Ich halte sie für ziemlich geruchlos, doch er hatte wohl aus der Kirche noch den kräftigen Lilienduft in der Nase. Dieser soll einen gewissen Geruch überdecken, gerät aber selbst zum Geruch des Todes, und der schreckt ihn.

Frida war elf Jahre alt, als er ihr Stiefvater wurde. Ich mochte die Art nicht, wie er sie ansah.

Aus meinem Vorsatz, Tagebuch zu schreiben, wurde nicht viel, solange ich noch im Untersuchungsamte arbeitete. Die Sprache wird nicht schön, wenn der Schreiber ein schmutziges Leben führt.

Und mein jetziges Leben?

Den Vorsatz, niederzuschreiben, was sich vor bald fünf Jahren zwischen mir und dem Schriftsteller Hjalmar Söderberg zugetragen hat, habe ich nicht aufgegeben.

Mir ist klar, dass ich teilweise gedichtet habe, als ich den Besuch im Rydberg beschrieb. Niemand kann sich nach mehreren Jahren noch an jede Replik eines Gespräches erinnern. Doch ich habe nicht gelogen.

Aus dem Jahre 1901 wurde 1902. Hin und wieder nahm ich ihn flüchtig wahr, wenn er, stets ohne Eile, vorbeispazierte. Und ein paarmal sah ich ihn ins Rydberg gehen. Ich erinnere mich besonders an einen Tag im Vorfrühling, als die Bremsen der Straßenbahn und das Gebimmel an der Haltestelle schrill klangen. Die Sonne schien grell auf die Blechdächer, welche das Licht schmerzhaft reflektierten. Es war in der Hamngatan. Er trug einen graubeigefarbenen hellen Frühjahrspaletot und hatte einen dünnen Spazierstock bei sich. Er begegnete einem alten Herrn mit Zylinder, und als sie sich grüßten, lüftete Söderberg seine flache graue Melone. Der Zylinderhut bog danach in die Regeringsgatan ab, während Söderberg weiter die Hamngatan bergan ging. Mir wurde klar, dass ich ihn nie wieder treffen würde, wenn ich nichts unternähme.

Eine Handlung also.

Ja, noch eine!

Wachsam und am liebsten unsichtbar wäre ich gerne. Immer und überall habe ich versucht, so zu sein. Nun aber war ich bereit, diese Vorsicht über Bord zu werfen, um ihn wieder zu treffen. Meine Behauptung, ich hätte seine Bücher gelesen, quälte mich unsäglich. Ich befürchtete, er könnte mich durchschaut haben. Doch zu guter Letzt hatte ich sie ja gelesen und konnte meine puerile Lüge aus der Welt schaffen.

Ich schrieb einen Brief. Allerdings erst nach umfassenden Vorbereitungen in dem, was er Praxis nannte und wovon er keine Ahnung hatte.

Hoch geehrter Herr Söderberg! Aus Anlass der Fragen, die Sie bei unserer letzten Begegnung beantwortet zu haben wünschten, möchte ich Ihnen mitteilen, dass ich Ihnen nach nunmehriger Untersuchung besagter Angelegenheit umfassendere Auskünfte über dieselbe zuteilwerden lassen kann. Es wäre mir ein Vergnügen, Ihnen in bescheidenem Maße dabei behilflich sein zu können, Ihre Idee zu entwickeln, und ich gestatte mir deshalb, Ihnen ein Treffen vorzuschlagen. Wäre es Ihnen am siebten dieses Monats des Abends um sieben Uhr im Speisesaale des Continental genehm?

Mit vorzüglicher Hochachtung
Ihr Pontus Revinge

Ich hatte eigens zu diesem Zwecke neues Briefpapier gekauft. Söderberg stand im Adresskalender, doch ich wollte nicht, dass er sich beobachtet fühlte oder den Eindruck gewönne, ich würde mehr über ihn wissen wollen. Deshalb gab ich den Brief in der Redaktion des *Svenska Dagbladet* in der Klara Södra Kyrkogata ab. Er schrieb ja oft in dieser Zeitung. Ein Garderobier versprach, ihm den Brief hinaufzubringen.

Geduckt und unsichtbar hätte ich verbleiben sollen. Jetzt widerfuhr mir, was ich lange von mir fernzuhalten versucht hatte. Begonnen hatte es, als wir nach Linköping kamen, obwohl ich zunächst nichts ahnte, nicht einmal, weshalb wir umgezogen waren.

Es muss eine Stimmung von Zusammenbruch, Flucht und Ruin gewesen sein, doch daran erinnere ich mich nicht mehr. Was ich ganz deutlich im Gedächtnisse behalten habe, ist der gasartige Geruch nach verblühendem Flieder, als meine Mutter und ich durch die Pforte eines schiefen Bretterzaunes in den Hof traten.

Oder roch es nach Müll? Der Inhalt von Mülleimern armer Leute besteht ja größtenteils aus Gemüseabfällen, welche bei der Verrottung einen süßlichen Geruch verströmen.

Wir sollten im Hinterhause wohnen. Dies ließ meine Mutter während der ganzen Zeit in Linköping den Rücken geradehalten, das Kinn hochrecken und mit schroffer Stimme sprechen. Zu Hause war ihre Stimme warm und etwas belegt. Sie wurde leicht heiser, was eines der Symptome war, auf die sie achtete.

Das erste Mal widerfuhr mir die Demütigung also als Geruch. Diesmal kam sie per Post. Ich war bereits auf dem Wege zur Arbeit, als mir der Briefträger entgegenkam und mir einen Brief in die Hand drückte. Ich wollte ihn erst öffnen, wenn ich angekommen wäre und ihn behutsam mit einem Messer aufschlitzen konnte. Ich wusste doch, wer der Absender war. Außer von den Brüdern Schöler bekam ich sonst nie Post, und deren Klaue hatte keinerlei Ähnlichkeit mit dieser sauberen, ja eleganten Handschrift. Mich fröstelte vor Erwartung.

Im Untersuchungsamte angekommen, ging ich an den Wartenden im Vorzimmer vorbei, diesmal ohne auf ihren Geruch zu achten. Zum Amtsdiener sagte ich, dass ich erst in fünf Minuten mit der Sprechstunde beginnen würde. Ich hätte mir mehr Zeit nehmen sollen. Doch ich wusste ja nicht, was mich erwartete.

Mein bester Herr …

Ich hatte also nicht einmal einen Namen! Jedenfalls keinen, den er sich merken wollte. Da stand, dass es ihm leider nicht möglich sei, mich zu treffen. Er bedankte sich für mein Interesse und nannte sich *Ihr ergebener.*

Die Demütigung verursachte mir buchstäblich Brechreiz. Wie ich diesen Tag im Amte durchstand, weiß ich nicht. Offenbar hatte er angenommen, ich wolle von ihm zum Essen eingeladen werden. Stunde um Stunde peinigte mich die Scham, während ich in die offenen Widerwärtigkeiten, mein Arbeitsfeld, starrte.

Erneut kam mir dieser Gedanke, und ich konnte ihn nicht abwehren: Ich war keine Person, mit der er sich in einem öffentlichen Lokale zeigen wollte. Hatte diese verdammte Plaudertasche Rubell ihn wiedergetroffen und erzählt, wo ich arbeitete? Nein, der wusste das ja gar nicht. Ihm hatte ich erzählt, ich würde im Serafimer Krankenhaus arbeiten, was nicht stimmte. Das Serafimer stand jedoch mit dem Eira und dem Untersuchungsamte in Verbindung. Rubell konnte natürlich meine Familienverhältnisse verraten haben. In diesem Falle war es verständlich, dass Söderberg nicht mit mir essen gehen wollte.

Ich hatte mir schon ausgemalt, wie wir uns zwischen den Gängen eines Diners miteinander unterhalten würden, dass wir uns zuprosten, uns Zigarren anstecken würden. Doch er betrachtete mich ja nun als Lumpenkerl!

Ich erinnerte mich nur allzu gut an seine Worte, als

Rubell mich bei unserer ersten Begegnung als Medizinstudenten vorstellte. Ich hatte das Strindbergzitat ausfindig gemacht. Einige Winterwochen lang hatte es mich meine gesamte Freizeit gekostet. Ich lieh mir gegen Gebühr Bücher aus und fand das Zitat schließlich. Es stand in *Das Rote Zimmer* und war noch schlimmer, als ich erwartet hatte. Da wurde das schäbige Interieur eines Cafés beschrieben, wo nur gescheiterte Existenzen verkehrten. Es traf mich, was da stand. In schmerzlichem Eifer schrieb ich es ab.

Der gallige und rücksichtslose Strindberg, der immerhin nicht das Martyrium der Unbekanntheit zu erleiden brauchte, schrieb:

> *Es war lediglich eine große Ansammlung Unbekannter und Missvergnügter. Journalisten, welche die Spalten füllen und nie ihren Namen daruntersetzen durften, Schriftsteller, die bei den ersten Anläufen auf ehrende Kränze und Bänder aus dem Sattel geworfen wurden und im Sande zappelnd die höhnischen Lachsalven des Publikums empfingen, Schauspieler, denen das Debüt verweigert wurde oder die gescheitert waren, Kunststudenten, welche die Akademie verlassen hatten, Medizinstudenten, die Zyankali in der Tasche hatten, nachdem sie mit der letzten gescheiterten Wechselprolongation die Möglichkeit dahinschwinden sahen, Arzt zu werden.*

So sah Söderberg mich. In meiner Verwirrung und meinem Schmerze hatte ich seinen Brief zusammengeknüllt und in die Hosentasche gesteckt. Erst als ich am Abend nach Hause kam, zog ich ihn wieder hervor. Ich wollte ihn verbrennen und nie wieder an diese sowohl lächerliche wie schmerzliche Begebenheit denken.

Im Kachelofen war noch etwas Glut, und ich schob den Brief hinein. Im selben Moment sah ich die Worte *vier Uhr.* Mit einer schnellen, fast unbewussten Bewegung riss ich das Blatt wieder heraus und löschte das aufglimmende Feuer. Dazu drückte ich es mit den Handflächen auf die Messingplatte vor dem Kachelofen. Auf dem Schreibtische glättete ich den Bogen, er war an den Rändern verkohlt und hatte einen Brandfleck auf der Schrift. Es war aber noch zu lesen, was Söderberg geschrieben hatte.

Ich hatte noch gar nicht alles gelesen, als mich die Demütigung übermannt hatte. In Wahrheit schrieb er, dass er bereits eine andere Verabredung getroffen habe und mir deshalb für den Abend um sieben Uhr nicht zusagen könne. Wenn ich ihn jedoch am Nachmittag um vier Uhr treffen wolle, wäre es ihm ein Vergnügen, sich einzufinden. Dann folgten die Schlussworte, die ich gelesen hatte: *Mit Dank für Ihr Interesse … Ihr ergebener …* Ja, so schrieb er mit äußerster Höflichkeit, um nicht zu sagen Achtung. Ich glaubte nun nicht mehr, dass Rubell ihm etwas über mich erzählt hatte.

Und trotzdem – er gehörte einer anderen Welt an als ich. Er besaß Anzüge aus gutem Tuche, vielleicht sogar einen Abendanzug, und er verkehrte in Kreisen, die mir verschlossen waren. Das war mir klar geworden, als ich ihn mit anderen beim Whisky-Soda hatte sitzen sehen. In der Runde waren mindestens zwei bekannte Gesichter gewesen. Sie zeigten sich gerne auf der Straße, wobei sie nach rechts und links grüßten. Für mich waren sie immer die Hüteschwenker. Ich gehörte nicht zu ihnen, und jetzt stieg in mir der Verdacht auf, dass er mir durch die Änderung des Zeitpunktes in Wahrheit zeigen wollte, wo mein Platz sei. Essen gehen wollte er mit mir nicht.

Vielleicht sollte ich einen Rückzieher machen. Wenn ich zum Amte ginge, könnte ich eine Zeile des Bedauerns abgeben. Dann wäre die Angelegenheit aus der Welt, und ich könnte mein zurückgezogenes Leben wieder aufnehmen. Doch würde ich, während ich Unterleiber mit Sublimatlösung spülte und Geschwüre und Wunden einpinselte, an all die Mühe denken, die ich auf seine Sache verwendet hatte. Ich war so gut vorbereitet, wie ich es vor keiner Prüfung je gewesen bin, und wenn wir uns nicht träfen, wäre alles umsonst gewesen.

Ohne mich überwinden zu können, die kalt gewordene Kohlsuppe anzurühren, blieb ich mit seinem Brief an meinem Schreibtische sitzen. Ich staunte, dass meine Finger so flink gewesen waren und ihn gerettet hatten.

Was wäre mir geschehen, wenn er verbrannt wäre? Nichts.

Und es würde mir auch nichts geschehen, wenn ich darauf verzichtete, ihn zu treffen. Aber ich wollte doch, dass sich etwas änderte!

Mein Leben war verstopft wie ein Ausguss. Als wir zu Hause eine Abwasserleitung bekommen hatten, die das Schmutzwasser abführte, war das eine großartige Angelegenheit. Doch als sich ein fettiger Mansch aus Kaffeesatz, Seifenresten und Haaren darin festsetzte, hieß es handeln.

Ich habe wahrscheinlich gedacht, in meinem Leben sei keinerlei Veränderung möglich. Doch das war, bevor ich dieses Buch gelesen hatte, worin er schreibt: *Ich will handeln. Leben ist Handlung.*

Ich handelte, nachdem ich es gelesen hatte. Und das Buch – es wäre niemals geschrieben worden, hätte ich mich nicht entschlossen, ihn zu treffen.

Am Freitag, dem 7. März, wies ich den Amtsdiener an, den Frauen, die nach drei Uhr noch da wären, einen neuen Untersuchungstermin zu geben und sie dann hinauszukomplimentieren. Ich selbst ging zehn Minuten früher, um nicht hören zu müssen, was sie sagten, wenn er ihnen den Bescheid gab. Manche konnten ziemlich scharfzüngig werden. Was mich betraf, so wollte ich eine Krankheit vorschützen, falls meine Umdisponierung höheren Ortes bekannt würde.

Es war noch nicht halb vier, als ich das Continental betrat. Söderberg war natürlich noch nicht da. Sicherheitshalber schaute ich auch in den Leseraum, doch der war leer.

Im Speisesaale war nur ein Tisch besetzt. Dort saß ein Pärchen, das schnell die Hände voneinander löste, als ich eintrat. Ganz offensichtlich handelte es sich um eine verbotene Liebe. Die junge Frau trug einen überladenen Hut, welcher ihr Gesicht verbarg, da sie die ganze Zeit über den Kopf gesenkt hielt. Die beiden legten jetzt eine nahezu lachhafte Korrektheit an den Tag. Der Tee in der Kanne und das Toastbrot in seinem Neusilbergestell auf dem Tische zwischen ihnen wurden kalt. Sie sind weiß Gott nicht zum Essen hierhergekommen. Ich streifte in Gedanken den Abgrund, an welchem der junge Mann stand, falls er eine Tochter aus gutem Hause verführt hatte. Denn das schien sie zu sein. Und über ein nennenswertes Einkommen konnte er in seinem Alter noch kaum verfügen. Womöglich ging er unbesoldet in irgendeine Kanzlei.

Ich musste an die Geschichte denken, in welche ich als junger Arzt verwickelt war. Obwohl nicht ich das Mädchen ins Unglück gestürzt habe, trage ich schon jahrelang diese scheußliche Erinnerung mit mir herum. Meine damalige Nachgiebigkeit kann ich heute nur schwer verstehen.

Tyko Glas weigert sich absolut und eisern zu »helfen«, wie man so sagt. Dazu hat er eine viel zu hohe Moral.

Und der Mord? Es war doch ebenfalls ein Akt der Hilfsbereitschaft. Ich kann nur schwer verstehen, warum er diesen Akt gutheißen konnte. Jener andere, um den verweinte Mädchen und vor Schreck wie gelähmte junge Männer bitten, ist in seinen Konsequenzen immerhin weniger ernst.

Ich muss mir klarmachen, dass Glas kein Arzt ist. Er ist die Phantasie seines Autors von einem Arzte.

&

Gestern sind meine Gedanken mit mir durchgegangen. Ich muss diese Erinnerung nun aufschreiben, solange sie noch Kontur hat.

Also: Söderberg traf nur wenige Minuten verspätet ein. Meines Erachtens hätte sein Gruß herzlicher ausfallen können angesichts der vielen Umstände, welche ich mir gemacht hatte, und der damit verbundenen Ausgaben. Doch davon wusste er ja wahrhaftig noch nichts.

Der Kellner hatte mit seiner Serviette über dem Arm an der Tür gewartet. Ober sehen immer so aus, als wären sie auf dem Sprunge, den Gästen hinterherzuwischen.

Jetzt kam er geräuschlos näher. »Die Herren wünschen?«

Söderberg fragte, was ich trinken wolle. Es war ein wenig demütigend, dass er davon ausging, er müsse mich einladen. Ich schluckte den Ärger hinunter und bat um einen halbtrockenen Sherry. Er bestellte sich einen Whisky, schien jedoch nicht darauf zu achten, welche Marke er bekam. Nachdem er ihn gekostet hatte, bat er um ein paar Tropfen Wasser. Der Kellner entfernte sich mit übertriebenen Bewegungen und kehrte mit einer ganzen Karaffe zurück.

Es gab kein einleitendes Gespräch, nichts Persönliches. Söderberg wirkte gehetzt und fragte rundheraus nach meinem Anliegen. Hatte ich an seiner kleinen Idee einen Haken gefunden?

Ich erklärte, sie sei einwandfrei, doch hätte ich hinsichtlich der Beschaffung einige Nachforschungen angestellt. Er starrte mich an. An dem, was ich gesagt hatte, war nichts Aufsehenerregendes, und deshalb verstand ich seinen Ausdruck nicht. Es kommt jedoch vor, dass es mir schwerfällt, die wechselnden Mienen zu deuten, welche Menschen aufsetzen, meistens wahrscheinlich, um sich zu verstellen. Als Kind war ich der Meinung, fremde Gesichter würden grinsenden Masken gleichen. Als Erwachsener verstehe ich mich besser darauf, frage mich aber, ob nicht das Kind richtig gesehen hat.

Ich sagte: »Für mich als Arzt erwies es sich als nicht schwierig, ein Quantum Kaliumcyanid zu beschaffen. Um keine unnötige Verwunderung zu provozieren, habe ich mich an drei verschiedene Apotheken gewandt und in jeder eine kleinere Menge gekauft.«

Ich erklärte ihm, dass das Gift sofort wirke, wenn man eine Dosis Kaliumcyanid direkt verabreiche, zum Beispiel in einem Glase Wein. Es sähe nach Selbstmord aus oder noch schlimmer – nach Mord. Würde das Gift jedoch in Form von Pillen mit einem Glase Wasser eingenommen, dauerte es ein Weilchen, bis es seine Wirkung täte, was in diesem Falle von Vorteil wäre.

Ich zog meine kleine Dose aus der Westentasche und ließ sie ihn zuerst geschlossen sehen. Wenn er die purpurrote und weiße Blüte im Email des Deckels erkennen würde, hielte er den Aufbewahrungsort bestimmt für findig. Schließlich ist Herzgespann, *Leonurus cardiaca,* eine Heilpflanze, welche man früher zur Dämpfung von Herzklopfen verwendete. Das Bild schien ihm jedoch nichts zu sagen. Botanik wird in der Ausbildung lediglich uns Medizinern eingedrillt.

Ich öffnete den Deckel, streckte das Döschen vor und zeigte ihm die fünf grauschwarzen Pillen mit dem haarigen Belag.

»Sie sind auf übliche Weise hergestellt«, sagte ich. »Der Zusatz eines Bindemittels macht die Masse formbar, und dann habe ich sie in Hexenpulver gewälzt, damit sie nicht zusammenkleben.«

Er schwieg und berührte das Döschen nicht. Schließlich sagte er: »So müssen sie also aussehen?«

»So sehen sie aus«, erwiderte ich. »Jedes dieser Kügelchen kann einen Menschen töten.«

Ich war aufgeräumt und sprach in leichtem Tone. Er aber schluckte, als wäre ihm der Mund trocken geworden, und sah sich verstohlen um. Wir waren ganz allein. Das junge Paar war gegangen, nacheinander, im Abstande von fünf Minuten, wie solche Paare es zu tun pflegen. Der Kellner war in die Küche verschwunden. Ich hätte unsagbar lachen können. Vielleicht deshalb, weil Söderberg eine so dämliche Miene machte.

Ich kicherte geradezu, als ich sagte: »Ein Pferd, wenn es sein muss.«

»Wie bitte?«

»Eine dieser Pillen reicht wahrscheinlich, um ein Pferd zu töten«, erklärte ich mit mehr Gefasstheit, und ich hatte gute Lust hinzuzufügen: Warum nicht hinausgehen und es ausprobieren? Seine Miene war jedoch so köstlich, dass ich es unterließ.

Er war nicht nur verblüfft. Schon seltsam, welche Wirkung ein Machtmittel auf einen Menschen ausübt, den man vor sich hat. Oder wenn man will – eine Waffe. Selbst wenn man nicht im Geringsten damit droht, kann man einen Schrecken beobachten.

Ich konnte jetzt sehen, wie Söderberg wohl als Schuljunge ausgesehen hatte: Die großen blauen Augen waren einst traurig und unschuldig, und der anmutige Mund hatte einmal Amorbogen. Sie waren noch zu erahnen.

Seine kultivierte Überlegenheit war jetzt gewichen. »Warum haben Sie das getan?«, fragte er.

»Um Ihnen zu helfen«, erwiderte ich. »Sie wollten doch Ihre Theorie überprüft haben und wissen, ob sie sich in die Praxis umsetzen lässt.«

Eine Begegnung wie diese zu durchleben braucht Zeit. Ihre reale Dauer ist nicht von Belang. In der Erinnerung drehe und wende ich unsere Gebärden und beleuchte unsere Gesichter von verschiedenen Seiten, obwohl der Speisesaal des Hotels permanent in grauem Dämmer gelegen haben muss. Draußen regnete es, und die schweren grünen Vorhänge waren halb zugezogen. Die meiste Zeit schwiegen wir uns wohl an; wir machten beträchtliche Pausen. Ich wende die Bedeutung der wenigen Sätze, die wir ausgetauscht haben. Was finde ich?

Dass er Angst hatte.

Dass er in der trivialen Welt festen Boden unter den Füßen behalten und die Augen vor der Einsicht verschließen wollte, was es bedeutet, wirklich zu handeln.

In den Jahren, welche seit seinem völlig überstürzten Aufbruch von unserem Treffen im Continental vergangen sind, haben wir nichts mehr miteinander zu tun gehabt. Er verabschiedete sich von mir, ohne auch nur eine einzige weitere Frage zu dem Inhalte meines Döschens zu stellen. Ich sehe ihn natürlich auf der Straße und manchmal flüchtig im Hinterzimmer irgendeines Cafés. Er lüftet den Hut zu einem gemessenen Gruße oder nickt hinter Zigarettenrauchschleiern. Mittlerweile trägt sein Gesicht Spuren durchwachter Nächte.

Einmal sah ich ihn bei der Wasserbude im Humlegården sitzen. Er las eine Zeitung, und es kribbelte mich, zu ihm hinzugehen. Ich handle jedoch selten unbedacht, und während ich halb von einem Baumstamme verborgen überlegte, ob ich mich zu erkennen geben sollte oder nicht, stand er plötzlich auf und entfernte sich recht schnell. Die Zeitung ließ er zurück, ein *Nya Dagligt Allehanda*. Als ich mich an den Tisch mit der halb geleerten Apollinarisflasche setzte und die Zeitung nahm, welche er gelesen hatte, verspürte ich ganz stark seine Gegenwart. Er war jedoch in mir zugegen und nicht dort, wo ich ihn davoneilen sah. Seine Erscheinung war im Übrigen nicht mehr so soigniert wie früher. Ich glaube, er hatte Kummer.

In einem Punkte aber habe ich mich geirrt. Feig war er nicht. Ich war sicher, dass er die Idee, eine Geschichte über den Doktor, der seinem Patienten Zyankali als Herzmittel verabreicht, hatte fallenlassen. Er scheint jedoch darüber gebrütet zu haben. Die Niederschrift zog sich in die Länge, doch am Ende kam die Hilfe, die ich ihm gegeben hatte, zum Tragen. Der Roman *Doktor Glas* wurde zu Papier gebracht und handelte tatsächlich von der einzigen Handlung, die diesen Namen wert ist, da sie nicht rückgängig gemacht werden kann. Ist sie im Grunde ein Schöpfungsakt?

ஜ

Dämmer ruht still auf den Heiden,
Helle und Lärm gehn dahin.
Sterne erfunkeln, von Weiden

morschendes Holz blinkt weithin.
Nun ich erwach' aus der Rosenglut Rausch,
er floh mit dem Sommer im Windgebraus –
Herzgespann,
blühst du dann,
Schmerzen beruhigend ums Haus?

Obwohl ich mir heute sowohl Bücher als auch Zeitungen leisten kann, habe ich mir Karlfeldts Gedichtsammlung nicht gekauft. Die Strophe habe ich in einer Rezension von *Flora und Pomona* entdeckt und abgeschrieben. Ich nehme an, es ist nicht das ganze Gedicht. Es vermittelt eine Stimmung von Herbst und Resignation. Jemand erwacht »aus der Rosenglut Rausch« und möchte damit wohl sagen, dass er leidenschaftliche Beziehungen hatte, welche jetzt vorbei sind.

Ich hatte und habe keine Beziehungen. Ich misstraue der Leidenschaft. Das bleiche Mädchen, welches mit gespreizten Beinen und blutendem Unterleibe auf dem Tische lag, war deren Opfer. Ich kann dieses Mädchen nicht vergessen, und ich hüte mich davor, durch starke Gefühle meinen Halt zu verlieren. Mein Studienfreund, der mich gebeten hatte zu »helfen«, hat vielleicht alles vergessen. Er erwachte möglicherweise ohne bleibende qualvolle Erinnerung aus der Rosenglut Rausch. In diesem Falle wäre er zu beglückwünschen.

Aus Herzgespann lässt sich kein schmerzlinderndes Mittel herstellen. Die Droge kann allenfalls auf heftige Herzbewegungen dämpfend gewirkt haben. Geheilt hat sie wohl kaum. Heutzutage verschreibt man ganz andere Mittel gegen eine gesteigerte oder unregelmäßige Herztätigkeit. Doch als Gedanke bleibt Herzgespann schön.

Entspanne dich, Herz!
Dämpfe deine Unruhe.

Der Welt, welche dich hetzt und aufregt, kommst du nicht bei.

Nur in dir selbst kannst du Ruhe finden.

Die Pflanze hat schwach rosa und weiße Blüten, nicht ganz so purpurn wie auf meinem Döschen. Ich habe sie im vorigen Spätsommer in der Majorsgatan in einem Garten gesehen. Ich glaube nicht, dass es sich um eine Züchtung handelte, doch irgendwann war es vielleicht eine. Jetzt wuchs sie neben einer Mülltonne. In gewisser Hinsicht ist es eine unansehnliche Pflanze, wenn sie auch ziemlich groß werden kann. Bedenkt man, was mein Döschen in sich birgt, steckt in dem Namen eine tiefe Ironie.

Ich trage es bei mir. Aber ich muss seinen Inhalt nicht anwenden.

Meine Mutter hatte erheblich unschuldigere Medikamente in diesem Döschen verwahrt. Sie glaubte fest an die homöopathische Lehre. Am Tage bevor im Hause meiner Eltern in Linköping Möbel sowie Haus- und Zierrat versteigert werden sollten, erhielt ich die Erlaubnis, mir ein paar Erinnerungsstücke zu holen, vorausgesetzt, sie besaßen keinen finanziellen Wert. Als ich in die Wohnung kam, roch es dort noch immer nach getrockneten Kräutern und Bienenwachskerzen, welche vor dem Erlöschen gequalmt hatten. In den Gardinen hing noch Zigarrengeruch, und im Vorraume stank es ein wenig nach Katzenurin. Mir war beklommen zumute, und ich wäre am liebsten wieder umgekehrt, konnte es jedoch nicht ertragen, dass fremde Menschen in den Schreibtischschubladen meines Vaters wühlen würden und die Antworten auf seine kläglichen Versuche fänden, sich Geld zu leihen. Ebenso quälte mich der Gedanke, dass sie in den Fotografien kramen würden, und ich suchte nach den allerpersönlichsten. Dass ich die großen Alben nicht mitnehmen durfte, wusste ich. Sie waren von Wert. Im Schreibtische fand ich zwischen den abschlägigen Antworten auf die Bettelbriefe ein Buch, welches ich kannte. Es war *Des Menschen eigene Kraft. Der rechte Weg zu Anerkennung und Reichtum* von S. Smiles. Das hatte mein Vater sich schicken lassen, und auch ich hatte es vor langer Zeit gelesen. Ich fand es schmachvoll, dass es in der Konkursmasse entdeckt und womöglich zum Gegenstande von Scherzen des Auktionators werden könnte, und steckte es deshalb in meine Innentasche.

In der Nachttischschublade meiner Mutter fand ich ganz hinten ein paar alte Briefe, ein Telegramm und zwei vergessene Zeitungsausschnitte. Einer war eine acht Jahre alte Notiz aus der *Halmstadsposten* über meinen Vater. Ich steckte die Papiere in die Manteltasche. Das Döschen mit dem emaillierten Deckel fand ich ebenfalls in dem Nachttische. Ich kannte es noch aus meiner frühen Kindheit.

Ich würde es natürlich nicht behalten dürfen, wenn ich es dem Gerichtsvollziehergehilfen zeigte, deshalb steckte ich es rasch in die Uhrtasche meiner Weste. Dieses blitzschnelle Beiseiteschmuggeln tat mir gut. Diebstahl konnte man es nicht nennen. Dazu war die Tat in viel zu geringem Maße vorsätzlich, und was ich mir angeeignet hatte, besaß keinen hohen Wert. Der Vorgang erinnerte jedoch an einen gelungenen und siegreichen Spielzug. Mein Blutdruck stieg, und es stellte sich eine gewisse Munterkeit ein.

Keinen Grund zur Freude gab es hingegen, als ich vor dem geöffneten Wäscheschranke stand und die Laken und Kopfkissenbezüge mit den breiten Spitzen und großen Spiegelmonogrammen betrachtete. Sie stammten aus einer Zeit, als meine Eltern noch eine Zukunft gehabt hatten. Jetzt waren sie abgenutzt, und es gab Grund zu der Annahme, dass sie Flecken hatten, die beim Waschen nicht herausgegangen waren. Auf diesen Laken hatten sich meine Eltern umarmt, und meine Mutter hatte darauf Blutungen gehabt. Es war mir zuwider, dass fremde Menschen sie anfassen, ja schlimmer noch, darauf liegen würden. Doch ich konnte nichts dagegen tun.

Ich verließ mein ehemaliges Zuhause mit den Briefen, einzelnen Fotografien und den Rezeptbüchern meiner Mutter, worin auch Ratschläge zur Fleckenentfernung und Handwäsche zu finden waren. Ihre Kleider und etlichen Zierrat, unter anderem die gerahmten Fotografien der großen Homöopathen C.F.S. Hahnemann und James Tyler Kent, hatte meine Mutter behalten dürfen und in die Wohnküche mit Alkoven mitgenommen, wo sie jetzt lebte. Dieses Obdach lag zum Hofe eines Mietshauses in der Thulegatan in Stockholm. Nach dem Konkurs und dem Tode meines Vaters hatte sie nicht in Linköping bleiben wollen.

Als die Klageschrift eingereicht worden war, hatte er einen Schlaganfall erlitten, drei Wochen gelegen, ohne sprechen zu können, und war schließlich an einer schweren Gehirnblutung gestorben. Die letzte Erinnerung, welche ich an ihn habe, sind seine trüben blauen Augen, die den Blick nicht mehr festhalten konnten, und dass er sabberte.

Wenn ich die Hand um das Döschen mit dem emaillierten Deckel schließe, ist mir, als hörte ich die tiefe und etwas heisere Stimme meiner Mutter. Ich erinnere mich an den Duft nach Rosenöl und Sandelholz in ihren Kleidern und daran, wie ihre weiße, füllige Hand sich auf meine knochige Jungenhand legte. Nach ihrem

Umzug nach Stockholm alterte meine Mutter zusehends. Ich war natürlich gezwungen, sie zu versorgen. Um ihren Unterhalt, die Amortisationen an Schölers Kinder und meine eigenen Lebenshaltungskosten aufzubringen, musste ich doppelt, ja sogar dreifach arbeiten.

Als ich klein war, drückte sie mich an ihre steife Bluse, unter der es weich war.

Sie sagte: »Du hast dein Mütterchen schon recht gerne, mein Schatz! Nicht wahr?«

Hatte ich sie gerne? Ich weiß nur, dass sie in einem meiner letzten Jahre in Linköping eine fremde, viel zu redselige Frau wurde, deren Liebkosungen mich erkalten ließen. Mir war klar geworden, wie weit sie in ihrer Mutterliebe gehen konnte. Die Aufklärung war natürlich in der Schule erfolgt.

Beißender Geruch umgibt diese Erinnerung. Die ganze Schule ist mir übrigens als Gestank im Gedächtnisse geblieben. Ungewaschene Kleider. Der saure Atem der Lehrer, wenn sie sich über die Klappe der Schulbank beugten und mit der Stiftspitze darauf klopften. Selbst der Kreidestaub stank. Und die gescheuerten Dielen und die Öfen, wenn sie entascht wurden.

Samuel Hoppe war ein hoch aufgeschossener Junge mit nicht allzu sauberen knochigen Händen, welche aus zu kurzen Joppenärmeln ragten. Das schwarze Haar wollte ihm ins Gesicht fallen. Hoppe war schwer von Pickeln geplagt, und deren Reife und Fülle hatten aus ihm einen Ironiker gemacht. Er hätte ja ebenso gut scheu und verlegen werden können, doch davon war er weit entfernt. Wenn er Lehrer oder Mitschüler beurteilte, die nicht zu dem Kreise gehörten, an welchen er sich gerade wandte, konnte er recht amüsant sein. Es wäre mir jedoch nicht im Traume eingefallen, dass Hoppe mich angreifen könnte.

»Deine Frau Mama«, sagte er und zog lange und gierig an der Zigarette. Die anderen merkten auf. Wenn das Wort gelüstig etwas mit Lüsternheit zu tun hat, so waren sie genau das.

Hoppe blies Rauch aus und fuhr mit einer genüsslichen Wiederholung fort: »Deine Frau Mama, sie geht doch zu Schöler, oder?«

Still war es in der Lüsternheit, und vom Boden her stank es. Wir standen hinter dem Abtritt, wo wir immer rauchten und unsere kleine Notdurft verrichteten. Wegen des ekelerregenden Ammoniakgeruches ging man tunlichst nicht auf das Häuschen.

»Sie hilft ihm sicherlich«, sagte Hoppe. »Bei der Buchführung oder ...?«

Ich musste natürlich etwas antworten und versuchte, gleichgültig zu klingen. »Nein, Buchführung kann sie nicht. Sie hilft ihm bei anderen leichteren Büroarbeiten.«

»Aha«, sagte Hoppe. »Leichtere Büroarbeiten. Was du nicht sagst. Ich war mir absolut sicher, dass es sich um Buchführung handelt.«

Und bevor ich noch etwas sagen konnte, fügte er, während er die Zigarette weiterreichte, hinzu: »Weil man diese doppelte italienische Buchführung doch immer am Abend macht.«

Das verhaltene Gekicher war schlimmer, als wenn sie offen gelacht hätten.

Ich konnte ihnen doch nicht sagen, dass sie dort putzen ging.

Das Gelächter ließ mich ebenfalls daran zweifeln, dass sie in Großhändler Schölers Büro nach Geschäftsschluss tatsächlich putzte. Bislang hatte ich die verschiedenen Gegebenheiten meines zersplitterten Bildes von der mich in der Residenz- und Regimentsstadt Linköping unmittelbar umgebenden Welt nicht zusammengefügt. Mutter ging zu Schöler, und bevor sie sich auf den Weg machte, puderte sie sich die Wangen mit Rouge und kräuselte ihren Pony. In ihren Haarknoten hatte sie eine netzartige steife Wurst eingebaut. Sie diene dazu, dem Dutt Volumen zu geben, erklärte sie. Sie trug ein etwas eng gewordenes weinrotes Seidenkleid, dessen Nähte unter den Achseln leicht platzten, wenn sie zu lebhaft wurde.

An diesem Abend – war es an diesem Abend? – schrie ich sie an: »Was machst du dort eigentlich?«

»Wo, mein Kind?«

»Bei Schöler. Was machst du bei ihm? Putzt du tatsächlich?«

Ich war sechzehn Jahre alt und betrachtete mich als so gut wie erwachsen, doch mir stiegen die Tränen in die Augen. Sie schlang die Arme um mich, drückte meinen Kopf nach unten und presste mich an sich. Ich war mir vollkommen bewusst, wogegen mein Gesicht gepresst wurde.

»Na, na … Waren es die Schulkameraden?«

Sie wusste alles. Oder ahnte es.

»Ich putze natürlich nicht so, wie die sich das vorstellen«, sagte sie würdevoll. »In Wirklichkeit geht es um einige leichtere Arbeiten, die der Großhändler niemandem sonst anvertrauen kann. Um wichtige Papiere. Den Schreibtisch. Die Regale. Wie sähe das denn aus, wenn ein altes Scheuerweib da herumfuhrwerken würde? So, mein Kleiner. Und jetzt muss ich gehen. Denk nicht mehr daran!«

Raschelnde fadenscheinige Seide und das Klappern enger Stiefel mit halbhohen Absätzen. Sie roch nach Rosenöl.

Nicht mehr fragen. Nicht mehr daran denken. Der Großhändler war doch so nobel. Ein Ehrenmann, hatte Mutter gesagt, als sie bis zum Halse glühend nach

Hause gekommen war und berichtete, er habe versprochen, bis zu meinem Abitur für das Schulgeld aufzukommen sowie für meine Lebenshaltungskosten an der Universität. Wenn ich Medizin studierte, versteht sich.

Ist man der Sohn eines ehemaligen Oberbuchhalters, von dem man sagen muss, er sei im Sanatorium, dann weiß man, was im Leben möglich ist. Für Amalia Revinge aber war im Grunde nichts unmöglich. Sie gab nicht auf. Mit roten Wangen, oft flammend und natürlich, kämpfte sie mit dem Leben. Als der Großhändler starb, stellte sich heraus, dass sie Schuldscheine unterschrieben hatte.

»Aber das war doch bloß eine Formalität!«, rief sie aus, denn sie war sich absolut sicher, die Schulden auf ihre Weise beglichen zu haben. Doch der Großhändler war also ein Fuchs. Seit meinem ersten Dienste als frisch examinierter Arzt im Allgemeinen Garnisonskrankenhause trage ich diese Schulden an Schölers Erben ab. Mutter hielt dies für ungerecht. Die Angelegenheit war jedoch zu peinlich, als dass man darüber hätte diskutieren können.

Die Bande, an welchen ich noch immer zerre, sind entstanden, als ein gewisser Evald Jansson der Bauerntochter Eva-Lena Pålsdotter vom Standpunkte der Natur aus erfolgreich beiwohnte. Was sind Bande zwischen Angehörigen anderes als Zufälligkeiten?

Mein Vater war der Sohn dieses Arbeiters, welcher 1848 von seinem Gesindedienste bei dem Gutsbesitzer Pål Andersson im Kirchspiel Rävinge verschwand. Der Junge wurde nach seinem Großvater auf den Namen Pål getauft, änderte diesen Namen jedoch später zu Paul. Lange Zeit seines Lebens hieß er indes Andersson. Als das Urteil des Amtsgerichtes erging, beantragte er bei seiner Kgl. Maj., unseren Familiennamen in Revinge ändern zu dürfen.

Ich wuchs in einem Gefühlsmuff und im Duft von Kräuterbalsam und Massageölen auf. Trotz aller romantischen Beteuerungen meiner Mutter scheint die Ehe meiner Eltern eine Mussehe gewesen zu sein. Auf dem alten Telegrammformular mit dem Reichswappen in Rot und Gold, welches ich in ihrem Nachttisch fand, war dem Brautpaare knapp fünf Monate vor meiner Geburt herzlich gratuliert worden.

Mutter war die Tochter des Bademeisters Egon Stolt in der Badeanstalt von Varberg. Die Hochzeit wurde in der Stube der Dienstwohnung meines Großvaters gehalten. Ich erinnere mich, dass dort derselbe eigenartige und satte Geruch in der Luft hing wie in der Zeit in Linköping bei uns zu Hause. Damals hatte meine Mutter Großvaters Kommissionshandel mit homöopathischen Pharmazeutika, Kräutersalben und heilenden Ölen übernommen.

Auf dem Hochzeitsfoto hat mein Vater zu lange Jackettärmel. Als mir meine Mutter das Märchen ihrer Liebe anvertraute, flüsterte sie: »Er nannte mich immer Angelika nach Malmströms wunderbarem Distichon.«

Ich hörte meinen Vater jedoch weder Angelika noch Amalia zu ihr sagen. Er war viel zu in sich gekehrt und mit seiner Selbstbespiegelung beschäftigt, um andere überhaupt wahrzunehmen und sie beim Namen zu nennen. Woher nahm dieser kleingewachsene Gauner nur sein Gefühl von Bedeutsamkeit? Ich habe von meinem Vater keinerlei Veranlagung zur Selbstbeweihräucherung geerbt. Und die Beteuerungen meiner Mutter, ich sei begabt, halfen mir ebenso wenig. Ich hielt mich für einen Versager. Mir scheint, ich habe ihre Schatten mitgeschleppt.

Das neue Jahr 1907 ist angebrochen. Ich lese, was ich über meine Eltern geschrieben habe, und begreife, dass die Begebenheiten, an die zu denken mir früher die reinste Qual war, mittlerweile in einige Ferne gerückt sind. In gewisser Hinsicht verstehe ich, weshalb der Schriftsteller Söderberg sein sonderbares Stück über die Frau geschrieben hat, welche ihn, glaubt man dem Gerede, mit einem jüngeren Manne betrogen hat, während er umgekehrt seine Frau betrog. Im Februar war ich im Dramatischen Theater und habe mir die Premiere angesehen.

Ich habe erneut meine Papiere durchgelesen. Tagebuch kann man diese Aufzeichnungen schwerlich nennen, dazu sind sie zu sporadisch. Wer wirklich Tag für Tag ein Journal seines Lebens führt, bindet sich an das Triviale. Vielleicht gibt es Menschen, welchen es ein Gefühl der Sicherheit verleiht, Beschäftigungen und Begebenheiten zu beschreiben, die sich zwangsläufig wiederholen. Mir ist längst klar, dass die Tagebuchaufzeichnungen von Tyko Glas Literatur sind.

Im Jahre 1906 habe ich meine Aufzeichnungen fortgeführt, doch jetzt erscheinen sie mir inhaltsleer. Nichts als Überdruss kriecht zwischen den Zeilen hervor, und ich habe bereits eine große Anzahl Seiten verbrannt. Meine Sklaverei bei Johannes Skade geht weiter, und auf die Dauer ist es sinnlos, die Monotonie eines jeden Tages zu beschreiben und diese Beschreibungen auch noch zu wiederholen. Bei der Lektüre dieser pedantischen Berichte schlug mir jener Geruch nach Unterwäsche und menschlichen Körpern entgegen, welchen ich immer schon verabscheut habe. Ich, der ich vom Handeln geträumt hatte, war erneut in tristen und widerlichen Tätigkeiten gefangen. Darüber, was mich tief im Innern quälte, habe ich nicht zu schreiben gewagt. Warum eigentlich nicht? Was hindert mich daran?

Der Schriftsteller Söderberg brachte es über sich, von schmerzlichen Erfahrungen zu schreiben und sie zu guter Letzt vor einem lüsternen Publikum aufführen zu lassen. Er muss gewusst haben, dass die Stimmung im Zuschauerraum die gleiche wäre wie zu vorgerückter Stunde beim Whisky nach einem Herrendiner. Trotzdem hat er es getan – um seiner Befreiung willen.

Meine Aufzeichnungen sind weggeschlossen. Wer sollte an sie herankommen?

Ich sah und sehe, wie sich Johannes Skades Blick an Frida festsaugt. Es ist das einzig Lebendige in diesen gelblich trüben und blutunterlaufenen Augen. Sein Blick ist eine fleischige Schnecke. Sie kriecht über die Reine und besudelt das Mädchen mit ihrem Schleim.

Ich weiß immer noch nicht, ob es eine Befreiung von meiner Qual bedeutet, dies alles festzuhalten und es wegzuschließen. Doch es ist zumindest eine Handlung, die darauf abzielt, mich zu befreien. Allzu oft habe ich so geschrieben, als stünde jemand hinter mir und schaute mir über die Schulter. Die ersten Aufzeichnungen aus dem Jahre 1906 erscheinen mir heute, wenn schon nicht unehrlich, so doch geschönt.

Vor wessen Augen habe ich mich eigentlich gefürchtet?

Ich bin allein. Ich bestimme selbst über mein Leben.

Es gibt keinen Grund zur Angst. Niemand schaut mir über die Schulter. Derjenige, der mich verfolgt, um eine Schuld einzufordern, existiert nicht. Er ist eine

Illusion, die mir eingepflanzt wurde. Sie hat durch das gedankenlose Geschwätz über Moral, welches mir von Kindesbeinen an in den Ohren surrte, Gestalt angenommen – oder zumindest eine schattenhafte Präsenz erhalten sowie die Macht, mich zu verfolgen. Niemand meinte je etwas Bestimmtes damit. Sie können nichts damit gemeint haben, denn sonst hätten ihre Handlungen anders ausgesehen.

Ich sehe meinen Vater, diesen kleinen Mann, in Hemdsärmeln dastehen, die Hände vor seinem nicht unbeträchtlichen Embonpoint gefaltet. Er trug Ärmelhalter, und seine Weste war an der Uhrtasche etwas abgewetzt und speckig. Seine Erscheinung und seine Gesten waren jedoch die eines großen Romanzensängers. Mutter begleitete ihn am Klavier, welches im Diskant schepperte, als er von Herrn Sten sang, dem jungen Sture, der am Åsunda See fiel:

Oh, wenn mich doch Flügel trügen,
so flög' ich zum Sterben hin!
Im Schnee dort lag er geschlagen,
versehrt und ohne zu klagen,
sah sanft er die Seinen an:
Was fürchtet ihr Männer den Tod?

In diesem Moment meinte er sicherlich alles, was er sang. Doch im Gefängnis hatte er eine Todesangst. Obwohl es mir äußerst unangenehm war, hielt ich seine schweißnassen kalten Hände. Er wollte es so, forderte es nachgerade.

Im Jahre 1884, als ich sechzehn Jahre alt war, erging das Urteil am Amtsgerichte von Halmstad, und er wurde ins Zentralgefängnis der Provinz eingeliefert. Mutter und ich zogen nach Linköping, wo sie eine verheiratete Schwester hatte, welche schwor, unsere

Schmach mit keinem Worte zu verraten. Über meinen Vater hieß es, er sei im Sanatorium.

Nach drei Wochen in der Zelle hatte er eine Gallenkolik, wurde operiert und zurückgebracht, möglicherweise viel zu früh. Vier Tage später hatte er einen Blutpfropf im Bein. Der wanderte jedoch nicht zum Herzen. Mein Vater erholte sich, und nachdem er seine Strafe abgesessen und sich in Linköping mit meiner Mutter verbunden hatte, war er erneut voller Pläne. Bestraft worden war er für das Vergehen der Unterschlagung. Diesmal ging es nicht so weit, endete aber natürlich im Bankrott.

Hier steht es nun. Obwohl ich es nur für mich geschrieben habe und alles vorher wusste, steht es nun in anderem Lichte da.

Ich muss auch noch einmal durchgehen, was ich über meine erste Begegnung mit dem Schriftsteller Hjalmar Söderberg im SHT im November 1901 geschrieben habe. Die Zeilen von 1906 atmen gar zu viel Bewunderung. Ich wagte ja, ein paar heftig flammende Worte über die skandalösen Bücher zu sagen, welche er geschrieben hatte. Die Wertschätzung, die ich ihnen, oder besser gesagt ihrem Gegenstande, entgegenbrachte, hat auf meine Beschreibung des Mannes abgefärbt. Ich erinnere mich sehr gut, dass er angetrunken und von der Kritik und sittlichen Entrüstung arg mitgenommen war. Ihm fiel Zigarettenasche auf das Knie, und er starrte geistesabwesend vor sich hin.

»Wir verletzten Idealisten«, sagte er.

Vermutlich war er ironisch, trotzdem hatte er recht. Er nannte mich den idealen Leser. Das wurde bedeutsam für mich. Ich bin ein guter Leser.

Geschlechtlicher Umgang. Ein bekleideter Körper reibt sich an einem anderen bekleideten Körper. Das geschieht bereits im Vorraume, wenn man die Galoschen auszieht, und gleichsam unabsichtlich. Doch ist Frottage zweifelsohne der eigentliche Sinn des Gesellschaftslebens. Am liebsten schwarzes Tuch an glänzender Seide. Während die Klischees sprudeln.

Ich bin also eingeführt. Nicht in einen der besten Kreise, das versteht sich von selbst. Aufgrund meiner Anstellung bei Skade, welche von vielen als Teilhaberschaft gewertet wird, erhalte ich jedoch Einladungen. Ich betrachte mich folglich genau im Spiegel, bevor ich aus dem Hause gehe. Dazu nehme ich ihn von der Wand und stelle ihn an eine Stuhllehne, damit ich einen möglichst guten Überblick habe. Die Hose darf keine Knie aufweisen. Die Schuhe müssen geputzt sein. Ich brauche mich indes nicht mehr davor zu hüten, die Sohlen zu zeigen, wenn ich die Beine übereinanderschlage. Diese Zeiten sind vorbei. Ich bringe die Schuhe zum Besohlen, bevor Regenwasser eindringt, und ich warte nicht, bis die Absätze schiefgetreten sind.

Im Spiegel sehe ich einen recht mageren Mann leicht unterdurchschnittlicher Größe. Das Haar ist kurz geschnitten und von unbestimmter Farbe. Der Schnurrbart kurz, fast stoppelig. Ich gestehe mir ein, dass ich mich in dieser Hinsicht vom Aussehen des Schriftstellers Söderberg habe beeinflussen lassen. Graue Augen, möglicherweise graublau. Ich habe keine auffallenden Züge. Ich bin ein Mensch der Möglichkeiten.

Heute Abend beim Diner bei Hermins wies mich Skade auf ein Paar hin, schon gut in mittleren Jahren. Er deutete an, dass ich vielleicht etwas für sie tun könnte.

»Die Tochter«, sagte er leise. »Kann sie zu dir kommen? Dann würde ich ihnen gleich Bescheid sagen.«

Ich begriff zuerst nicht. Das Ganze war jedoch irgendwie unbehaglich. Was hatte ich mit diesem festlich gekleideten Paar zu schaffen, mit diesem Manne, einem Träger des Wasaordens, und mit dieser Frau, die eine Granathalskette trug? Ich bat Skade zu warten. Auf dem Heimwege erklärte er, die Tochter sei in katastrophale Umstände geraten. So drückte er sich aus, völlig ohne Ironie, was mich erstaunte.

»Das ist nichts für mich«, sagte er. »Das ist eher deine Sache. Sprich einfach mit ihr, dann kannst du einschätzen, was angebracht sein könnte.«

»Ich werde nicht mit ihr sprechen«, erwiderte ich. Denn nun war mir vollkommen klar, worum es ging.

»Na ja«, brummelte Skade, »so viel Geld hast du bestimmt auch wieder nicht, dass du auf ein generöses Honorar verzichten könntest. Und bestimmt hast du im Azorelli mit derlei Dingen auch schon zu tun gehabt.«

Seine Andeutung erfüllte mich mit Zorn.

»Ich stehe nicht zur Verfügung«, sagte ich.

»Die Geschichte ist recht heikel«, erklärte Skade. »Die Eltern wissen um ihre Lage. Heiraten kommt nicht infrage. Es ist sozusagen in der Familie passiert.«

Ein Bruder? Oder gar der Ritter des Wasaordens

selbst? Ich wollte es nicht wissen. Mein Abscheu war so groß, dass mir übel wurde.

*

Was kann erzählt werden? Alles? Was kann vorgelegt und betrachtet werden, reglos, als läge es unter Glas.

Ich bin in eine Frau nie anders als mit Spekulum und Sonde eingedrungen. Und ich habe es von Anfang an mit nervöser Feinfühligkeit getan. Ich hatte noch nie einen starken Geschlechtstrieb. Während meine Kameraden darunter litten oder von seiner imperativen Kraft geradezu gequält wurden, verspürte ich ein anderes Verlangen. Es war mit dem Traume verknüpft, die Furchtsamkeit eines weiblichen Wesens zu überwinden. Die Furchtsame musste schamhaft und unschuldig sein. Ich lernte nie eine kennen, welche so gewesen wäre. Die wenigen Mädchen aus besseren Kreisen, welchen ich begegnete – mit denen ich aber kaum sprach –, erschienen mir kokett und hinterlistig. Möglicherweise rührte meine Vorstellung von einem scheuen Mädchengeschöpfe aus den Gedichten her, welche meine Mutter liebte. Worte wie *duftende Rose, meine flüchtende Braut* und *sie blühet rosig unschuldsvoll* verursachen mir noch heute einen Schauder der Lust, wenn ich sie in meinem Innern höre und meine Lippen sie murmeln, ohne dass ein Laut nach außen dringt. Vielleicht war ich ein altmodischer Junge. Etliche meiner Kameraden machten, angeführt von dem pickeligen Hoppe, bereits als Gymnasiasten Erfahrungen und prahlten damit.

Wir hatten kein Hausmädchen, welches ich oder welches mich hätte verführen können. Das Mädchen im Milchgeschäft roch nach ranziger Butter. Meine einzige erotische Erfahrung während der Schulzeit bestand aus einer absichtslosen Berührung.

Ich glaube jedenfalls, dass sie absichtslos war.

Es war an einem Abend, als ich mir große Sorgen wegen einer Lateinarbeit machte, welche mir, wie ich glaubte, nicht so recht gelungen war. Mein Vater war nach seinem Gefängnisaufenthalt ohne Anstellung, und meine Mutter hatte keinen anderen Besitz als ihren Kampfgeist und ihre nach wie vor gute Figur. Das bisschen Geld, welches sie mit den homöopathischen Heilmitteln verdiente, reichte nicht weit. Mit jedem Monat geriet ich, ohne eigentlich davon zu wissen, bei Großhändler Schöler in immer tiefere Schulden. Mir mussten die Klassenarbeiten einfach gelingen. Niemand verlangte von mir, Primus zu werden. Dass ich nicht der Schüler war, welcher die besten Noten erlangte, war leicht einzusehen. Doch ich musste durchkommen. Es war unabdingbar, dass ich bestand.

Vielleicht weinte ich – nein, das nicht. Bestimmt aber hatte ich eine schrille Stimme, als ich an jenem Abend meiner Sorge Ausdruck verlieh, in der Lateinübersetzung Gerundium und Gerundivum durcheinandergebracht zu haben. Meine Mutter sprach innig und etwas heiser mit mir. Sie wollte ihre Hand auf meine legen, doch zog ich meine wie zufällig im selben Augenblicke weg. Ihre Hand landete auf meinem Hosenstoff, ein Stückchen links vom Hosenschlitz und von der Schrittnaht. Und während sie tief und heiser sprach, schwoll unter ihrer Hand mein Geschlechtsteil an. Ich hörte nicht mehr, was sie sagte. Als sie mich, sicherlich ohne es anders als tröstlich zu meinen, mit ihrer Hand leicht drückte, ging das wohlige Gefühl in meinem Gliede in einen Höhepunkt der Wollust über, welcher ganz und gar außer meiner Kontrolle lag. Es pulsierte mehrmals durch mein Glied, und ich hatte nicht die Kraft, mich zu entziehen.

Als ich zu guter Letzt auffuhr und in mein Zimmer

rannte, hörte sie sich an wie in meiner Kindheit: »Aber, aber, mein Kleiner«, sagte sie. »Was bist du denn so empfindlich.«

Wir waren sehr isoliert, sie und ich. Ich hatte eigentlich nie in Familien verkehrt, bevor ich meine Arbeit in Johannes Skades Praxis antrat. Dennoch müssen wir in meiner Kindheit gesellschaftlichen Umgang gepflegt haben, denn ich erinnere mich an raschelnde Taftröcke und intensiven Parfumgeruch. Mir sind aus dieser Zeit die Wörter *Heringssalat* und *Topfkäse* in Erinnerung, doch ich glaube nicht, dass ich sie mit Essbarem verband. Sie waren ebenso mysteriös wie die Worte in ihren Liedern: *Demantfels, es brennt der Puls* und *Elfenkönig*.

Während meiner Studienzeit hatte ich keinen Zutritt zu irgendwelchem Gesellschaftsleben, da ich schlecht gekleidet war und keine Beziehungen pflegte. Tatsächlich war ich schon über dreißig Jahre alt, als ich zum ersten Male in eine Familie eingeladen wurde. Ich war fertiger Arzt und hatte eine Anstellung im Allgemeinen Garnisonskrankenhause. Während meiner Kandidatenzeit hatte ich als Famulant und Stipendiat im Truppenärztekorps Dienst getan und war danach ins Garnisonskrankenhaus gekommen, wo die Militärärzte ausgebildet wurden. Jetzt traf ich einen Kommilitonen, welcher aufgrund eines langen Sanatoriumsaufenthaltes im Studium hinter mir zurückgeblieben war. Wir stießen am Vormittag des Mittsommerabends auf dem Nybroplan aufeinander. Ich kam von der Svea Livgarde in der Linnégatan, wo ich ein paar triste Untersuchungen vorgenommen hatte. Die jungen Gardisten haben selten andere Krankheitsanzeichen als eitrigen Ausfluss und Fisteln oder Wunden am Glied.

Mein Studienfreund fragte, ob ich mit auf ein Fest

kommen wolle. Ein Mann sei ausgefallen und sie wären nur dann gleich viele Herren wie Damen, wenn ich die Lücke füllte. Ich ging mit zu ihm nach Hause in die elterliche Wohnung in der Artillerigatan, wo er mir einen reinen Kragen und eine bessere Krawatte lieh. Er ließ das Hausmädchen auch meine Schuhe putzen.

Wir fuhren in einem laubgeschmückten Schärendampfer vom Riddarholmskajen ab und trafen am Nachmittag bei einem großen Sommerhause mit Turm ein, welches seltsamerweise Lyra hieß. Dort lernte ich Elise kennen.

Ich kann nicht behaupten, dass ich mit ihr gesprochen hätte, doch wir wechselten ein paar atemlose Worte, als wir bei den Spielen umherrannten. Bei »Letztes Paar herbei« liefen wir mit einer solchen Geschwindigkeit aufeinander zu, dass wir zusammenstießen, und einen Augenblick lang war ihr ganzes liebreizendes, weiches Wesen mit mir und meinem Körper eins.

Es brennt ein Feuer,
es brennt so klar.
Es brennt in tausenden Kränzen.
Durch dieses Feuer will ich gehn,
und mit meiner Liebsten tanzen …

Hat sie das gesungen? Nein, das kann nicht sein.

Vielleicht sang sie ja die ersten Worte über das Feuer, das so klar brennt. Wir liefen aufeinander zu, und ich erinnere mich noch an ihr Summen hinterher. Mehr war es aber sicherlich nicht.

Oder stolperte sie später in der Nacht im Halbdunkeln und ergriff meine ausgestreckte Hand, um nicht zu fallen? Bekamen ihre Augen einen seltsamen Glanz, als sie ins Feuer schaute, welches am Ufer entzündet worden war, sang sie nicht mit so leiser Stimme, dass nur ich es hören konnte?

Das kann ich doch nicht alles zusammenphantasiert haben. Dass sie über das brennende Feuer sang.

In einem Schuppen unten am See bekamen wir Schlafplätze, mein Studienfreund und ich. Die Decken rochen moderig. Ich konnte nicht schlafen. An die Dampferfahrt nach Hause erinnere ich mich nicht mehr. Ich weiß nur noch, dass ein Grüppchen der Gäste am Stege stand und mit Taschentüchern und Hüten winkte, als wir ablegten. Sie war auch darunter.

Wie lange mag sie mir gefolgt sein?

Fylgja.

Du, die du dem Feuer des Lebens zu nahe kamst, dich branntest und verstümmelt wurdest.

Im November desselben Jahres kam mein Studienfreund von dem Mittsommerfeste bei Lyra zu mir und bat mich um Hilfe. Er war verzweifelt. Es sei eine Frau im Spiele, sagte er. Sie wisse sich keinen anderen Ausweg als Selbstmord, falls ich ihnen nicht helfen würde.

Ich hatte ja vor dem Abschlusse meines Lizenziatsstudiums Kurse in Geburtshilfe und Gynäkologie besucht. Als cand. med. war mein Studienfreund noch nicht so weit gekommen. Er hatte erst jüngst sein Studium wieder aufgenommen. Jetzt wollte er, dass ich eine Sonde einsetzte, damit das Ungewollte ausblutete und starb. Ihm selbst fehlten sowohl die Kenntnis als auch der Mut, eine solche Handlung auszuführen. Auch wollte er das Leben der Frau nicht gefährden, indem er zu einem schmutzigen und medizinisch unbedarften Quacksalber ging. Ich lehnte selbstverständlich ab. Da wurde er hitzig und sagte, so eine Sonde sei ein vollkommen banales Instrument, welches man sogar per Zeitungsannonce kaufen könne. Und ich solle sie auch nur einsetzen. Anschließend könne ich gehen und sie beide die Wirkung allein abwarten lassen.

Ich lehnte erneut ab. Da schrie er, dass er dann nicht umhinkomme, es selbst zu tun. Doch wie sollte das gehen? In seiner hysterischen Überspanntheit und Angst konnte er schließlich die Frau verletzen und ihr womöglich die Gebärmutter perforieren.

Ich willigte also ein. Mich beschlich ein eigenartiges Gefühl, als mir klar wurde, dass ich den Lebenslauf zweier verwirrter und vor Schreck wie gelähmter Menschen zurückdrehen konnte, wie man eine Uhr umstellt. Man bewegt die Zeiger, und schon ist nie geschehen, was geschehen ist.

Er hatte sich Geld zusammengeliehen, dreihundert Kronen. Das war ein Vermögen für mich, wie ihm vermutlich klar war.

Ein paar Tage darauf ging ich mit zu ihm, wo ich die Frau treffen sollte. Ich hatte die Arzttasche bei mir, darin lagen meine Instrumente. Es war ein nasskalter und nebliger Novemberabend. Die Dohlen waren von den Feldern hereingekommen und kreischten um den Johanneskirchturm, wo sie sich ihre Nachtplätze suchten. Mein Studienfreund wohnte ganz oben auf der Anhöhe der Döbelnsgatan. Als wir in seine Bude kamen, saß dort die kleine Frau im Mantel und einer pelzverbrämten Mütze, welche sie tief in die Stirn gezogen hatte. Es war sehr kalt in dem Raume. Ich sagte zu meinem Kameraden, er solle den Kachelofen einheizen. Das Zimmer müsse warm sein, bevor wir anfangen könnten. Er war jedoch voller Angst, dass wir entdeckt werden könnten, und wollte, dass ich sofort zu Werke ginge.

»Ich heize währenddessen ein«, sagte er.

Ich sagte ihm, dass wir auch Zugang zu einem Herd

und einem Topf Wasser haben müssten, um den Gebärmutterspiegel und die Sonde zu sterilisieren. Er geriet außer sich. Die Zimmerwirtin im Erdgeschoss dürfe absolut nichts merken. Könnte ich die Sonde nicht auch so einsetzen?

Lange Zeit später, genau genommen erst vor ein paar Wochen, las ich bei Poul Bjerre etwas über Massenidiotismus. Vermutlich gibt es ja etwas zwischen genialem Wahnsinn und Idiotie, doch heute scheint mir, es stimmt, was ich gelesen habe: *Die meisten Menschen sind innerlich leer wie Idioten.* Mein Studienfreund, falls ich ihn überhaupt Freund nennen soll, gehörte zweifelsohne zu diesen »meisten«. Ein sehr gewöhnlicher Mensch.

»Ich hoffe, du wirst niemals Arzt«, sagte ich. »Sieh nun zu, dass du die Sache erledigst. Ich heize währenddessen den Kachelofen ein. Du brauchst das Spekulum und die Sonde ja nicht herzuzeigen. Sie liegen in einem Handtuch. Und wenn du sie mit dieser Zange, die du vorher sterilisierst, herausnimmst, dann legst du sie in das andere Handtuch. Sag deiner Wirtin, es gehe darum, ein Geschwür aufzuschneiden, und du müsstest die Instrumente desinfizieren.«

Ich hatte die Frau noch nicht begrüßt, und sie war weiter bemüht, ihr Gesicht zu verbergen. Als wir allein waren, kam es mir absurd vor, dass wir immer noch kein Wort miteinander gesprochen hatten, und als ich in der Hocke vor dem Kachelofen saß, sah ich zu ihr hoch. Da entdeckte ich, dass es Elise war. Ich neigte den Kopf, brachte aber kein Wort über die Lippen. Es waren unerträglich lange Minuten, welche sich mindestens zu einer halben Stunde dehnten, bis mein Kommilitone zurückkehrte, die Instrumente in das reine Tuch eingeschlagen, welches ich mitgebracht hatte.

Ich bat sie, an den Tisch zu kommen, und sie erhob

sich fügsam, oder vielleicht auch mechanisch, und legte Mantel und Mütze ab. Der Impuls, meine Tasche zu nehmen und zu gehen, war ebenso stark wie der Wunsch, dieser kleinen Frauensperson zu helfen – einfach deshalb, weil sie es war. Ich konnte nicht glauben, dass sie wirklich verstanden hatte, was geschehen würde, als sie ihn an sich herankommen ließ.

Ich trinke normalerweise höchst wenig. Damals konnte ich mir nicht einmal dieses Wenige leisten. Nun aber fragte ich meinen Kommilitonen leise, ob er Cognac im Hause habe. Klugerweise hatte er welchen besorgt. Ich sagte zu ihm, er solle ihr mindestens ein Drittel Trinkglas voll geben, und ich tat es in einem Tone, als handelte es sich um eine Ordination. Ich selbst nahm einen großen Schluck direkt aus der Flasche, doch ich wandte mich ab, damit sie es nicht sah.

Ich wies ihn an, eine Matratze auf den Tisch zu legen und mit Zeitungen zu bedecken. Die Vorbereitungen beanspruchten unendlich viel Zeit, und außerdem begann der Kachelofen ins Zimmer zu qualmen. Mein Kommilitone hatte die Klappe viel zu früh geschlossen. Wahrscheinlich hatte er noch nie selbst einheizen müssen. Ich brüllte ihn an, sie zu öffnen und dann weiterzuheizen.

Elise und ich hatten noch immer kein Wort miteinander gesprochen. Jetzt sagte ich leise zu ihm, dass sie sich von der Taille ab nach unten ausziehen müsse. Er flüsterte es ihr zu, und sie sah mich aus verzweifelten Augen an. Als sie sich nun hinabbeugte und ihre Stiefel aufknöpfte, war ihr Gesicht verborgen. Abgewandt zog sie Rock und Unterrock aus, die langen Unterhosen aus Madapolam und die schwarzen Strümpfe. Anschließend kletterte sie fügsam auf die Matratze und legte sich hin. In diesem Momente geriet ich ins Wanken. Ich musste hinter ihrem Kopfe beiseitegehen und nochmals einen tiefen Schluck aus der Cognacflasche nehmen.

Sie hielt die Beine fest geschlossen und hatte die Hände über dem Schoß gekreuzt. Ich wollte ihr Gesicht nicht sehen, doch es ließ sich nicht vermeiden. In den Geschlechtsbeziehungen liegt etwas Triviales, das hervorbricht, sobald es zum Koitus gekommen ist. Diese Trivialität hatte Elises Züge erobert und sie welk gemacht.

Behutsam schob ich ihre Hände zur Seite, sodass der kleine Hügel mit dem hellen, rotblonden Schamhaar entblößt wurde. Ich bat meinen Kommilitonen, ihr die Hand zu halten.

»Ich muss noch Holz holen«, stieß er hervor. Er, der ihr die Schönheit geraubt hatte, stürzte zur Tür und aus dem Raume mit dem beißenden, sauren Rauch. Er war nicht dabei, als ich ihr die Beine spreizte und mich mit dem Spekulum und anschließend mit der Sonde zwischen die Hautlappen tastete. Er hörte sie nicht wimmern und auch nicht, wie sie sich wand und schrie.

Ich kann hassen. Nie aber habe ich einen Menschen so gehasst, wie ich ihn hasste.

Mit der Sonde im Leibe durfte sie ihre Röcke und den Mantel anziehen. Mein Kommilitone hatte eine Droschke gerufen und begleitete Elise nach Hause. Draußen regnete es jetzt. Wenn ich in der Erinnerung die beiden in der Droschke davonfahren sehe, kommt mir eine Verszeile in den Sinn: *Da fährt die Welt und Schmutz stiebt von den Rädern.*

Mein Hut und Mantel sowie meine Arzttasche waren noch in seinem Zimmer. Er hatte nicht abgeschlossen. Als ich nach oben kam, hing dort noch immer saurer Rauch, und ich sah die drei Hundertkronenscheine auf dem Tische liegen.

Was hätte es geholfen, sie nicht zu nehmen?

Spät am nächsten Nachmittag war ich bei der Arbeit im Garnisonskrankenhause, als ich vor dem Fenster eine Droschke über das Pflaster rumpeln hörte. Ich hatte die Behandlung einer Wundverletzung beendet und war zufällig allein, als mein Kommilitone hereinstürmte. Er war wider alle Regeln direkt ins Behandlungszimmer gedrungen.

»Sie will einfach nicht aufhören zu bluten«, flüsterte er.

Ich ließ die elektrische Klingel, mit welcher man nach Schwestern und Hausmeistern rufen konnte, unbeachtet und sagte, er solle draußen warten. Er hatte ein Gesicht wie eine Leiche. Man hätte meinen können, er selbst sei es, der verblutete. Die Manschette, welche ihm aus dem Jackenärmel ragte, war blutdurchtränkt.

In diesem Moment kam eine Schwester herein, starrte die Manschette an und fragte: »Soll ich Karbollösung holen?«

»Nein, nein«, antwortete ich. »Das ist bloß eine Bagatelle.«

Ich merkte, wie mein gesamtes Dasein ins Schlingern geriet. Ich hatte gehofft, sie würde wieder gehen, doch sie stellte sich an den Korb mit den frisch gewaschenen Mullbinden und begann sie aufzuwickeln.

»Warte draußen«, sagte ich, und er gehorchte tatsächlich.

Und zu der Krankenschwester sagte ich in leichtem Tone: »Er ist Neurastheniker und hat sich geringfügig ins Handgelenk geschnitten. Nur ganz oberflächlich und außerdem in verkehrter Richtung. Ich kenne ihn und werde hinausgehen und mit ihm reden. Vermutlich muss ich ihn nach Hause begleiten und ihn beruhigen. Ich bin jedoch bald zurück.«

Ja, mein ganzes Leben geriet ins Wanken, alles, was ich erreicht hatte, drohte der Verwüstung anheimzufallen. Ich hatte den Eindruck, es würde nach Flieder riechen. Oder nach Müll. Schwester Elma starrte mich an. Was dachte sie? Und was würde sie dem Chefarzt sagen?

Elise lag in ihrem Mädchenzimmer in der verwaisten elterlichen Wohnung. Ihre Eltern waren nach Kopenhagen gereist, und der Plan war gewesen, den Eingriff so vorzunehmen, dass die Konsequenzen während deren Abwesenheit einträten. Nun aber waren sie schon auf der Rückreise, und Elise wollte nicht aufhören zu bluten. Wieder drückte mein Kommilitone es so aus. Sie *wollte* nicht aufhören und verblutete damit ihrer beider Möglichkeiten, der Verdammnis zu entrinnen. Das Blut war durch eine Schicht Zeitungspapier in die Rosshaarmatratze gedrungen. Elises Lippen waren farblos, ihr Teint war graubleich. Es sah aus, als hätte in dem Bereich ihres Körpers, wohin meine Sonde vorgedrungen war, eine Auflösungsarbeit begonnen. Diese war jetzt dabei, den gesamten Organismus zu erobern.

Elises Gesichtsfarbe, ihr unregelmäßiger Puls und der kalte Schweiß in ihrem Gesicht sagten mir, dass sie ins Krankenhaus musste. Sie nahmen eine Droschke, und obwohl Elise in eine Wolldecke gehüllt war, schlotterte sie wie im Schüttelfrost. Die Sonde nahm ich mit nach Hause.

Über eine Woche wartete ich darauf, dass die Polizei käme. Ich dachte oft an meinen Vater, an seinen Gefängnisaufenthalt. Mir kam der Gedanke, mit allem Schluss zu machen, bevor sie mich holten. Doch es verging eine Stunde, und es verging noch eine Stunde, ohne dass ich irgendwelche Anstalten machte. Ich verspürte einen Lebenswillen, den ich verachtete. Ich war nicht besser als ein Frosch, welcher, von einem Wagenrad überrollt, weiterzukrauchen versucht.

Die Polizei kam nicht. Nach einer Woche begriff ich, dass ich davongekommen war. Und sie? Ich wollte meinen Kommilitonen nicht aufsuchen. Mein Hass war zu groß. Stattdessen ging ich drei Wochen lang täglich ins Allgemeine Zeitungskontor und las die Todesanzeigen. Ihr Name tauchte nie auf.

Am Sonntag, dem 26. Mai, wurde Frida Klepp in der Klarakirche konfirmiert. Dass ich in der Praxis ihres Stiefvaters arbeite und im Hause zu Mittag esse, bedeutet ja nicht, das ich an Skades Familienleben teilzuhaben wünsche. Trotzdem war ich der Meinung, ich sollte der Feier aus Höflichkeit beiwohnen, und anschließend bei der Kaffeetafel überreichte ich Frida mein Geschenk. Sie war blass und hatte geweint. Ich hörte, wie ihre Mutter spöttisch zu einer ihrer Freundinnen sagte, Mädchen in diesem Alter würden leicht für das Religiöse entbrennen.

»Oder für den Pfarrer«, entgegnete die Freundin mit ähnlich unangenehmem Lächeln.

»Ja, ja. Die anderen Schwärmereien kommen noch früh genug.«

Zwei alte Geier hackten auf einen verletzlichen Jungvogel ein. Als ich das Kästchen mit meinem Geschenke überreichte, stellten sie sich dicht neben Frida. Das Mädchen hatte das Silberarmband noch gar nicht herausnehmen können, als auch schon ihre Mutter zur Stelle war und es befingerte. In dem Kästchen lag auch ein Paar Ohrringe. Genau wie in dem Armband waren darin Türkise in Silber gefasst.

Fridas Wangen röteten sich. Ganz offensichtlich freute sie sich über das Geschenk, und sie gab mir die

Hand und knickste auf ihre Mädchenweise, obwohl sie an diesem Tage für erwachsen erklärt worden war und das Recht hatte, die Haare aufzustecken. Das tat sie am Abend auch. Ich war eingeladen worden, noch zum Essen zu bleiben, und Skade und ich standen mit unseren Sherrygläsern im Herrenzimmer, als Frida hereinkam. Sie trug noch ihr Konfirmationskleid, hatte sich jedoch ein Seidentuch in Grau und Rosa über die Schultern gelegt. Es war ebenfalls ein Geschenk. Sie trug das Armband, das sie von mir bekommen hatte, und sie hatte die Ohrringe mit den Türkisen in die Ohrläppchen geschraubt. Sie war sehr schön. Womöglich war meinem Blick anzusehen, was ich dachte, denn sie errötete tief, wandte sich ab und tat, als zupfte sie an der Aspidistra am Fenster. Die war wie üblich trocken, es hatte sich lange niemand mehr darum gekümmert. Frida ließ jetzt die starren, palmenähnlichen Blätter durch die Finger gleiten, und ich stand da und betrachtete ihren Nacken, welcher jetzt zum ersten Male zu sehen war, nachdem sie ihre Zöpfe gelöst und das Haar zu einem lockeren Knoten aufgesteckt hatte. Dieser Nacken war rührend in seiner Nacktheit. Augenblicklich kam ihre Mutter angestürzt und brach in schulmeisterliche Tiraden aus. Frida müsse die Ohrringe abnehmen. Sie sei noch viel zu jung, um dergleichen zu tragen.

»Das kommt noch früh genug«, sagte sie mit einem giftigen Blick auf mich. Was hatte ich getan? Obwohl ich nicht sehr für große Gebärden bin, breitete ich die Arme aus. Elsa Skade gab jedoch keine Erklärung, wiederholte lediglich ihr: »Früh genug, früh genug!« Frida nahm die Ohrringe ab und ging in ihr Zimmer zurück, um sie in das Kästchen zu legen.

Ich hatte gute Lust, mich zu entschuldigen und zu gehen, doch ich stand auch noch den Spargel mit Sauce Hollandaise, den Kalbsbraten, das Blancmanger und

Skades Rede auf die Konfirmandin durch. Diese Rede konnte man für heiter korrekt halten, doch sein Blick auf Frida machte sie zweideutig. Frida durfte ein Gläschen Wein trinken, ihre Wangen wurden wieder rosig. Doch warum hatte sie die Ohrringe nicht anbehalten dürfen?

ꝏ

Der Sommerabend ist schwer vom Duft der Linden. Ihr Honigseim glitzert auf dem Fensterblech. Obwohl es schon spät ist, sind durch das offene Fenster Kinderstimmen zu hören. Sie kommen von weit her und klingen wie Vögel.

Ich tappe im Leeren. Zugleich aber empfinde ich diese sonderbare Aufgeräumtheit.

Aufgeräumt – ja! – und ängstlich. Ich weiß nicht einmal, ob ich es wage, meine Aufzeichnungen zu behalten. Der Abscheu, der sich darin spiegelt, könnte mir entgegengehalten werden.

Ich höre Schritte in der Wohnung. Werden die Absätze hart auf den Boden gesetzt, ist es die Mutter, die in ihrer Aufgeregtheit von Zimmer zu Zimmer geht. Die zögernden und leichten Schritte gehören der kleinen Frauenblüte.

Allerlieblichste kleine Frauenblüte. Das sind seine Worte. Seltsam kommen sie wieder. Ich möchte über diese Blüte wachen und habe versprochen, über Nacht zu bleiben. Auf dem Sofa im Herrenzimmer wurde mir bereits ein Bett bereitet. Sie haben wohl Angst vor dem, was in der Praxis auf der Untersuchungspritsche liegt.

Ich bin an einem Punkt angelangt, an dem ich mich entscheiden muss. Wage ich es, meine Aufzeichnungen fortzusetzen?

Ich weiß es noch nicht.

Des Menschen eigene Kraft

DREI WOCHEN SIND vergangen, und es ist nichts passiert, außer dass wir Johannes Skade beerdigt haben. Ich schreibe »wir«, da ich an allem, was nach seinem Tode geschehen ist, beteiligt war. Frida und ihre Mutter brauchten meine Hilfe. Es ist nichts Unvorhergesehenes oder Beängstigendes eingetreten, und es wurden keine Fragen gestellt.

Es gibt also keinerlei Grund, diese Papiere zu vernichten. Ich habe sie in ein großes Kuvert gesteckt, welches genau den von mir beschriebenen Seiten Platz bot. Da ich das unabweisliche Gefühl hatte, nun sei ein Kapitel abgeschlossen, war es mir ein Vergnügen, das Kuvert mit einer Aufschrift zu versehen. Hat man erst einmal begonnen, sein Leben als Roman zu betrachten, kann man es ebenso gut in Kapitel einteilen. Wie aber hätte mein erstes langes Lebenskapitel geheißen? Ich weiß es nicht. Da es ungeschrieben ist, bleibt es diffus.

Seit einigen Jahren wird viel Aufhebens von einem Kellergeschoss der Seele gemacht, von welchem wir bei Tageslicht und vollem Bewusstsein nichts wüssten. Dort soll es Schrecken, Begierde und Handlungsimpulse geben, von denen der vernünftige und moralisch ausgeglichene Mensch nichts wissen wolle. Das mag seine Richtigkeit haben. Doch scheint es auch so zu sein, dass manche Handlungen für denjenigen, der sie ausgeführt hat, nicht ganz wirklich zu sein brauchen.

Als mein Vater im Zentralgefängnis der Provinz seine Strafe verbüßte, erzählte er, dass er von Menschen umgeben sei, welche das Vergehen leugneten, dessentwegen sie verurteilt wurden. Sie beteuerten leidenschaftlich ihre Unschuld an der unsittlichen Entblößung, an der Brandstiftung in der Brennholzkiste, an der schändlichen Verbindung mit einer zurückgebliebenen Tochter. Keiner habe seine Frau erschlagen oder die Kasse des Gesangvereins gestohlen. Mein Vater betrachtete all dies Leugnen von oben herab. Doch auch er behauptete zeitlebens, zu Unrecht verurteilt worden zu sein. Er schien wirklich zu glauben, dass jahrelange Unterschlagungen notwendige Umverteilungen zum Wohle der Firma gewesen seien. Dass er sich in dieser Zeit höchst kurzfristig hin und wieder eine Summe ausgeliehen habe, während das Geld ohnehin untätig gewesen sei, war demzufolge eher eine zerstreute und unschuldige Nebenhandlung seiner ansonsten untadeligen Tätigkeit.

Meine Mutter widersprach ihm natürlich nicht, und ich ebenso wenig.

Wenn ich mich selbst wie unter Glas betrachte, so deshalb, um nicht zu werden wie er.

Solch einen Sommer habe ich noch nicht erlebt. Hundstage seit Mitte Mai. Den ganzen Tag hängt dichter, staubiger Dunst völlig unbeweglich über Straßen und Plätzen. Erst abends lebt man etwas auf. Vorhin habe ich einen Abendspaziergang gemacht, wie fast jeden Tag nach meinen Krankenbesuchen, und die sind im Sommer nicht gerade zahlreich. Von Osten her kommt ein kühler, anhaltender Luftstrom, der Dunst hebt sich, segelt langsam davon und bildet weit hinten im Westen einen langen Schleier aus rotem Staub. Kein Geratter von Lastfuhrwerken mehr, nur ab und zu eine Droschke und die Straßenbahn mit ihrem Geklingel.

Immer wieder lese ich diese verwunderlichen Worte. Wie konnte er Jahre und Monate im Voraus in mein Leben blicken? Das stimmt ja alles. Es sind gerade Hundstage. Aus den Gullys stinkt es, doch davon schreibt er natürlich nichts. Er möchte den feinen Schleier der Schönheit und Melancholie, welchen er über seine Wirklichkeit gebreitet hat, nicht antasten.

Es ist jedoch so, als hätte er in mein Leben und mein Innerstes geblickt, wo die Zukunft noch unerlöst lag. Er hat nur an der Oberfläche kleine Veränderungen vorgenommen. Und er hat seinen Helden Glas genannt. Ich weiß, wie er darauf gekommen ist. *Glasklare Prosa.* Das habe ich bei unserer Begegnung im SHT über seine beiden Bücher gesagt. Ich ahne jetzt, wie sehr Schriftsteller sich von Zufällen inspirieren lassen.

Er muss mir bereits damals direkt ins Innerste geblickt haben. Deshalb sprach er auch aus, was in jenem Moment wie eine Taktlosigkeit wirkte: dass ich als Mediziner mit Zyankali in der Tasche umherginge. Er zielte nicht auf die Selbstmordpläne der gescheiterten Figur ab, als er diese abfälligen Worte Strindbergs zitierte. Er sah etwas ganz anderes in mir.

Wie weit kann ein Schriftsteller bei seiner tastenden Suche im Leben und in den Geheimnissen eines anderen Menschen gehen? Erst jetzt fällt mir ein, dass er in *Doktor Glas* etwas über Samuel Smiles Buch vom rechten Wege zu Anerkennung und Reichtum geschrieben hat. Es war, als hätte er gewusst, dass ich es besitze. Ist er in meinem Zimmer gewesen? Hat er meine Wirtin bestochen?

Die Hitze der Hundstage bekam Johannes Skade schlecht. Beim Treppensteigen keuchte er mehr als sonst und war hochrot im Gesicht, wenn er endlich oben anlangte. Auf sein Vergnügen wollte er dennoch nicht verzichten. Am Samstag, dem 20. Juli, sah ich ihn Azorellis Zigarrenladen betreten, und ich bin überzeugt, dass er weiterging zum – wie er es zu nennen pflegte – Mädchenetablissement in der ersten Etage. Ich eilte nach Hause. Zu gegebener Zeit machte ich mich zum Abendbrote bei Familie Skade fertig. Ich nahm dort jetzt sowohl das Mittag- wie auch das Abendessen ein. Skade begründete dies damit, dass ich zur Hand sein sollte, wenn nach einem Arzte geschickt würde. Er verfügte ja sowohl über Rikstelefon als auch über Stockholms Allmänna Telefon, während ich gar keines hatte. Ich glaube, er wollte auch die Möglichkeit haben, mir aufgrund dieses aufgezwungenen Kostgängertums einen Teil des Lohnes abzuziehen.

Er ließ auf sich warten. Elsa Skade hieß das Mädchen den Aufschnitt wieder abtragen und sagte gereizt, der Eierauflauf werde kalt und falle zusammen. Ich dachte, sie sollte über ihre Eieraufläufe nicht wie über Soufflés sprechen, waren sie doch von vornherein strohtrocken.

Frida saß träumend am Klavier. Zwar sind mittlerweile einige Wochen vergangen, doch erinnere ich mich noch sehr gut daran, dass sie *Das Gebet einer Jungfrau* spielte, ein viel zu schwieriges Stück für sie, welches sie aber auf Anordnung ihrer Mutter übte. Seit der Konfirmation ihrer Tochter streicht Elsa Skade auf ungesunde Art deren Unberührtheit heraus. Die Ware soll nun bald auf den Markt geworfen werden.

Schließlich hörten wir Skades schweren Schritt auf der Treppe. Hin und wieder blieb er anscheinend stehen, um zu verschnaufen. Dann stapfte er mühsam weiter. Als er im Vorraume war, hörten wir ihn mit dem Schlüsselbund klappern. Er wollte offenbar in die Praxis, welche abgeschlossen war. Es war weithin zu hören, dass er angestrengt atmete.

»Sehen Sie nach ihm«, sagte Elsa Skade scharf.

In dieser Familie werde ich nicht so behandelt, wie man einen Arzt zu behandeln pflegt. Man erteilt mir Befehle. Frida klimperte weiter auf dem Klavier, als ich in den Vorraum hinausging. Die Praxistür mit dem Glasfenster stand offen.

Skade lag halb auf der Untersuchungspritsche. Er wirkte betrunken, grinste mich an und zeigte auf den Schlüsselbund, welcher ihm auf den Boden gefallen war.

»Diese verdammte Angina«, sagte er.

Ich begriff, dass er auf dem Wege zum Medikamentenschrank gewesen war. Ich stand einen Moment mit den Schlüsseln davor. Es hingen viele an dem Bunde.

Dann drehte ich mich um und sagte: »Ach was, das dauert zu lange. Nehmen Sie stattdessen welche von meinen.«

So einfach war das.

Ich hielt ihm das Döschen hin, und als er den Inhalt sah, sagte er: »Aha, Pillen. Heutzutage wälzt und wälgert man wohl alles.«

Er nahm eine Pille. Ich reichte ihm Wasser, damit er sie hinunterspülen konnte. Er fragte noch etwas zu meiner Medizin, ob ich sie selbst nähme, doch ich antwortete nicht darauf.

Jetzt werde ich sehr ehrlich sein: Ich wollte ihn nicht ansehen.

Ich verließ rasch die Praxis, schloss die Tür mit der Glasscheibe und blieb draußen stehen. Ich hörte, wie er von der Pritsche fiel.

Einige Augenblicke lang kam es mir vor, als schwebte alles. Es war geschehen, und es war nicht geschehen. Ich konnte ins Esszimmer gehen, mich setzen und meine Serviette aus dem Ringe ziehen. Dieser Moment schien sich schwerelos in der Ewigkeit zu halten, und nichts war noch von Bedeutung.

Da begann ich zu kichern. Es überkam mich völlig unversehens, und ich konnte mich nicht zurückhalten. Als Elsa Skade aus dem Esszimmer kam, musste ich mein Taschentuch hervorholen und es mir vor den Mund halten. Sie fragte, warum ihr Mann auf sich warten lasse.

»Einen Augenblick bitte«, sagte ich.

Ich ging wieder in die Praxis und schloss die Tür hinter mir ab. Elsa Skade klopfte und rief, doch ich kümmerte mich nicht um sie. Ich musste kontrollieren, ob alles in Ordnung war. Er lag auf dem Boden. Sein Gesicht war bläulich, und seine Augen mit ihrem matten Weiß starrten nach oben. Ich beugte mich hinunter und tastete am Halse nach dem Puls. Skades Herz stand still.

So einfach war das.

Ich konnte seinen schweren Körper natürlich nicht allein auf die Pritsche heben, also ließ ich ihn liegen. Ich würde Hausmeister Holmlund später anweisen, mir zu helfen. Zuerst aber musste ich zusehen, dass alles in Ordnung war und nichts verdächtig wirkte. Mir fiel der Medikamentenschrank ein, und ich ging ihn aufschließen. Nachdem ich den richtigen Schlüssel gefunden hatte, dachte ich, wie anders alles gekommen wäre, hätte ich ihn vor wenigen Minuten gleich erwischt.

Nun stand die Schranktür offen, und ich konnte zu Elsa Skade hinausgehen und sagen, ich hätte seine Medizin aus dem Schranke geholt. Mir fiel ein, dass sie vermutlich von flüssiger Konsistenz war. Deswegen hatte er doch etwas über das Wälzen und Wälgern von Pillen gesagt. Ich suchte zwischen den Fläschchen in dem Schranke, bis ich das richtige gefunden hatte, auf dessen Etikett stand:

Sol.nitroglycer.spir.
(1 %) guttas 20
Aq. destill. 200,0
MDS. 1 EL 3 x tgl.

Ich trat zu ihm und legte es neben seine vorgestreckte zusammengekrampfte rechte Hand.

Als ich Elsa Skade einließ, zeigte ich auf das Fläschchen und sagte: »Er hat es nicht mehr geschafft, seine Medizin zu nehmen.«

Sie läuft jetzt in einem schwarzen Kleide und einem Kragen mit langen weißen Witwenschneppen herum. Wenn sie ausgeht, trägt sie einen Witwenschleier aus grobem Tüll über dem schwarzen Filzhute, dessen Krempe innen nun einen weißen Rand hat. Sie trägt Jettschmuck und schwarze Stoffhandschuhe.

Ich nehme an, dies soll Zeichen ihrer Trauer sein. Sie empfindet jedoch ebenso wenig Trauer, wie ich Schuld empfinde.

Ich empfand keine Schuld. Es gibt keine Schuld. Der Schauder, den ich empfand, war der gleiche, der mich manchmal bei großer und ernster Musik überläuft, oder bei ganz einsamen, heiteren Gedanken.

Es ist wahr, es gibt keine Schuld. Doch der Schauder blieb aus. Es war nicht so feierlich wie bei ernster Musik. Ich empfand eher eine nervöse Munterkeit. All das Grübeln, welchem Tyko Glas Tage und Nächte widmet, die beiden Stimmen, die in seinem Innern sprechen, sowie die lange Zeit, die er benötigt, sich zu entschließen, sind Erfindungen eines Schriftstellers, weiter nichts. Das hat sich ein vergrübelter Mensch ausgedacht. Wahrscheinlich ist er selbst nicht in der Lage, wirklich zu handeln. Er ließ Tyko Glas ausrufen: *Ich will handeln. Leben ist Handlung.* Doch er verstand nicht, was das bedeutet. Er kannte mich nicht gut genug, sondern musste sich mit Vermutungen behelfen.

Ich besitze jetzt eine Kenntnis, die er nicht hat. Eine Erfahrung, von welcher ihm sein Phantasieleben keine Vorstellung vermitteln konnte. *Leben ist Handlung.*

Ich bin mir der Handlung, die ich ausgeführt habe, bewusst. Ich leugne diese Tat nicht, so wie mein Vater und seine Mitgefangenen ihre Taten geleugnet haben, welche außerdem erbärmlich waren. Sollte es so übel ausgehen, dass man mich dafür anklagt und verurteilt, würde ich nicht leugnen, sondern gestehen, dass ich imstande war, die Tat auszuführen. Die Handlung hat eingerollt wie eine gespannte Feder in mir gelegen, bereit, sich zu entfalten.

Es wird nicht übel ausgehen. Ich habe schnell, aber auch mit Bedacht gehandelt. Ich hatte eine klare Vorstellung von den Umständen, welche zu einer Aufdeckung hätten führen können.

Johannes Skade war ein Schädling. Dieses Wortspiel ging mir seit Langem durch den Kopf. Es hatte mich darauf vorbereitet, schnell zuzuschlagen, sobald sich die richtige Gelegenheit bot. Ich hatte sie nicht geplant, nicht einmal vorher in Gedanken durchgespielt. Das ist es, was der Schriftsteller Söderberg nicht begreifen kann: die Bereitschaft des Tatmenschen, seinen untrüglichen Instinkt für den richtigen Augenblick. Ich schlug zu, wie man mit einem Besenstiele auf eine Ratte einschlägt, sobald sie ihre Nase hinter dem Mülleimer vorreckt.

Es ist nun mal so gekommen. Das denke ich mir oft, wenn ich durch die Straßen gehe. Die Menschen tun ihr Bestes, um es zu etwas zu bringen. Sie wollen Erfolg haben und ein vorteilhaftes Äußeres. Sie wünschen, gut gekleidet zu sein und in einer Wohnung oder einem Hause zu leben. Sehe ich sie jedoch auf der Straße, hat einer eine schiefe Schulter, ein anderer keucht unter seiner Korpulenz. Das einst schöne Gesicht einer Frau ist durch Krankheit gelb geworden, und ihre Freundin kneift ihrer schlechten Zähne wegen den Mund zusammen. Die eine putzt sich heraus, die andere knöpft einen abgetragenen Mantel mit kahlem Pelzkragen über ihrer Armut zu. Sie ist eine *pauvre honteuse*, die am liebsten nicht eingestehen möchte, dass es nun mal so gekommen ist.

Das Leben macht etwas mit uns. Es fragt nicht nach unserem Willen. Wir können nicht so genau sagen, wann es anders verlaufen ist, als wir wollten, denn meistens ist es geschehen, ohne dass wir es richtig gemerkt haben.

Was bleibt, ist der Überdruss. Dessen können wir gewiss sein.

Einzig wenn man handelt, lebt man.

ಐ

Für Elsa Skade hat das Wort handeln eine eigene Bedeutung. Nachdem sie durch den Tod ihres Mannes zu Mitteln gekommen ist, rennt sie von Geschäft zu Geschäft. Er muss einiges beiseitegelegt haben, denn sie versagt sich nichts. Lange Zeit sind die dunklen Zimmer mit Büsten und Figurinen in falschem Klassizismus geschmückt gewesen, mit hängenden und liegenden Teppichen zweifelhaften orientalischen Ursprungs, Seidenschirmen mit nachgedunkelten Goldfransen, von Seidenvolants umrahmten und mit Kreuzstichrosen bestickten Kissen sowie Kandelabern aus schwarz angelaufenem Neusilber. Jetzt verändert sich ihr Charakter allmählich. Als Erstes hat sich Elsa Skade einer Lampe entledigt, deren Alabasterfuß die Form eines üppigen weiblichen Körpers mit naturwidrig schmaler Taille hatte. Der Eindruck eines türkischen Harems im Norrmalm der achtziger Jahre verflüchtigt sich zusammen mit dem Geruch von Skades Zigarren.

Sie möchte die Praxis verkaufen. Ich warte ab.

Ich glaube nicht sehr an die medizinische Wissenschaft. Darin waren Skade und ich ausnahmsweise einer Meinung. Er behauptete, der Körper sei größtenteils selbstheilend. Natürlich nicht ganz und gar. Am Ende sterben wir ja alle. Seiner Ansicht nach heilten jedoch drei Viertel aller Krankheitszustände von selbst aus. Er sagte, er verfüge über wissenschaftliche Beweise für diese Überzeugung.

Ich glaube, daran ist etwas Wahres. Wir können mit einem gewissen Erfolge chirurgische Eingriffe vornehmen. Wir sind geschickt, wenn es darum geht, gebrochene Beine zu schienen, Splitter aus Augen zu ziehen und offene Wunden zu säubern. Dieses einfache Handwerk beherrschten Feldscher und Barbier, lange bevor es in Schweden eine medizinische Ausbildung gab. Wir heilen selten, wenn wir nicht schneiden, ziehen oder schienen dürfen. Doch wir können lindern.

Dies schien auch Johannes Skades bevorzugter Zweig der medizinischen Praxis geworden zu sein. Ich hatte keine Ahnung, in welchem Ausmaße ich diesen weiterverfolgen musste, um den Praxisbetrieb aufrechtzuerhalten. Mit der Pipette träufle ich Linderung in gemartertes Fleisch und qualbeladene Seelen. Ich verschreibe Opium und Bromkalium in unterschiedlichen apothekengefertigten Darreichungsformen. Wie zuvor er, so verabreiche nun ich Damen, welche niemals aufhören, Schrecken vor Schmerzen und Trauer zu empfinden, Laudanum. Zwei von Skades Patientinnen sind sogar in einem solchen Grade von opiumhaltiger Hustenmedizin abhängig, dass die Arznei in einer vorher bestimmten Reihenfolge bei verschiedenen Apotheken geholt werden muss, damit die Verschreibungen nicht die Aufmerksamkeit der Apotheker erregen.

Als ich in der skadeschen Praxis Selbstherrscher wurde, versuchte ich aus purer Sorge, die Flut der beruhigenden und schmerzlindernden Mittel zu drosseln. Das führte zu Bitten und Betteln, Geschrei und hysterischen Krampfanfällen. Aufgebrachte Ehemänner, welche in ihrem Hause Ruhe wünschten, tauchten in der Sprechstunde auf. Als ich erklärte, welche Risiken ich durch allzu häufige Verschreibungen einginge, erfolgte eine Erhöhung meines Honorars. Diese Art Honorar lege ich beiseite. Es ist nicht nötig, Elsa Skade darüber Rechenschaft abzulegen, denn das Risiko gehe ich ein, nicht sie.

Bei gewissen Besuchen muss ich die Linderung unmittelbar verabreichen. Dann stehe ich mit der Pipette da und träufle die begehrte Ruhe in ein Glas Wasser.

Tröpfchenweise bin ich lebendig. Tröpfchenweise dringen Zeit und Tod auch in mich ein. Wer nicht handeln kann, stirbt langsam. Viele meiner bittenden und bettelnden Patienten wollen ein Mittel gegen den Überdruss haben. Das Beste an diesen Patienten ist, dass ich sie nicht entkleidet sehen muss. Ich brauche sie nicht einmal zu berühren.

Es lässt sich nicht leugnen, dass die Ausübung der Heilkunst im Allgemeinen unangenehm ist und ein gerüttelt Maß an Voyeurismus beinhaltet. Was für meine Person immer schon wahrlich unfreiwillig war! Ich habe mir nie gewünscht, jemandem unter die Wäsche zu schauen.

In den Träumen meiner Mutter hatte der Arztberuf etwas Erhabenes, und ich war derjenige, welcher die medizinische Wissenschaft mit der homöopathischen Praxis vereinen und Letztere auf ein höheres Niveau heben sollte. Ihr war nicht unbekannt, dass die Homöopathie von Herren praktiziert wurde, welche sie zwar im weißen Kittel, doch meist in schief getretenen Schuhen in den Fremdenzimmern ausübten, in denen sie abstiegen.

Hätte der Voyeurismus des Arztberufes beim Anblick von Fisteln um den After und von Krebsgeschwüren haltgemacht, welche wie obszöne Rosen aus weiblichen Brüsten ausgeschlagen waren, so wäre das für mich schon schlimm genug gewesen. Die Ausbildung erforderte jedoch, dass man an der Öffnung von Leichen Gestrandeter teilnahm und dann in ihnen herumschnippelte und -stocherte. Ich wurde ohnmächtig, und ich übergab mich, war jedoch gezwungen, die makabren Übungen zu absolvieren. Meine Mutter hatte mich durch ihre Aufopferung, wie wir das nannten, auf diese Ausbildung festgenagelt, welche ein Großhändler finanzierte, dessen Großmut und Generosität anfangs recht oft aufs Tapet kamen. Später ließ sich darüber ja nicht mehr sprechen. Schulkamerad Hoppes Unterstellungen und mein Ausbruch zu Hause hatten dies gar zu peinlich gemacht.

Ich kam indes auf meine Art durch die Ausbildung. Zu denen, welche im Hofe des Karolinska Institutes Tennis spielten, gehörte ich wahrlich nicht. Doch war ich der Meinung gewesen, aufsteigen zu können, sobald ich in die Praxis hinauskäme. Ich arbeitete mich im Garnisonskrankenhause immerhin zum Leutnantsrange empor und hätte es sicherlich noch weiter und höher geschafft. Doch dann war da diese fatale Begebenheit mit Elise, und ich wurde vor Entsetzen aus der Bahn geworfen. Wochenlang glaubte ich, ein Polizist würde mit der Hand am Säbel in die Klinik gestiefelt kommen und verlangen, dass ich mich ins Gefängnis abtransportieren ließe. In diesem Zustand der Schwäche landete ich in der venerologischen Heilanstalt und im Untersuchungsamte und besaß nicht die Kraft, von dort wegzukommen. Ich trieb wie der Müll in Stockholms Strome von Zufall zu Zufall und verachtete schließlich mich selbst und meine Arbeit.

Jetzt will ich an dem festhalten, was ich endlich erreicht habe. Elsa Skade bedroht jedoch mein Dasein. Sie will die Praxis verkaufen.

An den Werktagen, an denen ich weiß, dass sie ausgeht – und das sind die meisten –, unterbreche ich kurz nach vier Uhr meine nachmittäglichen Krankenbesuche und beeile mich, in die Wohnung zu kommen. Unterwegs kaufe ich etwas in einer Konditorei und warte mit der Tüte in der Hand in einiger Entfernung auf der Straße, bis ich Frida von der Schule kommen sehe.

Ich sehe sie schon von Weitem, denn sie trägt eine karierte schottische Mütze, welche Frida Tammy nennt, obwohl sie nach dem Helden eines Gedichtes von Robert Burns eigentlich Tam-o'-shanter heißt. Englisch ist die Lieblingssprache der Schülerinnen des Athenäums, das Frida besucht. Sie finden diese Sprache modern und spannend im Gegensatze zu Deutsch und dem Französisch, welches in älteren Töchterschulen so unerbittlich gepflegt wurde.

Der Weg von der Stora Bastugatan ist gerade so weit,

dass sie rosige Wangen hat, wenn sie auf mich zukommt. Bei feuchtem Wetter kräuseln sich die Härchen in ihrem Zopf. Dieses Wuschelige in dem steifen Zopf übt eine starke Wirkung auf mich aus. Ich spüre sie bis in die Leisten. Der Anblick gekräuselter Härchen, ob an einem Halse, in Ponyfransen oder einem Zopf, hat mich schon erregt, als ich noch ein Schuljunge war. Damals war die Erregung jedoch mit einem schweren Geruch nach Rosenöl und ungelüfteten Kleidern verbunden. Jetzt ist sie angenehm.

Als ich sie das erste Mal nach Schulschluss traf, habe ich natürlich so getan, als wäre unsere Begegnung reiner Zufall. Heute verstellen wir uns nicht mehr. Sie weiß, dass ich auf sie warte, und bittet, wenn wir in die Wohnung kommen, das Mädchen sofort um Kaffee. Bei Tische redet sie ununterbrochen, und der gute, wärmende Strom von Worten ist schier physisch spürbar, er scheint mir durch den Blutkreislauf zu fließen. Natürlich wärmt und belebt mich nicht das, was sie sagt, sondern ihre Stimme. Sie redet über Lehrerinnen und Mitschülerinnen auf dem Athenäum, und meistens ist es Mädchengeschwätz, unschuldiger Klatsch oder ein lustiges Geschichtchen. Es kommt aber auch vor, dass sie mir von ihren Kümmernissen spricht. Sie kann eifersüchtig sein! Die Mädchen schwärmen offenbar für einige ihrer Lehrerinnen, und ich nehme an, sie tun es in aller Unschuld. Dennoch berührt es mich unangenehm, und ich lenke das Gespräch immer auf etwas anderes.

Sie liebt zuckerige, mit Marmelade gefüllte Krapfen. Es ist wunderbar, ihr zuzusehen, wenn sie diese isst, da sie sich die Lippen lecken muss, um kleben gebliebene Zuckerkörnchen zu entfernen. Ihre rosa Zungenspitze fährt heraus, und ich werde schwer, wo ich es vielleicht nicht werden sollte, und atme kurz. Das Ganze ist jedoch so unschuldig, dass ich mir nichts vorwerfen kann. Sie weiß ja nichts davon. Ich bin ein erwachsener Mann. Ich frage mich, ob sie manchmal daran denkt? Hätte sie Angst vor mir, wenn sie es täte?

Vor zwei Wochen kam Elsa Skade unverhofft nach Hause, während Frida und ich bei unserem Kaffee saßen. Es bedurfte indes keiner Erklärungen. Sie war wegen etwas ganz anderem aufgeregt und wollte mit mir allein reden. Wir gingen ins Sprechzimmer, und sie setzte sich mir nichts, dir nichts an meinen Schreibtisch und überließ mir den Besucherstuhl. Ich glaube nicht, dass sie es mit Absicht tat. Hat sie die Alternative, wählt sie instinktiv die mich herabsetzende. Zunächst bekam ich kaum mit, was sie sagte. Mein Nervensystem war von dem Kontrast zwischen ihr und Frida zutiefst erschüttert.

Sie sprach natürlich über den beabsichtigten Verkauf der Praxis. Bisher hatte sie sehr wenige Angebote erhalten. Und nun hatte endlich ein Arzt mit einer Praxis auf Kungsholmen ein, wie sie es nannte, Schandgebot unterbreitet. Sie war unerhört aufgeregt. Ich sagte, sie müsse, da schon ziemlich lange bekannt sei, dass die Praxis zum Verkaufe stehe, doch damit rechnen, dass die Gebote, die unterbreitet würden, immer weiter sänken. Am besten hätte sie gleich am Anfang zugeschlagen.

»Ich muss jetzt gehen. Ich habe heute Nachmittag noch drei Krankenbesuche zu machen.«

Das wirkte. Ja, die Wirkung war sogar größer, als eigentlich von mir beabsichtigt. Als ich zum Essen zurückkam, war sie sehr nachdenklich.

»Bleiben Sie noch«, sagte sie, als ich mich vom Tische

erhob. Sie schickte Frida an ihre Hausaufgaben, und wir gingen in den Salon. Aus dem Büfett im Esszimmer hatte sie eine Flasche Madeira und zwei Gläser mitgenommen. Jetzt schenkte sie uns ein und prostete mir mit einem eigenartigen Lächeln zu. Sie ist wahrlich ungeübt darin, mir Freundlichkeit entgegenzubringen.

»Wir müssen zu einer Einigung kommen«, sagte sie.

Ich schwieg.

»Ich glaube, es wäre ein Fehler, die Praxis zu verkaufen«, fuhr sie fort.

Ich glaube, ich zuckte mit den Schultern.

»Es ist doch ... wie soll ich sagen ... das Ganze, was an einer Praxis etwas wert ist.«

Jetzt kommst du allmählich zum Wesentlichen, dachte ich und sagte in einem Tone, als würde ich scherzen: »Ja, eine Praxis besteht ja nicht aus diversem Inventar und ein paar Öldrucken und abgegriffenen Exemplaren des Kalenders Svea. Oder der Instrumentensammlung in einem Glasschrank und einem Arzneimittelvorrat, welcher ständig aufgefüllt werden muss.«

»Ach, nein«, versetzte sie spitz. Sie ist schlau, im Grunde aber sehr einfältig.

»Was ist dann Ihrer Meinung nach von Wert?«, fragte sie.

»Der Wert einer Praxis wird von den Ärzten bestimmt, die dort arbeiten, und davon, ob der Käufer die Aussicht hat, den Patientenstamm zu übernehmen.«

»Wollen Sie eine eigene Praxis eröffnen?«, fragte sie auf gut Glück. Und ohne eine Antwort abzuwarten: »Das können Sie sich doch gar nicht leisten, oder?«

»Ich habe die Möglichkeit, Kredit aufzunehmen«, erwiderte ich. »Man muss es als eine gute Investition betrachten, da ich über eine Patientenliste verfüge. Ich brauche ja nicht bei null anzufangen.«

»Es war aber mein Mann, welcher Ihnen diese Patienten verschafft hat!«

»Das mag sein«, entgegnete ich. »Aber jetzt sind es meine.«

Sie konnte nicht wissen, dass Geld leihen das Letzte wäre, was ich tun würde. Hatte ich mich doch endlich der Schulden bei Großhändler Schölers Erben entledigt.

»Bleiben Sie«, sagte sie.

Ich tat, als verstünde ich nicht.

»Bleiben Sie hier. Betreiben Sie die Praxis weiter. Ich glaube, das wäre für uns beide die vorteilhafteste Lösung.«

Ich dachte an Frida. Ich habe nur eine einzige unangenehme Erinnerung, in der Frida eine Rolle spielt.

Sie hatte einmal von ihrem Teller aufgesehen und gefragt: »Dieses Haus gegenüber, als wir in der Klara Norra Kyrkogata wohnten. Im Stockwerk genau gegenüber. Was für Leute haben da gewohnt?«

Sowohl Elsa Skade als auch ich hatten geschwiegen, während Frida gedankenvoll mit der Gabel durch das Steckrübenpüree auf ihrem Teller fuhr.

Wie für sich selbst hatte sie weitergesprochen: »Da waren rote Vorhänge, die waren immer zugezogen. Außer an einem Abend. Erinnert ihr euch, als dieser fürchterliche Schneesturm war? Früh im Winter. Damals haben dort Mädchen herausgeschaut. Oder, ja – Frauen. Junge. Und nur im Hemd. Du bist immer in das Haus gegangen, Onkel Pontus, du musst es doch wissen.«

Elsa Skade beeilte sich zu antworten: »Das ist ein Mädchenpensionat«, erklärte sie. »Iss jetzt auf, und schmier nicht derart mit deiner Gabel herum.«

Mehr war es nicht. Und es ist schon einige Jahre her. Ich befürchte, Elsa Skade wird die Realitäten des

Lebens in Zukunft nicht mehr so diskret behandeln. Frida ist jetzt älter. Sie ist auf dem besten Wege, in die schwüle Frauenwelt eingeweiht zu werden. Auch wenn sie kaum erfahren wird, was sich in dem sogenannten Mädchenpensionate abspielt, so wird sie doch Andeutungen darüber erhalten, wie es zwischen Mann und Frau zugeht. Sie wird ihre Reinheit verlieren. Dies ist nachgerade das höchste Ziel ihrer Mutter, welche sie verlobt sehen möchte, am liebsten schon vor ihrem Abschluss am Athenäum, und dann mit einem vielversprechenden oder bereits etablierten Manne verheiratet. Wenn ich die Praxis verließe, könnte ich Frida nicht mehr treffen. Und ich müsste in eine Welt zurückkehren, deren Schmuddeligkeit sie sich nicht vorstellen kann. Für mich gibt es nichts außer der Anstellung in der skadeschen Praxis oder einer Rückkehr in die Krankenhäuser – und vermutlich auch nach Eira und in das Untersuchungsamt. Schließlich habe ich mir dort meine Meriten erworben.

Wir spielten jedoch ein Spiel, Elsa Skade und ich, deshalb hütete ich mich, ihr zuzustimmen.

Ich schüttelte den Kopf und leerte mein Glas. »Ich muss gehen.«

»Denken Sie darüber nach!«

»Nein«, sagte ich. »Ich möchte mein eigener Herr sein.«

Es war ein gewagtes Spiel, denn sie konnte schon am nächsten Tage einschlagen und die Praxis trotz des schäbigen Gebotes verkaufen. Doch noch hatte sie es nicht getan. Ich habe lange auf ihren nächsten Zug gewartet. Gestern war es so weit.

»Revinge«, sagte sie nach dem Essen. Denn sie spricht mich wie einen Droschkenkutscher oder Hausmeister an. Frida muss verstanden haben, dass es wieder um ein ernsthaftes Gespräch ging, denn sie verschwand rasch in ihr Zimmer. Wir standen wiederum im Salon, diesmal ohne Madeiragläser.

»Wir müssen Kompagnons werden«, sagte sie.

Ich hätte gerne an einem Glase genippt, während ich abwartete.

»Sie können doch Geld aufnehmen und es ebenso gut hier investieren«, sagte sie. »Damit ersparen Sie sich das Wagestück, eine neue Praxis zu eröffnen.«

Du Weib, du weißt nicht, was du sagst. Du weißt nichts von meiner Sklaverei für das schölersche Geld. Nichts davon, wie meine Mutter Zugang dazu bekam. Nein, nie und nimmer einen Kredit aufnehmen! Nie im Leben.

»Nein«, sagte ich nur.

»Aber Revinge! Sie sind so starrköpfig.«

»Ganz und gar nicht«, entgegnete ich.

Nun muss ich versuchen, etwas niederzuschreiben, was sich vermutlich im Bruchteil einer Sekunde in meinem Gehirn abspielte und was ich mit gewahrter Fassung hervorbrachte. Es verlieh mir dieses Gefühl plötzlicher Aufgeräumtheit, welches ich früher schon empfunden hatte, wenn ich instinktiv gehandelt hatte. Es überkommt mich, wenn ich unmerklich etwas in die Jackentasche gleiten lasse. Und es überkam mich, als Johannes Skade von seiner Untersuchungspritsche auf den Fußboden gefallen war. Ich zeigte es jetzt aber nicht.

»Holen Sie die Madeiraflasche«, sagte ich. »Wir könnten einen Grund zum Anstoßen bekommen.«

»Wie bitte?«

Ich lächelte nur, und sie holte tatsächlich die Flasche aus dem Esszimmerbüfett und zwei kleine geschliffene Gläser.

Als mein Glas gefüllt war, nahm ich es nicht auf, sondern sagte: »Heiraten Sie mich.«

Ich hatte das Vergnügen, Elsa Skade völlig starr vor Erstaunen zu sehen. Und sie sah idiotisch aus. Dieser Droschkenkutscher, Hausmeister, Ladenschwengel – diese untergeordnete Person, welche sie Revinge nannte, hatte etwas geäußert, was ihr für einige Augenblicke die Sprache verschlug.

»Darauf stoßen wir an«, sagte ich. »Ich unterbreite einen Heiratsantrag. Es wird natürlich eine Pro-forma-Ehe. Denken Sie darüber nach! Aber denken Sie praktisch, Frau Skade.«

Ich leerte mein Glas und stellte es mit einem leisen Knall ab. »Bis morgen.«

Dann verließ ich mit ausgreifenden Schritten das Zimmer, noch immer aufgeräumt, als hätte ich Champagner statt Blut in den Adern. Erst draußen auf der Treppe begann ich zu kichern.

Es ist eine ungewöhnlich warme Oktobernacht. Mein Fenster steht offen, und ich kann leise Stimmen und Schritte hören. Draußen scheint es völlig windstill zu sein, doch kommt in Wellen ein schwacher Geruch nach Zigarettenrauch, in welchen sich der Duft von moderndem Laub mischt. Deshalb glaube ich, dass sich die Luft doch irgendwo regt. Möglicherweise streicht ein Wind über die Saltsjön und verirrt sich bis zwischen die Häuser auf Norrmalm. Aus der Dunkelheit ist ein Lachen zu hören. Ich habe nie eine Frau dazu gebracht, so zu lachen. Wie hätte das zugehen sollen?

Ich bin nachts gerne allein. Etwas anderes kann ich mir gar nicht vorstellen.

Was mache ich nur gerade aus meinem Leben? Einen Roman. Mehr wird es nicht. Im Übrigen habe ich das meiste dessen, was ich in den letzten Jahren geschrieben habe, verbrannt. Ich ertrage keine Trivialitäten, und ich hasse die Wiederholung, welche dem menschlichen Leben innezuwohnen scheint. Die Seiten aber, auf welchen ich jene entsetzliche Nacht beschrieben habe, halte ich noch in Händen. Diese Nacht wird sich niemals wiederholen.

Als ich Elsa Skade heiratete, gab es die klare Übereinkunft zwischen uns, dass es sich bei diesem Arrangement um eine Formalität handle. Pro forma! So habe ich gesagt.

Diese Form hielt sie zwei Monate lang ein. Mir hätte klar sein müssen, dass sie versuchen würde, daran zu rütteln, hatte sie doch schon vor der Trauung von der Wichtigkeit eines gemeinsamen Schlafzimmers gesprochen. Was würden denn die Leute sagen? Ihre Freundinnen – und Frida!

Sie setzte folglich voraus, Frida wüsste, dass eine Ehe im Schlafzimmer vollzogen wurde. Ich wandte den Kopf ab und sagte, das komme nicht infrage. Ich sei gewohnt, allein zu schlafen; ich hätte dies zeit meines Lebens getan und beabsichtige, es weiterhin zu tun. Ihre Freundinnen könnten mir gestohlen bleiben.

Dann kam das Entsetzliche. Es war in einer Sommernacht vor zwei Jahren, am 20. Juli 1908. Die Luft war schwer vor Feuchte und sehr warm. Ich halte die Seiten in Händen und werde sie nicht verbrennen, sondern sie hier einlegen. Ich habe sie zwei Tage nach dem Vorfalle spät am Abend geschrieben.

Vorgestern Nacht öffnete sie die Schlafzimmertür und rief nach mir. Ihre Stimme klang schrill. Es hörte sich an, als ob sie krank wäre. Folglich musste ich zu ihr gehen, sie hätte ja Frida aufwecken können. Als ich zum Schlafzimmer kam, lag sie auf dem Doppelbett und lächelte. Als ich in der Tür kehrtmachte, begann sie zu gurren und wollte mich hineinlocken. Sie wand ihren Körper, es sah grotesk aus. Ich sagte, sie solle still sein und schlafen. Da begann sie so laut zu weinen, dass man es in der ganzen Wohnung hören konnte. Ich musste die Tür schließen und war somit dort, wo ich nicht sein wollte. Mit ihr in einem Raume eingeschlossen, worin sie die Nächte mit Johannes Skade verbracht hatte. Wie, wollte ich gar nicht wissen.

»Das ist so unnatürlich«, schluchzte sie und versuchte, sich an mich zu hängen und an meinem Körper festzuklammern. Die Luft war stickig vor Körperausdünstungen. Gibt es etwas, was ich verabscheue, dann dergleichen auch noch in meinem Privatleben ertragen zu müssen. Gerüche gibt es während der Sprechzeit schon mehr als genug.

»Das ist doch keine Ehe«, heulte sie. »Das ist eine unnatürliche … eine Art … eine …«

»Geschäftliche Abmachung«, ergänzte ich. »Doch absolut nicht unnatürlich. Und du hast dabei großen Profit gemacht. Hör jetzt auf! Möchtest du etwas zur Beruhigung haben?«

»Du mit deinen Tropfen!«, schrie sie. »Du bist auch nicht besser als Johannes!«

Sie wusste offenbar einiges. Ich war die ganze Zeit über beherrscht. Als ich in den Vorraum ging, um auf diesem Wege in die Praxis zu gelangen und Opiumtropfen zu holen, hörte ich sie schreiend weinen. Die Tür zu Fridas Zimmer ging auf, und die Unschuldige in ihrem weißen Nachthemd mit der englischen Stickerei am Halsbündchen stand da und war völlig außer sich vor Angst. Ich legte vorsichtig meinen Arm um sie und brachte sie in ihr Zimmer zurück, wo das Fenster offen stand und es nach Lindenblüten roch.

»Geh jetzt schlafen, Kleines«, sagte ich. »Deine Mutter hat einen hysterischen Anfall. Ich gebe ihr ein Mittel, und dann wird wieder Ruhe einkehren.«

Ich deckte sie ordentlich mit ihrer leichten Sommerdecke zu und strich ihr über die Wange. Dann ging ich in die Praxis und holte für Elsa Opium. Meine Bewegungen waren ziemlich bestimmt, als ich wieder ins Schlafzimmer ging, schließlich musste ich jetzt als Arzt auftreten. Sie schrie noch immer. Es war entsetzlich. Ich dachte immer nur an die arme Frida, die ihre Mutter trotz zweier geschlossener Türen zwischen sich und diesem Spektakel hören musste.

Als ich Elsas Nacken hielt und ihr das Glas an den Mund führte, erwartete ich, dass sie begreifen würde, wie zwecklos es war, weiter zu heulen. Sie sollte brav das Glas austrinken. Ich war lediglich wegen der Dosierung etwas besorgt. Mir hatten die Hände gezittert, und ich war sehr aufgeregt gewesen, als ich mit der Pipette über dem Glase dastand. Nun, es kommt, wie es kommt, dachte ich.

Sie trank nicht. Das Geschrei hörte abrupt auf, und sie kniff fest die Lippen zusammen. Ich versuchte es erneut, presste ihr den Rand des Glases an die Lippen. Doch sie trank nicht.

Als ich das Glas wegzog und vom Bette zurücktrat, dachte ich, sie würde wieder zu schreien anfangen. Dem war aber nicht so. Sie vergrub den Kopf im Kissen und wimmerte. Ich verließ das Zimmer und schloss so behutsam wie irgend möglich die Tür.

Dann und wann drohen sich diese nächtlichen Szenen zu wiederholen. Mir graut schon, wenn sie uns Wein einschenkt. Das geschieht nach dem Essen, wenn Frida in ihr Zimmer gegangen ist. Ich bin wachsam geworden und sage immer, nachdem ich rasch mit ihr angestoßen habe, ich müsse in der Praxis noch so viel Papierkram erledigen. Dann beginnt dieses widerliche Gewimmer. Bis zum vergangenen Samstag bin ich allerdings größeren Szenen entronnen. Da saß sie noch immer auf, als ich wieder aus der Praxis kam. Es war schon nach Mitternacht, und sie hatte die ganze Flasche Madeira ausgetrunken. Ihr Lachen wurde sogleich schrill, und als ich sie berührte, schrie sie auf. Ich befürchtete, Frida würde aufwachen, weshalb ich sie in den Arm nahm und zum Schlafzimmer schob. Sie wollte mich mit hineinnehmen, doch ich schloss die Tür hinter ihr, und es wurde still.

Es blieb lange still. Ich vergaß sie förmlich. Im Herrenzimmer legte ich diese Aufzeichnungen auf die Klappe des Sekretärs und begann, das Geschriebene zu sichten, um Uninteressantes auszusortieren und wegzuwerfen. Da rief sie aus dem Schlafzimmer nach mir mit einer Stimme, die darauf schließen ließ, dass es nur schlimmer würde, wenn ich nicht sogleich käme. Ich ging schleunigst zu ihr und beruhigte sie damit, dass ich gleich wieder da sei. Dann eilte ich in die Praxis und holte die Tropfen. Ich dosierte sie sehr sorgfältig. Ich befürchtete, meine Hand könnte ganz von allein unruhig werden und viel zu viel ins Glas träufeln. Meine Nerven waren angegriffen, und die Hand mit der Pipette zitterte schwer.

Auch diesmal nahm sie die Medizin nicht an. Nach langem Hin und Her wurde indes alles wieder ruhig, und ich ging ins Herrenzimmer, um meine Arbeit mit den Aufzeichnungen fortzusetzen. Da sah ich Frida zusammengekauert in einem Lehnstuhl sitzen. Sie hatte Angst bekommen, als sie ihre Mutter schreien hörte. Jetzt fror sie, denn sie trug nur ein Nachthemd, und das Feuer im Kachelofen war längst heruntergebrannt. Mir gefiel es nicht recht, dass meine Papiere so ungeschützt dalagen. Doch der Sekretär und der Lehnstuhl stehen weit voneinander entfernt, und Frida ist ein so wunderbar ehrliches und unschuldiges kleines Geschöpf, dass sie niemals anderer Leute Briefe oder private Papiere lesen würde. Außerdem lagen zuoberst nur die trivialen Aufzeichnungen, welche ich gerade aussortierte.

Ich möchte sie vor diesen nächtlichen Erfahrungen

bewahren, weiß jedoch nicht, wie ich es anstellen soll. Elsa ist eine sonderbar starke Person, trotz ihres Geplappers, ihres Gerennes durch die Geschäfte und des Triebes, welcher sie dazu bringt, sich vor mir bloßzustellen. Das scheint ein Juckreiz zu sein, gegen den es kein anderes Heilmittel gibt als die Tropfen, welche ich ihr verabreichen will. Ich werde aber eine Flasche altmodisches Laudanum besorgen, damit ich mir keine Gedanken wegen einer Fehldosierung zu machen brauche.

Zwischen ihren Ausbrüchen vergeht viel Zeit, doch sie kehren regelmäßig wieder. Ich würde gerne bei Tageslicht mit ihr darüber sprechen und ihr sagen, dass sie sich Frida zuliebe Zurückhaltung auferlegen solle. Doch bei Tage ist es absolut unmöglich, diese nächtlichen Auftritte zu erwähnen. Keiner von uns verliert ein Wort darüber. Ich würde es gerne versuchen, doch meine Kiefer sind wie blockiert.

Sie will auch kein Laudanum nehmen.

Als ich ihr heute Nacht das Glas hinhielt, wisperte sie – oder zischte eher: »Du glaubst doch nicht, dass ich es wage, von dir Medizin anzunehmen!«

Ich traute meinen Ohren nicht.

Der Morgen dämmert. Durch den Spalt zwischen den vorgezogenen Gardinen dringt graues Licht. Sie ist da drinnen in dem stickigen Schlafzimmer eingeschlafen, und alles ist ruhig. Ich bin unendlich erleichtert. Doch ich werde das Gefühl der Unsicherheit nicht los. Ich verspüre sogar Furcht.

Das einzig Gute an diesen Auftritten ist, dass ich Frida näherkomme. Ich darf sie trösten, ihr über das Haar und die Wangen streichen und sie beruhigen, damit sie wieder einschlafen kann. Wenn ich ihre Decke ein wenig anhebe, um sie besser zuzudecken, nehme ich den lieblichen Duft ihres Körpers wahr.

Es gibt zwischen uns nichts Erschreckendes oder Böses. Nichts, was auch nur einen Augenblick lang unnatürlich genannt werden könnte.

Ich habe dem Azorelli einen Besuch abgestattet. Es wird nicht mehr von Madame Lundgren betrieben, sondern von einem ihrer ehemaligen Mädchen, einer mittlerweile kräftigen Matrone. Ich ging gleichsam willenlos dorthin, von einem sehr jungen Geschöpfe, welchem ich vom Norrmalmstorg bis zur Klara Norra Kyrkogata gefolgt war, heftig in Versuchung geführt. Ich habe das im Laufe der Jahre schon einige Male getan, doch ist nie etwas daraus geworden. Mein Ekel ist zu groß. Als ich das Mädchen nun ins Azorelli gehen sah, erschien mir das fast wie ein Zeichen: Sie arbeitet an einem Orte, welchen ich sehr gut kenne, obwohl ich ihn seit Jahren nicht mehr aufgesucht habe und selbst da nur in meiner Eigenschaft als Arzt.

Als wir nach oben kamen, bestellte ich eine kleine Flasche Portwein, Grönstedts Grådask, und saß anschließend mit meinem Glase im Salon und betrachtete das Mädchen. Ich wollte nicht mit ihr in ein separates Zimmer gehen, sagte aber zur Wirtin, dass ich trotzdem bereit sei, den vollen Preis zu bezahlen. Es endete natürlich damit, dass sie uns in eines der kleinen Zimmer schob. Das Mädchen zog sich aus.

Ich saß da und betrachtete das magere Geschöpf. Ab und zu kicherte sie und sagte, sie friere. »Komm schon, Katerchen, wir kriechen unter die Decke und wärmen uns«, flehte sie und zeigte ihre kaum ausgewachsene Brust.

Doch ich rührte mich nicht.

Es ist mir nicht möglich, meine Empfindungen für Frida dadurch zu zerstören, dass ich mich mit einer öffentlichen Person beschmutze, wie jung, glatt und großäugig unschuldig sie auch aussehen mag. Zwischen Frida und mir darf es niemals etwas Hässliches geben.

Wir hatten in diesen Jahren kein nennenswertes Gesellschaftsleben, da ich die Klüngel und Cliquen verabscheue, in welchen Johannes und Elsa verkehrten. Es handelte sich vor allem um eine Gruppe, welche Préférence spielte, und um einen gesellschaftlichen Orden. Letzterer war vermutlich obskur, da Johannes Skade Zutritt zu ihm erhalten hatte. Elsa hatte meine Zuwahl erwirkt, doch ich lehnte ab. Da brachte sie Schriftstücke aus der Kanzlei des Ordens an, um dessen erhabene Ziele zu belegen. Als ich las, dass sein Zweck darin bestehe, die Mitglieder in der Liebe zu Gott zu unterweisen, auf dass jeder Ordensbruder etwas zur Entwicklung der Menschheit beitragen möge, brach ich in schallendes Gelächter aus. Das regte Elsa auf.

»Sonst lachst du nie«, sagte sie scharf. »Aber da lachst du!«

»Ja«, entgegnete ich. »Was sollte ich sonst tun?«

Ich erinnerte mich an Johannes' fulminante Kater am Morgen nach den Ordenszusammenkünften. Elsa wollte an Frühlingsausflügen, Maibällen, Martinsgansessen und Weihnachtsfeiern teilnehmen, wozu auch die Ehefrauen eingeladen wurden. Immer wieder fing sie damit an, biss jedoch auf Granit bei mir.

»Du bist ein Eigenbrötler«, hackte sie auf mich ein. »Ein komischer Kauz.«

Das stimmt nicht ganz, denn ich pflege einigen Umgang, doch handelt es sich dabei nur um Herrendiners. Und Fridas wegen unternehme ich Dampferausflüge in die Schären. In den Wochen, welche sie und Elsa in der Sommerfrische auf Tegelön verbringen, fahre ich an jedem Freitag mit dem Dampfer dorthin. Ich tue dies Fridas wegen, und ich tue es gerne, obwohl die Kapokmatratze dünn ist, der Bettrost durchgelegen und das Kissen nach Schimmel riecht. Draußen kreischen die Möwen.

Nachts bin ich ein anderer. Oder besser: Ich bin der, der ich bin. Ich glaube nicht, dass dies auch für andere Menschen zutrifft. Sie schlafen oder sind mit dem Versuche zu schlafen beschäftigt. Das ist der Kampf, welchen sie in der Dunkelheit oder im Sommernachtsdämmer ausfechten. Danach erwachen sie oder sie stehen zumindest zu einem neuen Tage auf, um erneut um ihr Glück zu kämpfen.

Für manche besteht das Glück im Kommandeurszeichen des Wasaordens und einer Elfzimmerwohnung in einem der neuen Häuser am Strandvägen. Diejenigen, welche nicht den Ordensstern am Bande um den Hals tragen, sondern nur das schlichte Medaillon des Ritterzeichens auf ihrem Frack, waren darüber einst glücklich. Doch nun wollen sie Kommandeur werden. Wohnen sie in einer Sechszimmerwohnung, so kämpfen sie für die elf Zimmer. Der Unterstaatssekretär im Kultusministerium, welcher im Frühjahr selig war, als er mit Familie und Freunden auf seine Beförderung anstieß, grämt sich heute, wenn sein Schulkamerad, ein unscheinbares Licht, Minister geworden ist. All das spielt sich auf der oberen Ebene ab, und wir hören nur davon. Bei uns ist der Kampf jedoch nicht weniger hart.

Als ich früher nur zu den Mahlzeiten in dieses Haus kam, machte ich mir über Elsa Skade nicht viele Gedanken. Jetzt, da sie Revinge heißt, kommt es vor, dass ich sie auf mein nächtliches Objektglas lege und ihren zappelnden Kampf um das Glück beobachte. Sie möchte Kleider, Essen und gesellschaftlichen Umgang haben, und alles besser, teurer und feiner als das, was sie jetzt hat. Sie möchte eine Création aus schwarzem Moiré haben statt des Taftkleides, das die Schneiderin in der Taille auslassen musste. Sie möchte glacierte Entenbrust essen, welche mit enthäuteten Apfelsinenscheiben dekoriert und von gespritztem Kastanienpüree umgeben ist.

Es kommt vor, dass sie sich mit detaillierten Beschreibungen ihrer Wünsche aufhält, doch meistens ist sie mit dem Kampfe beschäftigt, welcher ihr das eintragen soll, was sie gerne hätte, sprich Glück. Sie ist keine Träumerin. Und wenn ich versuche, sie mit Ironie zur Vernunft zu bringen, reagiert sie gereizt oder gar ängstlich, weil sie nichts versteht.

»Meine Güte«, sagt sie. »Hör endlich mit dieser Ente auf! Das war doch nur ein Beispiel.«

Sie ist unzufrieden mit mir und hält mich für den Träumer. Ich solle lieber handeln. Damit meint sie, ich solle mir neue Glacéhandschuhe und einen besseren Schal zu Johannes Skades umgearbeitetem Frack kaufen. Wir könnten ja zu einer feineren Gesellschaft eingeladen werden! Sie meint damit aber auch, ich solle mehr Tatkraft an den Tag legen und die Vorteile erwirken, welche uns ihrer Meinung nach zustehen.

Sie sagt: »Du solltest mehr aus deinem Leben machen, Pontus!«

Sie ist nämlich ehrgeizig geworden durch die Heirat mit einem Manne, der jünger ist als sie. Doch sie hat nicht die leiseste Ahnung von meinem Leben.

Erst in der Verwandlung entsteht mein Leben, jenseits von Gut und Böse, jenseits von Glück und Unglück. Nachts verwandle ich es in Schrift und tags halte ich es unter Verschluss. Ich bin kein glücklicher Mensch, bin aber auch nicht unglücklich. Ich ignoriere diese Kategorien, da ich nur an der Verwandlung interessiert bin. Aus ihr entstehe ich.

Was Elsa und im Übrigen die meisten Menschen nicht verstehen: Das Leben, welches wir den Tag, das Jahr und die Jahrzehnte über gelebt haben, ist ebenso uninteressant wie die Fleischreste und das Gerippe der Ente, wenn sie nach dem Essen abgetragen werden.

Schließlich wurden wir doch noch auf eine Gesellschaft eingeladen, die Elsa für fein hielt. Es gab also ein Moirékleid und neue Schuhe. Sie sah entsetzlich aus in dem schwarz durchbrochenen Lila und der cremefarbenen Spitze bis unter das Kinn. Ich weigerte mich mitzukommen, falls sie die gelben Schuhe anbehielte. Sie waren neu, und Elsa weinte. Ich ging ins Herrenzimmer und schloss mit Nachdruck die Tür hinter mir. Nach einer Weile kam sie und trug jetzt schwarze Schuhe. Wir gingen zur Droschke hinunter.

Jetzt ist es Nacht. Das Diner ist verspeist, das Auerhahngerippe abgetragen. Die engen Schuhe sind abgestreift, das Korsett ist aufgeknöpft und abgelegt.

Ich würde am liebsten gar nicht über das Gesellschaftsleben schreiben, doch dieser Abend war eigenartig. Und zwar einzig und allein deshalb, weil das Diner drei Tage nach der Hinrichtung des Johan Alfred Andersson Ander auf Långholmen stattfand und niemand am Tische sich enthalten konnte, über diese Begebenheit und das, was ihr vorausgegangen war, zu sprechen. Ich fand das geschmacklos.

Beim Sherry und bei der (falschen) Schildkrötensuppe wurde Gerells Wechselstube abgehandelt, welche eine der Damen, wenn auch lange vor dieser Gräueltat, aufgesucht hatte. Beim Geflügel und Rotwein hieß uns der Gastgeber willkommen, wobei die Gastgeberin einem Wortwechsel, der sich erhoben hatte, mit einem »Pst« ein Ende setzte. Man erörterte die Frage, ob das Tatwerkzeug der Hebelarm einer Laufgewichtswaage oder eine Eisenstange gewesen sei.

»Aber was hat denn eine Eisenstange in einer Wechselstube zu suchen!«, rief meine Tischdame aus, bevor sie zum Schweigen gebracht wurde. Dabei hatte sie ja recht.

Vermutlich wurde beim Soufflé und beim Dessert, einer Eisbombe mit gesponnenem Zucker, weiter über die Begebenheit geflüstert. Doch erst beim Kaffee im Salon kam das Gespräch über dieses Thema wieder in Schwung. Es gab Punsch, Cognac und Likör zu trinken, und die Gesichtsfarbe wurde allseits kräftiger. Es war auch ein junger Arzt da, ziemlich unausstehlich. Er behauptete, nur vorübergehend im Krankenhause zu praktizieren, künftig wolle er sich privatärztlich der Modewissenschaft Psychiatrie widmen. Er hatte Pickel, doch die Damen waren fasziniert von ihm – oder besser gesagt von seinem Fachgebiete, dem Seelenleben des Menschen. Er behauptete nämlich, dieses sei größtenteils verborgen. Und damit meinte er natürlich nicht nur, dass man sich verstelle und seine wahren Absichten und Wünsche verheimliche, sondern in Wahrheit selbst gar keine Ahnung davon habe.

Es war lächerlich, zu beobachten, wie die Damen an seinen Lippen hingen. Nun kam der Mörder Ander wieder aufs Tapet. Und die These des jungen Arztes lautete, wir alle könnten einen Wunsch haben wie jenen, welcher Ander dazu bewogen habe, die Kassiererin in Gerells Wechselstube zu erschlagen.

Man rang nach Atem, man schrie sogar auf, wenn auch etwas unterdrückt. In diesem Moment hatte das Hausmädchen im Zimmer nebenan Whisky-Soda aufgetragen, und ich stand auf und ging hinüber. Ich empfand den Gesprächston im Salon als außerordentlich ordinär.

Elsa trank eindeutig mehr, als es sich für eine Frau gehört. Zu Hause angekommen, war sie noch immer rot und erhitzt und redete, ohne eine Antwort abzuwarten. Nachdem sie endlich im Schlafzimmer verschwunden war, währte der Frieden nur wenige Minuten. Dann kam sie in ihrem lappigen Morgenrocke, auf dessen Revers schon seit zwei Wochen ein Eifleck war, ins Herrenzimmer. Ich saß, wo ich auch jetzt sitze, am Sekretär. Sie redete wild über die Thesen des pickeligen Arztjüngelchens und behauptete zu wissen, dass wir alle entsetzliche und sehr geheime Wünsche hätten. Sie hatte ihn fraglos missverstanden, denn mit einem unangenehmen Lachen sagte sie: »Gib es zu, Pontus!«

»Was soll ich zugeben?«

»Dass du geheime Wünsche hattest.«

»Davon ist mir nichts bekannt.«

»Aber ja doch. Gib es ruhig zu«, gurrte sie.

»Ich weiß nicht, was du erwartest – was ich zugeben soll.«

»Dass du Johannes den Tod gewünscht hast, natürlich!«

Ich schwieg, und ich glaube, ich schloss die Augen. Jetzt geht sie, dachte ich. Wenn ich nichts sage, geht sie. Doch sie plapperte weiter. »Ich glaube ja weniger, dass du ihn umgebracht hast! Dazu bist du zu feig. Aber es war doch bestimmt schön für dich, dass er gestorben ist? Solche Wünsche hattest du doch, oder?«

Sie sprach ungepflegt und vulgär.

Ich konnte nicht länger schweigen. »Geh schlafen«, sagte ich.

Sie lachte nur und sagte in spaßigem und zugleich schmusigem Tone: »Mein kleines Doktorchen! Hast du Johannes ermordet?«

Da hörte ich ein Geräusch. Es kam von der Tür, und als ich den Kopf drehte, sah ich noch den Schimmer eines Zopfes und eines weißen Nachthemdes.

Es ist entsetzlich. Wenn Frida das gehört hat, ist es entsetzlich.

℘

Sie hat mit keinem Worte die lässig-aufgekratzte Äußerung ihrer Mutter berührt. Das wäre auch undenkbar. Doch scheint irgendetwas zwischen uns getreten zu sein. Selbst wenn es nur von meiner Nervosität herrührt, was ich im Grunde glaube, trübt es unser Beisammensein. Manchmal habe ich den Eindruck, dass sie mich auf besondere Weise ansieht. Verstohlen, und dann den Blick abwendet.

Wahrscheinlich ist es nur eine Einbildung, doch erinnert es mich an die viele Jahre zurückliegende Zeit, als ich immer das Gefühl hatte, ein Gläubiger sei hinter mir her. Und er würde mich einholen, um mich zu verurteilen und zu verstoßen. Ich glaubte, ich wäre diesen eingebildeten Verfolger los. Die Nervosität glaubte ich ebenfalls hinter mir gelassen zu haben. Ich bin lange Zeit stark gewesen, ich kann schon sagen unberührbar.

Wir haben jetzt jedoch andere, sehr alltägliche Sorgen um Frida. In gewisser Hinsicht bewirken sie eine Ablenkung, zumindest tagsüber.

Zu Mittsommer dieses Jahres fuhren Elsa und sie nach Kärsö hinaus, wo wir genau wie in den Jahren 1909 und 10 ein Sommerhaus gemietet hatten. Es ist ein muffiger Ort. Eine trübe Schilfbucht, ein paar Sumpfwiesen und ein Haus mit zugiger Glasveranda. Ich bin am Wochenende meist in der Stadt geblieben, was Elsa gar nicht gefallen hat. Da wir eigentlich nie miteinander sprechen, verstehe ich nicht, warum sie mich dorthaben will. Meine Patiencekarten knallen zu hören, kann ihr ja keine besondere Gesellschaft sein.

Frida langweilte sich, und sie sehnte sich nach ihren Freundinnen. Obwohl der August gerade erst begonnen hat, sind Elsa und sie nun mit Sack und Pack zurückgekehrt. Für die paar Wochen waren es viele Umstände und Ausgaben.

Ich würde das nicht erwähnen, wenn Frida nicht plötzlich gekommen wäre und uns um Erlaubnis gebeten hätte, mit drei Kameradinnen eine Fußreise in Norwegen zu machen. Seit sie die Schule abgeschlossen hat, hält sie sich für erwachsen.

Ich versuchte, die Sache abzuwenden, doch Frida legte eine verblüffende Beharrlichkeit an den Tag. Ich sagte zu ihr, wenn das Ganze überhaupt infrage kommen soll, müsse ich ihre Reisekameradinnen kennenlernen, um mir eine Meinung über sie zu bilden. Elsa stimmte mir zu, und die jungen Damen wurden eingeladen.

Wie sich herausstellte, war eine von ihnen nicht mehr so jung wie die anderen. Sie war die ältere Schwester einer der Freundinnen. Frida hatte früher schon erzählt, dass sie Medizin studiere. Sie war um die fünfundzwanzig Jahre alt, und als ich sie mit Fräulein ansprach, korrigierte sie mich. Sie sei Doktor Tjerning, erklärte sie und sah drein, als erwartete sie Glückwünsche.

Frida hatte von dieser Ida mit Bewunderung gesprochen. Jetzt war sie also examinierte Ärztin. Das Gespräch drehte sich vor allem darum. Elsa machte dieser Titel ganz wirr, und sie versprach stante pede, dass Frida auf die Reise nach Norwegen mitkommen dürfe. Eine so erwachsene und verantwortungsvolle Person, noch obendrein Ärztin, sei durchaus imstande, die anderen drei unter ihre Fittiche zu nehmen. Seit diesem Frühjahr waren sie keine Schulmädchen mehr, aber trotzdem sehr unerfahren.

Ich war neugierig auf das Phänomen Ida Tjerning. Sie ist groß und rothaarig, und bei ihrem Besuche bei uns trug sie einen Schlips. Ihr Hut war aus lackiertem Strohgeflecht und hatte ein rotes Baumwollband um den Hutkopf, ein Sommerhut gewiss, aber doch recht schlicht. Er war mit einer großen Hutnadel so lässig in ihrem voluminösen Haar festgesteckt, dass er schwankte. Vermutlich trug sie kein Korsett. Ich fand, dass es hier und dort beträchtlich quoll.

Sie schien draufgängerischer Natur zu sein, und es stellte sich heraus, dass sie sich nach ihrer Ausbildung auf verblüffende Weise hatte voranbringen können. Sie wurde Medizinalassistentin in der gynäkologischen Klinik des Karolinska Institutes. Eine ziemlich aufsehenerregende Ernennung! Rein formal ist natürlich nichts dagegen einzuwenden. Heutzutage haben Frauen ja die Möglichkeit, sich auf Stellen in der medizinischen Ausbildungswelt zu bewerben. Doch auf diese Weise eine von ihnen auf Kosten männlicher Kollegen, welche Familienversorger sind oder werden, zu begünstigen, das ist unfraglich ein Ausdruck schlecht verwalteter Staatsfinanzen.

Frauen werden als Ärzte schwerlich allgemeines Vertrauen genießen können. Sie sind von Natur aus darauf beschränkt, Gynäkologen und Geburtshelfer zu werden, und deshalb wäre ihnen eine Hebammenausbildung angemessener. Doch ebenso wie Hebammen ihren schlechten Ruf als Engelmacherinnen mit sich herumschleppen, wird das Ansehen von Ärztinnen stets von der Tätigkeit, auf die sie beschränkt sind, beschmutzt werden. In der Frauenheilkunde und Entbindungspraxis weilen sie im Dunste von Niederkünften und Fehlgeburten. In diesem Sumpfgebiete können sie sich böse verlaufen. Mitleid ist eine weibliche Eigenschaft, und sie kann Katastrophen hervorrufen.

Jetzt sind sie abgereist. Frida hat sich ein Wachstuchränzel genäht und aus demselben Material einen Beutel, welcher mit einer Schnur um den Hals getragen wird. Ich gab ihr hundert Kronen, die sie sich in den Beutel stecken sollte. Als sie in den Zug stiegen, trug sie Alltagskleidung, einen breitkrempigen Strohhut und einen Wanderstab. Doch sie hatte keinen Regenschirm. Es kostete mich einige Überredung, dass sie einen Gummimantel mitnahm. In ihrem Ränzel hatte sie außer Unterwäsche und Strümpfen zum Wechseln allerlei Toilettenartikel, aber auch Stearinkerzen, Streichhölzer, eine Blechdose mit Kaffee, eine Packung Nudeln und ein Päckchen Fleischextrakt in Pulverform. Nachgerade aufdrängen musste ich ihr einen Vorrat an Medikamenten. Das ganze Unternehmen bereitet mir Sorge und großes Unbehagen.

Wir sind jetzt abends allein in der Wohnung. Wenn ich zu einem Kranken gerufen werde, bin ich erleichtert. Dann setze ich mich durchaus noch auf einen Cognac-Soda im Grand auf die Veranda, um nicht gleich nach Hause gehen zu müssen. Manchmal setze ich mich einfach in die Praxis und lese. Ich behaupte, ich sei mit den Krankenblättern und anderen Schreibereien im Rückstand. Ich habe jetzt wieder das ungute Gefühl, verfolgt zu werden. Da ich weiß, dass es sich nur um eine Posse der Nerven handelt, versuche ich, keine Aufmerksamkeit darauf zu verschwenden. Im Übrigen hat sich meine Wahrnehmung verändert. Ich habe jetzt eher das Gefühl, belauert zu werden. Irgendjemand wartet auf mich, so wie eine Katze vor dem Mauseloch geduldig auf die Maus wartet.

Die Spätsommerabende haben etwas Krankes und Klebriges an sich. Vor ein paar Tagen noch waren die Markisen ausgefahren, die Pflastersteine aufgeheizt, und in den Blumenkübeln vor den Restaurants ließen alle Pflanzen die Köpfe hängen. In der Trockenheit warfen die Bäume gelbe Blätter ab. Dann kam der Regen. Es schüttete Tag und Nacht. Und jetzt faulen die Blätter auf der Erde. Kies und Pferdemist vermischen sich zu einem Mansch.

Ich versuche in eine Zeit des Mutes und der Tatkraft zurückzufinden, als ich noch dazu aufgeräumter Stimmung war.

Frida ist zurück. Sie ist auf den überspannten Einfall gekommen, im Sophiaheime um Aufnahme als Schwesternschülerin zu ersuchen. Ausnahmsweise sind Elsa und ich uns einig, und wir können sogar miteinander darüber reden. Wir müssen versuchen zu verhindern, dass sie sich auf etwas einlässt, dessen Tragweite sie nicht erkennt.

Natürlich hat Ida Tjerning sie auf diese Idee gebracht. Sie leiht ihr Bücher, um ihr Lust auf eine Ausbildung zu machen. Zu meinem Erstaunen und Abscheu habe ich in Fridas Zimmer ein Buch für Krankenschwestern gefunden, welches sie nachlässig auf dem Bette hatte liegen lassen. Aufgeschlagen war: »Die weiblichen Geschlechtsorgane, ihre Funktion und häufigsten Krankheiten«. Es waren über fünfundzwanzig Seiten mit den unverhohlensten Beschreibungen.

Ida Tjerning hat sie auch zu öffentlichen Vorträgen über Frauenhygiene mitgenommen; diese werden noch dazu im Athenäum für Mädchen gehalten. Als ich dagegen protestierte und Frida, soweit ich konnte, verbat, dorthin zu gehen, fügte sie sich.

Heute Abend habe ich sie gefragt, ob sie wirklich in einer Welt voll körperlichen Leidens leben wolle. Obendrein wäre sie in dem schweren Kleide der Schwesterntracht gefangen, mit doppelten Unterröcken, einer davon aus Flanell.

»Du kannst dir ausmalen, wie das an einem Tage wie dem heutigen wäre.«

Obwohl wir Ende August haben, war es ein heißer Tag. Hier in der Praxis steht die Luft auch jetzt am Abend noch still, und es ist schwül, trotz des geöffneten Fensters. Es ist schwierig, das Gespräch wiederzugeben. Ich weiß, dass Elsa gesagt hat: »Meine liebe kleine Frida, diese Ausbildung ist doch völlig unnötig!«

Und Frida entgegnete: »Warum sollte sie unnötig sein!« So keck kann sie nämlich mittlerweile sein.

»Weil sich die harte Wirklichkeit als Schwesternschülerin bald in den rosigen Schimmer der Verliebtheit verwandeln wird«, sagte Elsa und zeigte lächelnd ihre vergilbten Zähne. Sie fuhr fort: »Und es wird eine Verlobung geben und eine Hochzeit, und dann war alles umsonst! Außerdem glaube ich, dass du sehr erleichtert sein wirst, sobald es so gekommen ist.«

»Ich habe noch nie die geringste Verliebtheit in einen Mann empfunden«, sagte Frida lachend. »Ich habe nicht einmal für unseren Musiklehrer geschwärmt, obwohl alle meine Schulkameradinnen in ihn vernarrt waren.«

»Oh, die Liebe kommt, sie kommt ...«

Ich ertrug das Gespräch nicht mehr. Von Elsas Ton wurde mir übel. Ich stand auf und ging in meine Praxis, und erst als die beiden zu Bette gegangen waren, kehrte ich in die Wohnung zurück und in das Herrenzimmer, wo ich jetzt am Sekretär sitze.

Es ist Nacht. Ich bin wunderbar allein. Der intensiv süßliche Geruch des Türkenbundes im Esszimmer dringt zu mir herüber. Er ist verlockend, gleichzeitig aber zu stark für mich. Mir tränen die Augen davon. Deshalb habe ich die kleine Lüftungsklappe des Fensters geöffnet, und jetzt höre ich draußen in der Nacht Schritte. Die Welt, in der die geheimsten Wünsche der Menschen in Erfüllung gehen, scheint nicht weit entfernt zu sein.

Kleines. Die Liebe kommt. Sie wächst und reift schon. Sie ist wie eine Lilienzwiebel in der Erde. Ich möchte die zarten Blättchen schützen, damit das Licht nicht zu früh auf sie trifft.

Du wirst blühen, meine Geliebte. Das weiß ich. Eines Tages wirst du mich mit einem anderen Blick ansehen, einem Blick mit einer Spur Angst vor mir und vor dem, was du in dir selbst entdeckt hast. Dann ist die Zwiebel angeschwollen, und die Blume treibt aus. Meine Sache wird sein, dich zu mir zu nehmen und dir zu zeigen, dass du keine Angst zu haben brauchst.

Obwohl wir uns, oberflächlich betrachtet, in der Frage über Fridas Ausbildungsschwärmerei einig sind, vergeht keine Mahlzeit mit nachfolgendem Gespräch, ohne dass Elsa mich mit ihrer einzigen Waffe sticht: der simplen Bosheit. Über die Ehe: »Du hast in dieser Sache ja wohl nichts zu sagen!«

Nein, ich sage auch nichts. Ich gehe.

Ich mit meinem andersartigen Geschlechtstriebe bin mir vollkommen klar darüber, eine Veränderung zu repräsentieren, die offensichtlich zufällig ist. Ich weiß es schon lange und möchte das Wort repräsentieren nun über Bord werfen. Ich vertrete keine Gruppe Männer. Um das zu begreifen, muss ich mich nur umschauen. Ich bin einzigartig.

Mein Leben ist sublimiertes Geschlecht. Vielleicht bin ich der Mensch der Zukunft, denn in der Mutation wird die neue Art erschaffen. Mein Trieb ist Wille.

Der Mann behält seine Männlichkeit, doch die Frau verliert ihre Weiblichkeit, wenn sie nicht mehr fruchtbar ist. Sie kann fett und schwer sein oder mager und vertrocknet – in beiden Fällen ist sie geschlechtlich betrachtet ein Nichts. Und weil sie nichts anderes war als Geschlecht, ist der Verlust total. Die entsetzliche alte Hure Lundgren, welche unter dem Namen Azorelli mit jungem Fleische Geschäfte gemacht hat, war ein ebenso profilloses Nichts wie die Frau Minister oder die gealterte Gemahlin des Oberbefehlshabers. Vorderlastig, drapiert, korsettiert und juwelengeschmückt, gleichen sie gespenstischen Götzenbildern. Ihre Wirklichkeit war die der blutenden Wunde. Als sie zu bluten aufhörten, verwandelten sie sich in Vorführdamen.

Eine Frau ist nichts anderes als eine blutende Wunde. Blutet diese nicht mehr, ist die Frau geschlechtslos.

Katz und Maus

Ich habe ihn gesehen, als er schrieb.

Wie platt das klingt: *er schrieb*. Als ob ein Ladengehilfe in ein Kontobuch schreibt oder ein Arzt ein Rezept hinwirft. Ich möchte das, was er tat, so schildern, dass es als das erscheint, was es ist: ein Verwandlungsakt.

Schreiben heißt umwandeln. Es gleicht der Kunst, welche die alten Alchemisten ausübten: die Verwandlung von Schmutz in Gold. Die tristen Wiederholungen des Lebens werden um das Geläuterte und Unzerstörbare herum wie schmutziger Schaum ausgefällt.

Ich habe in den vergangenen Jahren nicht viel geschrieben. Zu guter Letzt habe ich die tristen Beweise dafür, dass mein Leben so lange nur Mansch war, verbrannt.

ᢀ

Ich habe ihn hier in Skodsborg in Dänemark gesehen. Gestern unmittelbar vor dem Essen. Ich weiß nicht, weshalb er sich in einem Hause aufhält, welches eigentlich eine Heilanstalt ist. Er wirkte gesund.

Zwei Wochen bin ich nun hier und habe fast die ganze Zeit auf meinem Zimmer verbracht. Ich hatte einfach nicht die Kraft, aufzustehen. Heute Vormittag schleppte ich mich mit Mühe auf einen Korridor und ging zu einem der Lesezimmer. Ich wollte mir eine Zeitung nehmen und sehen, was in der Welt geschehen war. Ich wusste, dass mir das einerlei sein sollte, ebenso wie es mir einerlei gewesen war, dass im Frühjahr ein großes Passagierschiff einen Eisberg gerammt hat und gesunken ist oder die Olympischen Spiele in meiner Heimatstadt Begeisterung hervorgerufen haben. Doch ich dachte: Ich muss versuchen, teilzunehmen, selbst wenn ich nicht in der Lage bin, Bestürzung oder Begeisterung zu empfinden. Wenn ich nicht teilnehme, verwandle ich mich in einen Schatten.

Auf dem Korridor zum nächstgelegenen Lesezimmer steht ein Schreibtisch. Schon von Weitem stieg mir der Geruch von Tabakrauch in die Nase. Ich ahnte sogar, dass er von einer kräftigen kubanischen Zigarre stammte, was eine leise Lebenslust in mir weckte.

Und an diesem Schreibtische saß Hjalmar Söderberg.

Die Zigarre hatte er abgelegt. Eine dünne gräuliche Rauchsäule stieg auf. Die eine Hand lag auf dem Papier, über welches er mit der anderen Hand die Feder bewegte. Ich sah sogar seine feine, gleichmäßige Schrift, sah sie entstehen und gewissermaßen über das Papier kriechen, unliniertes Papier. Trotzdem wurden die Zeilen gerade. Ihm muss ein Gefühl für ihre Richtung und Balance innewohnen.

Ich konnte natürlich nicht lesen, was er schrieb. Um nicht entdeckt zu werden, hatte ich mich ein paar Schritte zurückgezogen und war in den Durchlass zum Lesezimmer geschlüpft. Dort stand ich und beobachtete den Akt und wusste, ich hätte ihn selbst gerne vollzogen, war jedoch abgespannt und erschöpft und hätte mich nicht sammeln können.

Ich sah auch, dass er sehr gepflegt war. Womöglich hatte das Gerede über ihn meine Sicht damals im Humlegården beeinflusst. Die Literatenhände mit den langen Fingern und sorgfältig gefeilten Nägeln waren nicht die eines schäbigen Mannes. Sie waren jedoch rot, ja, fast blaurot. Ich habe keine Erklärung dafür. Der Stoff seines Anzuges war von guter Qualität, der Kragen, den ich in seinem Nacken sah, weiß und absolut rein.

Er muss gespürt haben, dass er beobachtet wurde, denn jetzt drehte er den Kopf. Sein Gesicht mit den blauen Augen war offen und fragend. Ich stand wie angewurzelt da. Er richtete den Blick jedoch wieder auf das Papier vor sich und wandte mir seinen sorgsam rasierten Nacken zu.

Er hatte mich nicht erkannt. Natürlich nicht. Ich weiß ja, wie ich aussehe: Ich wiege noch achtundfünfzig Kilo, und mein Gesicht ist grau wie Herdasche. Er sah einen kranken, abgemagerten Mann mit schütterem Haar, einen Mann in einem zu groß gewordenen Anzuge.

Von den leeren Jahren ist nichts mehr da. Ich hätte alles, was ich über mein dürftiges Leben geschrieben habe, in ein neues Kuvert stecken müssen. Doch ich habe es verbrannt.

Ich möchte mich an die Tage vor der Leere erinnern. Strahlende Tage. Damals habe ich nichts geschrieben. Ich war ganz und gar davon erfüllt, zu leben.

Das Glück ist ein problematischer Zustand. Es wird nicht von Dauer sein, und das weiß man. Doch es muss von Dauer sein, sonst kann man nicht leben. Es muss in alle Ewigkeit dauern, wie die Flasche mit den Opiumtropfen. Etwas anderes ist nicht möglich. Trotzdem weiß man, dass man bald auf dem Grunde des Glückes angelangt sein wird. Ich ahne, wie es den armen Frauen erging, als die letzten Tropfen aus der Flasche eingenommen waren und ich sie dadurch, dass ich krank wurde und wegfuhr, im Stich gelassen hatte.

An die endlosen Diskussionen, welche wir über Fridas Ausbildungswahl führten, kann ich mich kaum erinnern. Sie niederzuschreiben, war ich nicht imstande. Es gibt ja weniges, was so fruchtlos ist, wie Gespräche wiederzugeben. Die Worte schwirren umher und sind verschwunden. Ich sehe noch Elsas verzerrten Mund vor mir, wenn ihre Herrschsucht auf Widerstand stieß. Doch von dem, was ihm entfuhr, habe ich nur unzusammenhängende Worte und Satzfetzen behalten. Worte sind womöglich nicht so bedeutungsschwer, wie wir glauben. Wir sind keine Grammofone. Gäbe es eine Möglichkeit, den menschlichen Trichter zu stopfen, sodass kein Ton mehr herausdrängt, würde uns dennoch das Gesicht alles sagen.

Ständig fing sie wieder von der Liebe an, und mit Liebe meinte sie eine vorteilhafte Ehe. Dass mein Wille dem ihren zuwiderlief, machte sie natürlich wütend. Als Frida und ich uns darauf geeinigt hatten, dass sie mich in der Praxis unterstützen sollte, bis sie das erforderliche Alter erreicht hätte, um zur Schwesternausbildung im Sophiaheim zugelassen zu werden, war Elsa besiegt. Zum ersten Male in meinem Leben dachte ich leichtsinnig – in des Wortes mutmaßlich tatsächlicher Bedeutung: Mein Sinn war leicht, ich grübelte nicht, und ich fühlte mich in der Welt, in der ich lebte, zu Hause.

Wann hatte ich das je getan?

Natürlich entwichen diesem verzerrten Munde die Worte weiterhin, als Frida in das Kleid aus blauem Baumwollstoff schlüpfte. Und als sie das weiße Häubchen aufsetzte und die Schürze umband, welche sie im

Handarbeitsunterrichte genäht hatte, sagte ihre Mutter, sie verkleide sich. Ich fand sie rührend mit dem Monogramm FK auf dem Brustlatz der Schürze. Später besorgte sie sich größere Schürzen und längere Schleier, um ihr Haar zu verbergen und es zurückzuhalten. Es gibt nicht viele Ärzte, welche in ihrer Praxis eine Sprechstundenhilfe haben. Im Garnisonskrankenhause hatten wir außer den Schwestern noch Dienstmädchen, welche ungefähr so gekleidet waren wie Frida.

Elsa sagte, wir spielten Doktor. Das war nicht nur Hohn; ich konnte aus ihrem Gesicht einen peinlichen und schäbigen Hintersinn der Worte herauslesen. Sie schien auf jene Spiele abzuzielen, welchen sich Unarten verfallene Kinder hingeben. Auf so etwas kann man nicht eingehen.

Ich durfte Frida den ganzen Arbeitstag in meiner Nähe haben. Ihr Duft erfüllte meinen kleinen Raum, in welchem ich am Schreibtische saß und mit den Patienten sprach. Sie benutzte eine Nelkenseife. Die Vorsteherin des Sophiaheimes verbot sie ihr, als sie später Schwesternschülerin wurde. Dort herrschte ein klösterlich strenges Regiment; eine von Fridas Kameradinnen, Schülerin im ersten Jahr, musste aufhören, weil sie sich die Augenbrauen gezupft hatte. Bei mir durfte Frida jedoch sie selbst sein. Sie durfte duften, sie durfte sich sanft durch den Raum bewegen. Hin und wieder strich ich ihr über die Wange.

Trotzdem war unser Beisammensein nicht frei von Verwicklungen. Man kann durchaus sagen, dass sie meine Arbeit in einer Hinsicht erschwerte. Doch das tat sie aus ihrem guten Herzen heraus. Sie nahm sich der Patientinnen an, welche, um schlafen zu können, von Chloral abhängig geworden waren und von Laudanum und anderen Apothekenzubereitungen aus Opium, um ihr unruhiges Gemüt zu besänftigen. Sie sprach gerne mit ihnen und versuchte auf sie einzuwirken, geringere Dosen zu nehmen, sodass sie am Ende von ihrer Abhängigkeit frei würden. Sie wollte, dass ich ihnen half. Ich bin jedoch kein Seelendoktor. Die Mode, über kranke Gemüter zu reden, hat in jüngster Zeit richtig Fahrt aufgenommen. Als ich meine Ausbildung begann, galt Psychiatrie für keinen von uns als eine Möglichkeit, seinen Lebensunterhalt zu bestreiten.

Heutzutage ist viel die Rede von krankhafter Melancholie, und Frida hat in Büchern gelesen, dass die Sorge um das tägliche Brot oder der Verlust eines Angehörigen Niedergeschlagenheit und sogar Sprach- und Gedächtnisstörungen hervorrufen können. Ich fürchte, sie hat diese Literatur, oder zumindest den Hinweis darauf, von Ida Tjerning erhalten. Ich sagte ihr, dass keine der von ihr bemitleideten Patientinnen sich je um ihre Versorgung habe kümmern müssen. Sie hätten in ihrem ganzen Leben noch keinen Handgriff getan. Sie hätten Kindermädchen, Hausgehilfinnen, Köchinnen und Küchenmächen, welche sie und ihre Kinder hegten und pflegten. Wenn sie an etwas litten, so an den Folgen des Nichtstuns.

Sie meinte, auch dem Anschein nach verwöhnte Frauen könnten tief unglücklich sein, und dieser Zustand sei im Grunde genommen eine Krankheit, die Depression genannt werde.

»Mein liebes Kind«, sagte ich. »Ich weiß sehr wohl, was eine Depression ist.«

Als Frida uns verließ, um ins Schülerinnenhaus des Sophiaheimes zu ziehen, wo sie ihre Ausbildung zur Krankenschwester begann, versank ich tief in den Zustand, von welchem so viel die Rede war. Ich hatte noch mit Frida darüber gescherzt und gesagt, dass man während meiner Studienzeit nur über die Depression der Quecksilbersäule in einem Thermometer gesprochen habe. Erhitzt und anschließend schnell abgekühlt, sinke sie unter ihren Normalstand. Physiker nennen das die Depression des Nullpunktes.

Und nun erfuhr ich sie am eigenen Leibe. Ich war jetzt mit Elsa allein und wurde mir bewusst, dass es zwischen uns nicht nur Gereiztheit und Verbitterung wegen Kleinigkeiten gab. Wir hassten einander. Ich las es in ihren Augen.

Meistens sah sie über mich hinweg. Ruhte ihr kalter grauer Blick aber doch einmal auf mir, so verspürte ich Hass. Der schwache Nelkenduft in meinem Zimmer hatte sich verflüchtigt. Der Alltag mit seinem Einerlei an Beschäftigungen überzog mein Dasein mit einem schmutzigen Seim. Ich konnte ihn nicht abstreifen und nicht aus meiner Verzweiflung ausbrechen. Es war eine Depression unter den Nullpunkt, und sie führte dazu, dass ich auch Hass gegen mein Glück empfand.

Es ist gefährlich, wenn man glücklich gewesen ist. Die Erinnerung an das, was man erlebt hat, lässt sich nicht auslöschen. Schließlich trat eine Wendung ein, welche ich nicht erwartet hatte.

Mir wurde übel, ich litt unter Sodbrennen und Aufstoßen. Nach einer Phase mit Fieber und Diarrhö glaubte ich, das Ganze sei überstanden. Es wurde jedoch schlimmer. Ich ging morgens mit starken Magenschmerzen in meine Praxis, und mir war ständig schlecht. Aß ich ein paar Kekse, wurde es etwas besser. In den Papieren, die ich verbrannt habe, fanden sich endlose Aufzählungen von tristen Symptomen: Diarrhö, leichtes Fieber, Erbrechen, anhaltende Schmerzen, Sodbrennen und Aufstoßen. Die aussichtslose Sehnsucht nach Fridas Nähe hatte mir Löcher in den Zwölffingerdarm gefressen.

So prosaisch ist Liebesqual, so erniedrigend die Sehnsucht, welche nicht gestillt werden kann.

Ich traute mir selbst als Arzt nicht, obwohl ich natürlich viele Patienten mit dieser Krankheit behandelt hatte, in einigen Fällen sogar mit gewissem Erfolge. Ich ging ins Sophiaheim zu Herrelius, der mich ein bisschen kennt. Zu meinem Erstaunen wurde ich eingewiesen. Nach ein paar Tagen Ruhe und medikamentöser Behandlung ging es mir besser.

Die Krankheit ließ mich jedoch nicht los. Immer wenn ich in den vergangenen Jahren stärker als üblich unter Druck stand, ist sie erneut aufgeflackert. In den Sommermonaten dieses Jahres, wir schreiben das Jahr 1912, wurde sie hochgradig unangenehm und schmerzhaft. Herrelius meinte, die medikamentöse Behandlung könne nur anschlagen, wenn ich eine Zeit lang absolute Ruhe einhielte. Er wollte mich, mit strengen Diätvorschriften versehen, in eine Heilstätte oder ein Erholungsheim schicken. Als er Skodsborg in Dänemark empfahl, protestierte ich. Warum sollte ich ins Ausland reisen?

Er lachte über mich.

»Warst du noch nie außerhalb Schwedens? Nicht einmal in Dänemark?«

Natürlich nicht, wollte ich sagen. Doch ich schwieg. Was wusste er schon über ein Leben wie das meine? Ich hatte niemals auch nur einen Tag wegen Krankheit gefehlt und außer über Mittsommer auch keine Sommerferien gehabt.

»In Skodsborg kannst du eine ebenso gute Pflege bekommen wie in einem Krankenhaus und außerdem eine zweckmäßig zusammengestellte Diät«, sagte Herrelius. »Ich empfehle es dir.«

Dann ging mir durch den Kopf, dass es weit weg war. Es bestünde keine Gefahr, dass Elsa, die das Hotelleben liebt, dort auftauchte. Also stimmte ich zu, obwohl mir klar war, dass es teuer würde.

Bevor ich fuhr, musste ich eine Vertretung für die Praxis suchen. Sie konnte ja nicht geschlossen bleiben, bedeutet ihr Betrieb doch unsere Versorgung. Ich konnte nicht riskieren, dass sich meine Patienten andere Ärzte suchten.

Einen Ersatz zu finden, erwies sich als schwieriger, als ich gedacht hatte. Vielleicht lag es auch an meiner Müdigkeit und meinem apathischen Zustand. Schließlich nahm Frida sich der Sache an. Durch Ida Tjerning kannte sie ja Leute in der Welt der Medizin, junge Männer auf dem Sprunge in die Doktorenlaufbahn.

Es kam jedoch kein junger Mann. Sondern Ida Tjerning selbst. Frida behauptete, sie sei eine ausgezeichnete Ärztin, welche den Patienten Vertrauen einflöße. Ich war zu müde oder ganz einfach zu krank, um die Situation klären zu können.

Tjerning hatte kurzzeitig in Sabbatsberg eine Vertretung übernommen und erstaunlicherweise ein gutes Zeugnis bekommen. Zum Herbst wollte sie sich auf eine frei werdende Assistenzarztstelle bewerben. Die Zeit bis dahin wollte sie als Springerin überbrücken, wie sie es nannte. Grässliche Person, grässliche Sprache. Ich war jedoch bereit, sie zu nehmen.

Herrelius hätte mich gerne umgehend nach Dänemark geschickt, doch das war ganz unmöglich. Ich verbrachte ein paar hektische Tage in meiner Praxis, wo ich für Patienten, welche von Chloral und Opium abhängig waren, Rezepte ausstellte und sie ihnen schickte. Ich rief sie auch an und ermahnte sie streng, mit ihren Beschwerden unter keinen Umständen zu meiner Vertretung zu gehen. Bis ich wieder nach Hause kam, mussten sie sich mit dem begnügen, was ich ihnen jetzt verschrieben hatte. Ich verteilte die Rezepte auf möglichst viele Apotheken. Mir war alles zu viel, doch konnte ich die Praxis ja nicht gut an Ida Tjerning übergeben, ohne dieses Problem gelöst zu haben.

Noch etwas beunruhigte mich. Frida hatte mich nach Johannes Skades Tod gefragt. Ich antwortete, die Todesursache sei ihr doch bestens bekannt.

»Ist er an Herzlähmung gestorben?«, fragte sie.

Ich nickte. Da wollte sie ganz genau wissen, wie es abgelaufen sei.

»Abgelaufen? Mein liebes Kind, mit deiner Ausbildung weißt du doch wohl, wie das, was man landläufig einen Herzschlag nennt, einen Patienten heimsucht.«

»Ja, selbstverständlich«, sagte sie. »Ich meinte doch die Umstände.«

»Erinnerst du dich nicht mehr daran?«

»Schon, aber Ida hat gefragt ...«

»Ida!«

Sie wurde verlegen. Wir ließen das Thema fallen. Ich hatte das Gespräch jedoch nicht vergessen, als meine Abreise in die Heilstätte in Dänemark bevorstand. Was hatte Ida Tjerning mit Johannes Skades Tod zu schaffen? Was für Einfälle hatte sie da bloß über die Umstände, unter denen sein Tod eingetreten war?

Als ich Ida Tjerning nun meine Praxis in die Hände legte, musste ich ihr auch Zugang zu meinen Krankenblättern gewähren. Es gab dort nichts, was einen Schatten auf meine Tätigkeit hätte werfen können, darauf hatte ich selbstverständlich geachtet.

Allerdings fehlte etwas. Das wurde mir erst am Morgen klar, nachdem ich in der Nacht fast kein Auge zugetan hatte: Ich musste noch ein Krankenblatt für Johannes Skade anlegen.

Der Zug nach Dänemark ging am frühen Vormittag, doch ich würde es noch schaffen, das Blatt auszufüllen. Alles hatte sich gegen mich verschworen. Es war keine

Tinte da, und Elsa lag mir in den Ohren, ich müsse noch frühstücken, bevor ich fuhr. Sie fragte, ob sechs gestärkte Kragen reichten oder ob sie noch mehr in den Koffer packen solle. Schließlich bat ich sie, mir ihr Tintenfass zu leihen, und sagte ziemlich brüsk, dass sie mich nicht mehr stören dürfe.

Ich hielt fünf Zeitpunkte fest, zu welchen Skade mit mir über seine Beschwerden gesprochen haben sollte, und schrieb, er habe mich nur widerstrebend eine leider ziemlich oberflächliche Untersuchung vornehmen lassen. Ich schrieb, dass die Diagnose zweifelsfrei Angina pectoris lautete, und bezeichnete sie bei dieser ersten Untersuchung als stabil, belastungsbedingt und mit Atembeschwerden einhergehend. Zwei Monate später ließ ich sie eine Verschlechterung erfahren und erklärte sie für instabil und schon bei geringer Anstrengung auftretend, deutete eine Koronarischämie an und konstatierte eine Hypertonie. Unter einem Datum gut eine Woche vor seinem Tode schrieb ich, es beunruhige mich, dass er seine Beschwerden ignoriere, und ich sei nicht einmal sicher, dass er seine Medizin einnehme. Ich schrieb, er bestehe darauf, sie sich selbst zu verschreiben. Zusammen mit dem Datum des Tages vor dem Todesfall notierte ich: Attacken frequent. Ignoriert seinen Zustand. Zwingt mich, die Ehefrau in Unkenntnis zu lassen.

Das Krankenblatt zu schreiben, musste viel zu schnell gehen, und das bereitete mir im Zuge nach Dänemark Sorgen. Ich hätte die Formulierungen noch einmal überdenken müssen. Trotzdem war es besser als nichts, und ich war heilfroh, dass mir eingefallen war, zu behaupten, die Ehefrau sei in Unkenntnis gelassen worden.

Hier unten in Skodsborg denke ich merkwürdigerweise nicht oft an Skades Krankenblatt und an Ida Tjerning, welche jetzt wahrscheinlich in meinen Schubladen wühlt. Es ist, als läge die Praxis in der Tegnérgatan in einem anderen Erdteile. Ich denke an Sven Hedin. Als er am Fuße des Transhimalaya stand, mussten kleine und große, an Schweden gebundene Sorgen vollkommen aus seinem Gedächtnisse getilgt gewesen sein. Politische und wissenschaftliche Feindschaften, Zahnarztbesuche, die Forderungen des Steuereintreibers und dergleichen können gar nicht existiert haben. Er wäre in der Taklamakanwüste beinahe gestorben. Doch mir geht es jetzt besser.

Ich habe sein *Von Pol zu Pol* mitgenommen und darin gelesen. Hjalmar Söderbergs *Unruhe des Herzens* habe ich ebenfalls eingepackt, ihm aber nur zerstreutes Interesse entgegenbringen können. Dass der Icherzähler in Kopenhagen dem Teufel begegnet, erscheint mir gar zu konstruiert. Während Söderbergs Aufenthalt an diesem Orte, habe ich die Lektüre jedoch wieder aufgenommen, und sein Stil übt den alten Zauber aus. Er schreibt so, als spräche er mir ins Ohr.

Wer ist er eigentlich? Ist er der unverfrorene Lästerer, welcher behauptet, Umgang mit dem Teufel zu haben und durch ein Perspektiv badende Frauen zu beobachten? Oder der taktvolle, ein wenig x-beinige Gast im Speisesaal, welcher einer fremden Dame, die zufällig seine Tischnachbarin ist, zuvorkommend den Stuhl vorschiebt? Verwandlungen …

Belebt durch die Begegnung mit Söderberg, ging ich heute an den Strand, welcher hier zugänglich ist. Ich fand einen kleinen Abschnitt für mich allein und schlüpfte, ohne lange zu überlegen, aus den Schuhen, hakte die Strumpfhalter um meine Waden auf und zog die Strümpfe aus. Das Wasser kühlte nicht nennenswert, als ich hineinstieg. Meine Füße wurden seltsam weiß. Sie sahen aus wie die Füße einer Leiche, doch das machte mich nur aufgeräumt, spürte ich doch, dass ich lebendig war.

Es überkommt mich so selten, dieses Gefühl. Ist das bei allen so? Ich glaube nicht. Erlebt Elsa dieses Gefühl? Ausgeschlossen. Eine Verdauungsmaschine mit Blutkreislaufmechanismus und seichtem Bewusstsein reflektiert nicht. Dieses Gefühl setzt Reflexion voraus.

Er ist abgereist. Vier Tage lang war ich mir seiner Gegenwart bewusst. Um ihn zu sehen, begann ich sogar, meine Mahlzeiten im Speisesaal einzunehmen. Ich beobachtete seine stille und kultivierte Art. Zu den Umsitzenden war er freundlich, wenn sie seine Aufmerksamkeit erregten. Er zog sich jedoch gleich wieder zurück. Ich denke mir seine Einsamkeit als ein Schneckenhaus. Dort hinein zog er sich zurück und lauschte lieber dem Rauschen in dessen Windungen als dem Geplapper ringsum.

Sobald er abgereist war, bemerkte ich, welch ein entsetzlicher Ort der Speisesaal ist. Die Luft ist stickig von Körperausdünstungen, Medikamenten und Essen. Die befleckte Serviette bewahrt man in einer Wachstuchtasche auf. Neben jedem Gedeck stehen braune Medizinfläschchen aufgereiht. In Glasvasen mit trübem Wasser welken weiße und rosa Nelken. Sie kümmern auf menschliche Weise dahin: Das Fleisch wird schlaff, sie werden schwerer, und die Knospen, welche nicht aufgegangen sind, vertrocknen und verschließen sich noch fester. Sie befinden sich jenseits aller Hoffnung, auch das wie beim Menschen. Überall um mich herum sehe ich die Ermattung und den Abbau von Gewebe, sehe ich Muskeln erschlaffen und Gesichter gelb werden. Wir wissen alle, wohin wir am Ende gehen, doch wir greifen nach unseren braunen Medizinfläschchen, als könnten sie uns vor dem Unausweichlichen bewahren. Wir teilen das Schicksal der Nelken.

Ich habe also wieder zu schreiben begonnen.

Tegnérgatan. Wieder zu Hause.

Die Worte veranlassten mich, über den Begriff Zuhause nachzudenken. Sollte ich hier zu Hause sein?

Ich erinnere mich an die erste Zeit in Linköping, als meine Mutter und ich die Gehsteige entlanghasteten, nachdem wir auf dem Markt eingekauft hatten. Wir sprachen nie darüber, doch befürchtete sie wahrscheinlich, die Leute wüssten, dass sich ihr Mann keineswegs in einem Sanatorium aufhielt.

Meine Mutter besaß eine aus verschiedenfarbigen kleinen Lederflicken zusammengesetzte Tasche, und in dieser Tasche verstaute sie die Einkäufe: noppige Gurken, einen im *Östgöta Correspondenten* eingewickelten Zander oder Hecht, ein halbes Kilo hausgemachte Butter in gewachstem Papier, eine Tüte grüner Erbsen, ein paar Eier, deren Schale zu ihrem Verdrusse manchmal Spuren von Hühnerdreck aufwiesen. Im Sommer ragten stets Blumen aus der Flickentasche. Löwenmaul und irgendwelche gelben Federblumen, deren Namen ich nicht weiß, Astern, Pfingstrosen und Duftwicken.

Es war, als trüge sie in dieser Ledertasche das Zuhause oder das Versprechen von dessen Geborgenheit bei sich. Wir gingen schnell, und sobald wir die Tür unseres Zuhauses hinter uns zumachten, veränderte sich ihre Stimme, und ihre Bewegungen wurden ruhig, ja, einige Minuten lang fast träge. Wir waren wieder zu Hause, wirklich zu Hause.

Das bin ich hier nicht. Das Erste, was ich beim Betreten meiner Praxis bemerkte, war, dass Ida Tjerning im Wartezimmer geraucht hatte. Ich bin mir sicher, dass sie danach gelüftet hat, doch lag eine leichte, aber unverkennbare Veränderung in der Luft. Auf der Zeitschriftenablage entdeckte ich unter *Hvar 8 dag* zwei Bücher mit reichlich Eselsohren: *Der Stockholmdetektiv* und *Der eiserne Wagen*. Vergnügte sie sich während der Sprechzeit mit Detektivgeschichten? Als ich in dem Schrank, welchen ich ihr für private Dinge zugewiesen hatte, außer weiteren Detektivbüchern eine Flasche Whisky fand, war ich ernsthaft besorgt. Trank sie?

Elsa beruhigte mich.

»Sie wohnt so miserabel«, erzählte sie. »Die Witwe in der Upplandsgatan, welche ihr ein Zimmer vermietet hat, geizt mit Brennholz und heizt den Kachelofen erst so spät wie möglich ein. Ida ist abends in der Praxis geblieben. Sie saß im Wartezimmer, wo es warm und behaglich ist, und hat gelesen.«

»Und Whisky getrunken«, sagte ich.

Nein, ich bin hier nicht zu Hause. Ich stecke mir jedoch Freiräume ab. Nachts ist es das Herrenzimmer, wo ich den Sekretär aufklappe und auf der Unterlage aus grünem Fließpapier mein Schreibpapier ausbreite. Elsa versucht nicht mehr, mich auf Teufel komm raus und der unausgesprochenen Drohung eines Auftrittes ins Schlafzimmer zu locken. Ihr Geschrei hat aufgehört. Sie war in diesem Sommer zwei Wochen lang in einer Pension in den Schären. Möglicherweise hat sie für ihren Juckreiz dort Linderung gefunden. Es kümmert mich nicht.

Stattdessen will sie nun reden, das ist das Neueste. Ahne ich, dass ich nicht ungestört sein werde, gehe ich in die Praxis, schließe hinter mir ab und setze mich an meinen Schreibtisch.

Elsa würde am liebsten reden, bis sich weiß der Morgen zeigt. Ich habe ja keine Erfahrung im Zusammenleben mit anderen Frauen, doch durch meine Patientinnen ist mir bekannt, dass der Trieb, Dinge durchzukauen, welche man für Probleme hält, ein weibliches Leiden ist. Ein Reichstag mit Frauen …

Ja, Söderbergs Ironie in Bezug auf die Forderungen nach einem Frauenwahlrecht ist recht treffend. Natürlich würden Frauen, wie er hervorhebt, nur einander wählen und zu guter Letzt beide Kammern dominieren.

Ich habe mir den Roman besorgt, an dem Söderberg allem Anschein nach geschrieben hat, als ich ihn in Skodsborg sah. Ich glaube, seine finanzielle Lage ist dergestalt, dass er mit seinem Schreiben von der Hand in den Mund lebt. Angeblich hat er jetzt hier und auch in Kopenhagen eine Familie.

Das ernsthafte Spiel, so heißt der Roman, ist schwerlich das, was man unter einem Roman aus einem Gusse versteht. Söderberg scheint Teile der alten Geschichte über Untreue, welche er bereits in *Gertrud* verwendet hat, mit Causerien über das Journalistenleben zusammengefügt zu haben. Und zwar ohne Rücksicht auf Zusammenhang und Konsequenz.

Das Buch beginnt damit, dass ein junges Mädchen ihre achtzehn Jahre in den Wellen spiegelt. So schreibt er, und das ist sehr schön. Sie wird von ihrem Vater behütet, während sie in einer Schärenbucht badet. Diese

Schilderung hat mich stark berührt, sie erinnerte mich daran, wie ich Frida immer in einiger Entfernung gefolgt war, wenn wir uns in den Schären oder am Mälaren eingemietet hatten. Ich habe mich vor mir selbst geschämt. Doch ich wollte ja ihre verletzliche Nacktheit vor den Blicken Unbefugter behüten. Und er beschreibt das so schön.

Trotz des zersplitterten und bisweilen geradezu wirren Eindruckes, welchen das Buch auf mich macht, bewundere ich Söderberg. Ihm glückt die Verwandlung. Es wird eigentlich nichts trivial oder schmutzig, wenn er es beschreibt. Er erhebt es ein Stück über den Boden. Ich kann das nicht anders ausdrücken, und ich weiß nicht, wie es zugeht.

Liegt es daran, dass er sich niemals grämt?

Trauer und Enttäuschung werden wehmütig schön, wenn sie dem nicht eben tatkräftigen Manne begegnen, welcher in dem Buch eine Art Held darstellt. Wie geht das zu?

Über Söderbergs Frau habe ich den Klatsch gehört, sie sei geistesgestört und laufe unbekleidet auf die Straße. In dem Roman wird angedeutet, dass der Protagonist seine Frau zu guter Letzt nicht mehr ertragen kann, doch wird sie mit Achtung behandelt.

Auf den Straßen ignoriert er den Schmutz, am Abendhimmel den rußigen Rauch. Schreiben heißt wählen – und verwandeln.

Ich starre auf das, was ich vor einiger Zeit über Elsa geschrieben habe. Es steht auf den Seiten, die ich wegwerfen will. Ich schäme mich vor mir selbst, über ihren Hallux valgus und ihr Reizdarmsyndrom geschrieben zu haben. Letzteres versucht sie zu verbergen. Ich weiß jedoch, dass sie auch schon zu Skades Lebzeiten einen schlaffen Enddarm hatte.

Warum sind mir nur diese Erbärmlichkeiten aufgenötigt worden? Elsa ist schamlos, geht strumpfsockig umher, sodass die spitzen Gelenke am großen Zeh hervorstechen. Warum schämt sie sich nicht? Stattdessen bin ich es, der Scham empfindet.

Wenn wir zu Gesellschaften eingeladen sind, zieht sie dekolletierte Kleider an, sodass man den Spalt zwischen ihren Brüsten sieht. Es kümmert sie nicht, dass ihre Haut gröber geworden ist. Als meine Mutter älter wurde, trug sie Einsätze aus besticktem Tüll im Ausschnitt. Sie war immer sehr darauf bedacht, Unvollkommenheiten ihres Äußeren zu verbergen und Alterszeichen zu kaschieren. Auf ihrem Toilettentisch, eigentlich einem kleinen Schreibtisch aus Birke, stand eine hohe runde Dose mit der Aufschrift *Three Flowers*. Ich wusste nicht, was das bedeutete, glaubte aber, es habe etwas mit Flüssen zu tun. Vielleicht waren es ja auch die Quellflüsse der Jugend, welche sie heraufbeschwören wollte, wenn sie mit einer Quaste den Puder in der Dose aufnahm und sich anschließend damit über Wangen, Hals und Brust strich. Sie war in eine rosa Wolke gehüllt. Diese Wolke übte eine magische Wirkung auf mich aus, besonders wenn Sonnenlicht ins Zimmer fiel. Doch Kinder sind auch unbestechliche Realisten. Ich sah, wie sich der Puder auf der Tischplatte aus polierter Birke absetzte; das Funkeln der Kristallschalen wurde matt, und das magische Gewölk wurde zu Staub, diesem tristen Belag, welcher ständig jeden Gegenstand in unseren Räumen bedrohte.

Der Rauch von den Zigarren meines Vaters durchlief den gleichen Abbau. Er stieg in Kringeln auf, streckte sich zu einer Säule und wölkte sich an der Decke. Mit dem Blick verfolgte ich, wie er in seiner Welt von Verwandlungen, von spielerischen Möglichkeiten wirbelte. Wann wurde mir klar, dass er nicht einfach wie durch Zauberei verschwand, sondern sich in Tapeten und Gardinen festsetzte, die gelb und verräuchert wurden?

In Berns Salonger habe ich mir zuweilen das Gefühl kindlicher Begeisterung über die Verwandlung des Rauches unter den Kronleuchtern zurückrufen können. Parfumgeruch von Hälsen und halb entblößten Brüsten, Hitze, Puder, funkelnde Steine, schimmernde Seide – ein paar Sekunden lang kann ich alles so sehen, als wäre ich ein bezaubertes Kind. Diese Sicht verschwindet jedoch schnell wieder. Die Seide ist meist nur Satin, der Schmuck Talmi, und der Puder sitzt in den Falten allzu erfahrener Gesichter. Am nächsten Morgen wird das Lokal nach Tabakrauch und sauren Weinresten stinken.

Ich habe den unbestechlichen Blick des Kindes behalten dürfen, nicht aber dessen Begeisterungsfähigkeit.

Ich war einst zu Begeisterung fähig. Sie packte mich jedoch immer nur beim Lesen, nicht wenn ich mich im sogenannten wirklichen Leben befand. Ich erinnere mich, dass ich als Gymnasiast in unserem einzigen Raume außer dem Schlafzimmer und meiner Bude, eigentlich einer Dienstmädchenkammer neben der Küche, meine Hausaufgaben machte.

Wir mussten einen Abschnitt aus der *Aeneis* übersetzen. Ich tat es gequält und wie üblich unwillig. Meine Mutter saß in dem Ledersessel, welcher während unserer Zeit in Halmstad meinem Vater gehört hatte. Auf dem Tische stand ein Aschenbecher. Eigentlich rauchte sie nicht, zündete aber gerne ein längliches Zigarillo an, welches dann allein vor sich hinqualmen durfte. Nur wenn es auszugehen drohte, nahm sie vorsichtig einen

Zug. Ich vermute, sie wollte damit den Geruch meines Vaters in den Raum zurückholen.

Der Rauch schlängelte sich zur Decke. Ich war an einer Stelle angelangt, an welcher Aeneas den Göttern opferte, und ich grübelte über eine Vokabel nach, die ich aus Faulheit und Unlust nicht gleich nachschlug. Ich hob den Blick zur Decke und sah, dass der Rauch in die Lampenkrone gestiegen war und, vom Lampenschein durchleuchtet, in Kringeln darüberschwebte. Es war eine Alabasterschale, welche an drei groben Seidenkordeln hing. Die Zeilen der Lateinaufgabe, die soeben noch in dem plump ostentativen Rhythmus einhergestampft waren, in welchem wir Schuljungen den Hexameter skandieren mussten, begannen plötzlich sanft zu wogen, und der Gesang öffnete sich meinen Sinnen. Ich glaubte, aus einer dreibeinigen Schale auf dem Altare Weihrauch aufsteigen zu sehen, sah die Leinenbinde um Aeneas' Stirn und die Mischung aus Mehl und Salz auf dem fromm glotzenden Opfertiere, welches in meiner Vision eine Kuh war. Meine Begeisterung war so groß, dass ich nun jedes Wort nachschlagen wollte, um sicher zu sein, alles richtig zu verstehen.

Tags darauf gingen wir die Hausaufgabe durch. Ich glaube, ich wurde nicht abgefragt, doch als wir an die Stelle kamen, die mich mit der Ekstase ihrer Gegenwart erfüllt hatte, hörte ich genau hin. Unser Lehrer hatte eine knarrende Stimme. Ich habe später oft daran gedacht, dass die meisten unserer Lehrer eine stark gepresste Stimme hatten. Als versuchten sie, etwas zurückzuhalten. Sie strengten sich gewaltig an, eine unausgesprochene Forderung zu erfüllen, die ihr Dasein regierte. Als der Junge, welcher gerade übersetzte, zu dem Opfer kam, unterbrach ihn der Lehrer.

»Weihrauch«, knarrte er, »wurde bei den Opfern der Griechen nicht verwendet. Das war ein römischer

Brauch, und wir sehen hier folglich einen Verstoß gegen die historische Wahrheit, dessen Vergilius sich schuldig gemacht hat.«

Er grinste. Ich hatte ihn bis dahin noch kein einziges Mal lächeln sehen. Doch die Befriedigung, einen der größten Dichter der Welt bei einem lumpigen Fehler ertappt zu haben, war so groß, dass er die Zähne sehen ließ. Da stand er in seinem kreidigen, an den Ellbogen blankgewetzten Bratenrocke, in seinen schief getretenen Stiefeln und mit seinen Haarbüscheln in den Ohren. Vor einer Versammlung träger Schuljungen fühlte er sich einen strahlenden Moment lang Publius Vergilius Maro überlegen.

Viele Male habe ich gehört, der Schulunterricht habe einem das Erlebnis der Literatur verleidet. Man ertrage Esaias Tegnérs Liebesgelalle in der Frithjofssage nicht, man halte Viktor Rydbergs Doziererei in Prometheus und Ahasverus nicht aus. Sie seien in Kreidestaub und knarrende Stimmen gehüllt. Mir wurde die Aeneis nicht verleidet. Ich lese sie nach wie vor mit großem Vergnügen, wenngleich, um bei der Wahrheit zu bleiben, in Gudmund Adlerbeths Übersetzung.

Gelegentlich habe ich daran gedacht, auf der Basis dieser Geschichte einen Abenteuerroman zu schreiben. Die Hauptperson wäre ein halbwüchsiger Junge von unklarer, aber irgendwie hoher Abkunft. Er könnte zum Beispiel der Sohn des Steuermannes Palinurus und einer gefangenen Sklavin sein, welche in Wahrheit eine Königstochter wäre. Dares würde er heißen. Das war doch der Name eines der großen Faustkämpfer. Palinurus – oder vielleicht Aeneas persönlich – würde ihn betrachten, wie er an der Brust der Amme läge und dabei die kleinen Fäuste geballt hätte. Auf diese Weise erhielte er seinen Namen.

Von den Göttern würde er nicht viel verstehen. Die bewegten sich ja hoch über den normalen Menschen und wurden nur von den Hohen und Mächtigen in Visionen und Träumen gesehen. Er würde jedoch die Gesänge über die Missgeschicke der Trojaner singen lernen und irgendwann selbst anfangen, die Abenteuer des Aeneas nach dessen Anleitung in Gedichten zu rühmen.

Vielleicht wäre das besser als meine Tagebuchschreiberei. Ich glaube, ich könnte mich mit Begeisterung auf eine Erzählung einlassen. Doch ich habe ja nie Zeit.

Es ist Silvester 1915. Irgendetwas mahnt mich, nach einer langen Unterbrechung wieder zu schreiben. Möglicherweise ist es ein Versuch, den alten Brauch zu ersetzen, in dieser Nacht Blei zu gießen. Strömte das Blei heute aus der Gießkelle, sähen wir alle Blut und Schlamm.

Von dem, was ich schreibe, erachte ich nicht viel für wert, aufgehoben zu werden. Womöglich leide ich nur an Graphomanie. Die Seiten sehen widerlich bekritzelt aus. Ich hätte sie gerne sauber, die Zeilen im Gleichgewichte und die Wörter wie Gegenstände erkennbar. Die Buchstaben sollten so schön gestaltet sein wie Insekten. Ich möchte doch leben und etwas hinterlassen, was nicht nur Mansch ist.

Vor ein paar Tagen brannte der Schuppen auf dem Hofe ab. Die Reste ragen seitdem als rußschwarze Zacken in die Höhe. Ich sehe sie von den Fenstern der Praxis aus. Heute hat es geschneit, und Nunne, der imbezile Sohn der Hausmeistersfrau, hat, wie er es gewohnt ist, einen

Gang zum Schuppen geschaufelt. Er schien nicht zu begreifen, dass es keinen Sinn mehr hat. Dort gibt es kein Brennholz mehr zu holen und keinen Abtritt, welchen man aufsuchen könnte. Als er die schwarzen Reste erreicht hatte, blieb er stehen. Schließlich rief seine Mutter nach ihm. Er wirkte völlig konfus, als er, die Schaufel hinter sich herziehend, zurückging.

Frida, die in diesem Jahre mit ihrer Ausbildung zur Krankenschwester fertig geworden ist, arbeitet in einem Hospital in der Nähe eines Hüttenortes im nördlichen Uppland. Ich war fürchterlich aufgeregt, als sie uns ihren Entschluss mitteilte, dorthin zu ziehen. Nun wurde das Hospital obendrein wegen einer Epidemie in Beschlag genommen, und Frida schrieb nicht, um welchen Krankheitsausbruch es sich handelte. Anfang August überließ ich meine Praxis für ein paar Tage der mannhaften Tjerning, die jetzt bei einer Privatärztin auf Söder arbeitet, jedoch frei nehmen konnte. Ich reiste zu dem Hüttenorte, der so abgelegen ist, dass ich für das letzte Stück ein Fuhrwerk mieten musste. Autos scheinen da oben nicht zu existieren.

Meine geliebte Frida, die bei ihrer Weihe in der schwarzen Feiertagstracht mit der kleinen Kopfbedeckung der Sophiaschwestern so anmutig gewesen war, kam mir jetzt wie eine Arbeiterfrau gekleidet entgegen. Immerhin trug sie das Sophiahäubchen, doch ihre Schürze war aus gestreiftem Baumwollstoff, und sie hatte einen großen nassen Fleck am Bauch, als hätte sie gerade abgewaschen.

Das zweigeschossige rote Haus liegt mitten in einem rauschenden Laubwalde, und in einiger Entfernung konnte man das Meer gegen die Felsen schlagen hören, denn es blies ein starker Wind. Sie war sichtlich nervös, als ich mich bei der Vorsteherin nach der Epidemie erkundigen wollte, und als ich Fragen zu stellen begann, schlich sie hinaus. Schwester Ebba, welche das Haus leitete, lachte über das Wort Epidemie.

»Obwohl wir es tatsächlich so genannt haben«, sagte sie. »Von den jungen Hüttenarbeitern, welche unser Bezirksarzt untersucht, hat fast jeder weichen und harten Schanker. Angefangen hat es mit einem Amerikafahrer, der zurückgekehrt war. Und dann gibt es hier ein paar öffentliche Mädchen, die er besucht hat, den Rest können Sie sich denken. Die Unverbesserlichsten haben wir jetzt möglichst isoliert. Das ist die ganze Epidemie«, sagte sie und lachte.

Sie wusste ja, dass sie mit einem Arzte sprach, trotzdem war es eine derbe Geschichte und ein widerliches Lachen. Mir blieb fast die Luft weg, so sehr regte es mich auf, dass Frida in dieses abscheuliche Milieu geraten war, und ich merkte, wie ich rot anlief, bis mir der Hals brannte. Lüsterne Männer mit einer widerlichen Krankheit konnten sie ansehen, wenn sie sich durch die Krankenstube bewegte. Meine Hände ballten sich in den Manteltaschen zu Fäusten.

Ich fuhr in den Hüttenort zurück und fand tatsächlich eine kleine, ziemlich muffige Pension, wo ich essen und übernachten konnte. Am Abend fuhr ich wieder zu dem Hospital und bestellte das Fahrzeug zur Rückfahrt für zwei Stunden später. Jetzt konnte ich Frida auf einen Spaziergang in den Laubwald mitnehmen. Zwischen den Bäumen gab es Pfade, und wir gingen langsam in Richtung Meer, welches in einiger Entfernung brauste. Der Abendwind riss an den Baumkronen. Frida hielt einen Strauß verwilderten Phlox, den sie gepflückt hatte. Als der Pfad fast unmerklich über eine mit Moos bewachsene Felsplatte führte, schwankte sie leicht, und ich nahm sie bei der Hand. Zurück auf dem Pfade, ließ ich sie nicht los.

»Hier kann es schlüpfrig sein«, sagte ich.

Ich wollte sie überreden, ihre Stelle aufzugeben und nach Stockholm zurückzukehren. Der Moment erschien mir jedoch zu kostbar. Ich schob das Gespräch auf und ging, ihre Hand in der meinen, schweigend neben ihr her. Schließlich wurde der Pfad so schmal, dass wir nicht mehr nebeneinander gehen konnten, und da löste sie ihre Hand. Bis zum Strand hinunter, wo die Wellen an die Felsen schlugen, ging ich nun hinter ihr.

Sie hatte das gefältelte Häubchen mit dem schwarzen Bande abgenommen und im Hospital zurückgelassen. Ihr Haarknoten war natürlich tadellos. Ich stand hinter ihr, betrachtete ihn und folgte einem Impulse, ihn zu berühren. Sie drehte erstaunt den Kopf. Als sie sich weiter nichts anmerken ließ, zog ich eine glänzende schwarze Haarnadel aus dem Knoten. Frida rührte sich nicht. Ich war seltsam erregt.

Mein Atem ging schwer, und ich versuchte ihn zu dämpfen, damit sie meine Gemütserregung nicht bemerkte. Langsam zog ich Haarnadel um Haarnadel aus dem Knoten. Er bestand aus einem Zopfe, welcher ihr nun auf den Rücken fiel und sich zu lösen begann. Als ihr das Haar um den Nacken lag, schüttelte sie leicht den Kopf, als fühlte sie sich befreit.

»Frida«, flüsterte ich. »Komm zurück.«

Sie schüttelte erneut den Kopf, vielleicht nur, damit ihr Haar frei fiel.

»Komm wieder nach Hause!«

Ich wollte sagen, dass ich das Leben ohne sie nicht ertrüge, doch ich wagte es nicht. Sie wandte mir nach wie vor den Rücken zu, und ihr aschblondes Haar hatte, wenn man genau hinsah, viele braune, rote und goldene Einsprengsel.

Nun drehte sie sich mit einer gewissen Entschlossenheit um und streckte mir die aufgehaltene Hand entgegen.

Ich verstand zunächst nicht, doch sie sagte leise: »Die Nadeln.«

Ich hatte sie in die Brusttasche gesteckt, und ich kam mir in diesem Augenblicke wie ein ungehorsames Kind vor, das vor seiner Mutter steht. Meine Erregtheit hatte sich freilich nicht gelegt. Immerhin zog ich nun die Haarnadeln aus der Tasche und wollte sie ihr in die Hand legen.

»Nein, halte sie«, bat sie.

Und dann flocht sie sich flink und geschwind den Zopf, und nachdem sie ihn zu einem Knoten aufgedreht hatte, streckte sie wieder die Hand aus. Ich reichte ihr eine Nadel nach der anderen, bis sie sich alle ins Haar gesteckt hatte.

Als wir den Pfad zurückgingen, sprachen wir darüber, dass sie nach Hause kommen sollte. Ich kann das Gespräch allerdings nicht wiedergeben, da sie sich so vorsichtig ausdrückte, dass sich einfach nicht festhalten lässt, was sie eigentlich gesagt hat. Sie murmelte meistens und hatte mir ja den Rücken zugewandt. Trotzdem verstand ich, dass es für sie zu Hause schwierig sei.

Ich gelobte mir, wenn sie bloß zurückkäme, mit Elsa zu sprechen, freundlich zu sein und mich anzustrengen, zu Hause gute Stimmung zu machen – zumindest in der Zeit, in welcher Frida bei uns wäre.

An Neujahr war sie zurück. Ich hatte mit Herrelius gesprochen, und er hatte auf die allmächtige Oberschwester eingewirkt, sodass Frida im Sophiaheime anfangen konnte. Wir sahen sie nicht oft, da sie ein Zimmer im Schwesternheime bekam. An den Sonntagen aber, an welchen sie frei hatte, kam sie nach Hause, und dann strengte ich mich wirklich an.

Frida hat mich allerdings schockiert. Sie tritt so erwachsen auf, beinahe eigenwillig. Gestern hat sie mich auf der Straße eingeholt.

»Mutter hat gesagt, du gehst Wein kaufen. Wenn du schon dabei bist, könntest du mir doch bitte auch eine Flasche besorgen.«

»Dir!«

»Ja, sicher. Ich kann doch in dieser Aufmachung nicht in ein solches Geschäft gehen.«

Frida muss stets ihre Schwesterntracht tragen, außerhalb des Heimes mit dem schwarzen Mantel, welcher zu der Tracht gehört.

Sie hatte jetzt vor Eifer rosige Wangen: »Sei so nett und hilf mir! Nach den neuen Bestimmungen muss man doch auch berechtigt sein, damit man seine Einkäufe abgestempelt bekommt. Weißt du, ich brauche eine Flasche schottischen Whisky namens Ardbeg Islay Single Malt.«

»Aber liebes Kind!«

»Nein, nein, der ist natürlich für Ida«, sagte sie lachend. »Den möchte ich ihr zum Geburtstag schenken. Es ist ihr Lieblingswhisky.«

Beinahe hätte ich gesagt, dass ich das weiß.

»Du hast ihn doch nicht etwa schon probiert?«, fragte ich.

»Aber nein.«

Sie lachte bloß über mich. Ich kaufte ihr die Flasche und außerdem eine für mich selbst. Ich war neugierig geworden. Es ist ein sehr rauchiger und dunkler Maltwhisky von beißendem Geschmack. Wahrlich kein Getränk für Frauen. Als ich Frida die Geschenkflasche überreichte, brachte ich meine Verwunderung zum Ausdruck, dass Ida Tjerning sich einen derart teuren Whisky leisten könne. Ich hatte angenommen, sie würde in äußerst bescheidenen Verhältnissen leben.

»Das tut sie auch«, sagte Frida. »Sie will sich aber wohl auch mal was gönnen.«

Ich weigerte mich, für Tjernings Whisky Geld anzunehmen. Ich weiß ja, wie Frida finanziell gestellt ist. Sie hat freie Kost und Logis, Wäsche und Tracht. Schuhe und Unterwäsche muss sie selbst kaufen. Ihr Lohn beträgt vierhundertfünfzig Kronen im Jahre. Das ist pure Ausbeutung – in dem christlichen Geiste, welcher dort herrscht. Es ärgerte mich indes, dass ich Tjerning ein Geburtstagsgeschenk machte, wenn auch nur indirekt.

Mir ist etwas Entsetzliches zugestoßen. Und ich verstehe es einfach nicht. Nicht, was es zu bedeuten hat, und nicht, wie es geschehen konnte. Vor Schlafmangel erschöpft, grüble und grüble ich, wie es sich zugetragen haben kann. Wer?

Es ist jetzt elf Tage her, dass ich die Entdeckung gemacht habe, und ich habe noch immer keine Ahnung, wer sich dieser Infamie schuldig gemacht hat. Ich komme mir entblößt und mit Schmutz beworfen vor.

Tjerning? Sie ist ja erwiesenermaßen an meinen Schubladen gewesen. Ist sie eine Tribade? Hat eine perverse Eifersucht sie dazu bewogen, diese widerwärtige Anspielung in eine Schublade mit Krankenblättern zu stecken, die ich, wie sie weiß, früher oder später öffnen würde? Oder war es Elsa? Hat sie sich in die Praxis geschlichen? Sie hat ja keine Schlüssel, kommt jedoch manchmal, wenn ich hier bin, und da hätte sie natürlich die Schublade öffnen und das Blatt hineinstecken können, ohne dass ich es merkte.

Die beiden sind ja wohl die einzig Denkbaren? Oder kann es eine Patientin gewesen sein, welche in einem Moment, als ich ihr den Rücken zukehrte, die Gelegenheit nutzte und die Seite hineinschmuggelte?

Es handelt sich um eine Seite aus einem Buche, da besteht kein Zweifel. Sie wurde herausgerissen. Das Buch ist also gefleddert.

Kandidat Höglund, dessen Eltern in der Stadt lebten und welcher während der Semesterferien zu Hause wohnte, war einer der engsten Freunde der Familie. Er war ein Mensch, der sich nicht groß um den Klatsch in der Stadt kümmerte und deshalb ungeniert fast überall verkehrte, wo es Punsch und fröhliche Gesichter gab. Er war sowohl mit dem Herrn als auch mit der Frau und den Mädchen eng befreundet. Mit dem Großhändler spielte er Karten, mit der Frau trieb er Salonkonversation, und der kleinen Olga erzählte er Studentengeschichten. Letzteres tat er, eigenartigerweise, am allerliebsten. In Neigungsfragen war der Kandidat ein richtiger Feinschmecker, und deshalb neigte er am meisten zu frischen, hübschen Kindergesichtern, bei denen noch keine Brennschere, Lippenschminke und Puderquaste dem natürlichen Liebreiz aufgeholfen hatte.

Olga war sein besonderer Liebling. Er bewunderte die Intelligenz, die sich bereits in so jungen Jahren in ihren Urteilen und ihrer Beobachtungsgabe offenbarte, er betete ein klein wenig ihre großen blauen Augen und ihr niedliches Antlitz an, das die Locken ihres hellen Haares umwallten. Und zu seiner Schande muss gesagt werden, dass es nicht immer der linde Bruderkuss war, den er dem Kinde auf Lippen und Stirne drückte, oft lag darin auch etwas von der Genusssucht des Liebhabers.

Unsere Medizinkandidaten sind ja auch berüchtigt für ihre leichtfertigen Gewohnheiten und ihre brutale Hofmacherei. Es sieht so aus, als ob ihre wissenschaftlichen Studien, ihr Geschnippel in Menschenfleisch u. dgl. in hohem Maße Leidenschaftlichkeit und tierische Genusssucht beförderten.

So sieht diese Widerwärtigkeit aus. Der Ton ist geheuchelt korrekt, im Grunde aber schlüpfrig. Woher stammt das? Wer hat das geschrieben? Wer hat es zwischen meine Krankenblätter gesteckt? Und warum hat man es getan?

Wer bildet sich ein, dass an meiner Liebe zu Frida etwas Ungebührliches sei?

Ich habe die ausgerissene Seite jetzt viele Male gelesen und bereue es schon, denn sie verfolgt mich bis in meine Träume, wenn ich irgendwann gegen Morgen endlich Schlaf gefunden habe.

Ich träume, dass ich Frida sehe, wie sie noch ein Kind ist, doch sie ist geschminkt und extra frisiert und lächelt zweideutig. Ich will das nicht sehen, ich will nicht so träumen.

Ich habe die Buchseite zwischen ein paar Krankenblättern stecken sehen und sie herausgezogen. Jetzt weiß ich nicht mehr, welche Schublade es war. Ich muss sie zugeschoben haben, ohne darauf zu achten. Auch weiß ich nicht, ob mir ihre Platzierung einen Anhaltspunkt hätte geben können. Es ist gut möglich, dass die Schublade offen stand, weil ich kurz zuvor eine Karte herausgenommen hatte, und dass die Schuldige eine Patientin ist, welche zu diesem Zeitpunkte bei mir war. Ich glaube nämlich, dass es eine Frau war. Doch nun ist es zu spät.

Ich kann nicht mehr dahinterkommen, wo die Seite gesteckt hat.

Es muss eine Patientin oder Tjerning gewesen sein. Hätte Elsa denn die Passage mit dem Punsch, den fröhlichen Gesichtern und dem Kartenspiel belassen? Sie kennt mich zu gut. Doch sie belauert mich wie eine Katze eine Maus. Sie möchte sich dafür rächen, dass unsere Ehe nicht ihren Erwartungen entspricht, welche dumm und unrealistisch waren. Wir haben schließlich eine Übereinkunft. Aber Logik!

Alle Lust will Ewigkeit. Will tiefe, tiefe Ewigkeit. So schrieb der Dichter meiner Jugend aus seiner heilsamen und befruchtenden Einsamkeit. Aus des Berges kühler Nacht kamen diese Worte.

Aus der Nacht ist alles gestiegen, was dem Leben Wert verleiht, aus Söderbergs blauer Nacht sein einzig wirklich bedeutender Roman. Aus der Nacht kamen Worte zu mir, auch wenn sie nicht für mich bestimmt waren. Trotzdem –

Ja! Ich weiß, woher ich stamme!
Ungesättigt gleich der Flamme
Glühe und verzehr ich mich.
Licht wird alles, was ich fasse,
Kohle alles, was ich lasse:
Flamme bin ich sicherlich.

Ja, Flamme und verzehrendes Feuer hätte ich sein wollen. War es aber nicht. Ich hinterließ keine Kohle und Asche, sondern zertrampelten Mansch.

Nicht einmal die Nacht, die lange Nacht mit ihrer sanften Dunkelheit, ihren Schritten und vereinzelten Stimmen, welche durch die Lüftungsklappe des Fensters dringen, nicht einmal die Nacht mit ihrer gesegneten Einsamkeit beschert mir Ruhe.

Ich habe Angst.

Wer? Eine Patientin – nein. Bemühe ich mich, vernünftig über die Sache nachzudenken, sehe ich ein, dass keine Patientin jemals an meine Schubladen mit den Krankenblättern hätte kommen können. Ich sitze am Schreibtisch, die Patienten sitzen mir gegenüber. Die Schubladen befinden sich an der Wand, näher bei mir als bei den Patienten, welche ich nie allein lasse. Beim Hinausgehen lasse ich ihnen den Vortritt. Das wirkt zuvorkommend und versteht sich bei einer Frau von selbst. In Wirklichkeit handelt es sich jedoch um eine Schutzmaßnahme. Der Medikamentenschrank ist abgeschlossen, doch kann etwas auf dem Auszugsbrett unter dem oberen Schrankteil stehen. Ich weiß, dass ich Patienten habe, welche nicht davor zurückschrecken würden, zu stehlen, kämen sie nur an die ersehnte Ruhe und Betäubung. Auch ich hätte nichts dagegen, die Unruhe zu betäuben, welche mein Inneres verwüstet. Ich muss jedoch einen klaren Kopf behalten.

Wer?

Ida Tjerning? Liest sie solcherart Bücher? Ihr Unterleibsinteresse kam bisher im Gewande medizinischer Sachlichkeit daher. Was ihr geholfen hat, sich Frida aufzudrängen.

Vergnügungshalber liest Tjerning nur die neue Mode: Detektivromane. Sie hat in der Praxis ein Buch liegen lassen, welches mein Interesse erregte, da es von S. A. Duse geschrieben war, dessen *Unter Pinguinen und Seehunden* ich mit großer Wertschätzung gelesen habe. Dieses Buch nun hieß *Der Degenstock* und handelte nicht vom Südpol. Es war eine simple Geschichte über jene Art Verbrechen, welche Tjerning schätzt. Dass Duse sich dafür hergegeben hat, sensationsgierige Damen und halbwüchsige Jungen zu unterhalten, verstehe ich nicht ganz.

Nein – Tjerning nicht. Ich muss einsehen, dass die Person, welche sich in mein geheimstes Leben gedrängt und meine Liebe zu etwas Schmutzigem gemacht hat, sich in größerer Nähe befindet. Nur wer selbst von einem heißen sexuellen Juckreiz besessen ist, würde so ein Buch lesen wie das, aus welchem die Seite gerissen wurde.

Elsa.

Elsa mit ihrer Heimlichtuerei. Ich habe gesehen, wie sie schnell ein Buch zuschlug, in das sie vertieft gewesen war, als ich den Raum betrat. Eifrig schwatzend verbarg sie es unter einer Ecke ihres Schultertuches. Ein andermal schob sie ihr Buch unter ein großes rundes Sofakissen mit schwarzem Seidenbezug. Ich erinnere mich, dagestanden und das Kissen angestarrt zu haben, während sie in die Küche ging, um mir Kaffee zu holen. Auf dem Kissen ist ein Hund abgebildet, vermutlich ein Pekinese, von Rosen umgeben. Es handelt sich um eine Stickerei aus winzigen Kreuzstichen, wie es scheint. Das Kissen liegt noch immer auf dem Sofa im Salon. Dass ich es nicht hochgehoben habe! Damals hatte ich jedoch keinerlei Interesse an dem, was sie tat. Sie war mir zutiefst gleichgültig. Jetzt ist sie es mir allerdings nicht mehr.

Ich wandere. Endlose Wege hinaus, dahin ... Das Grün am Wegesrande ist staubig und grob geworden, ein Vorbote des Herbstes. Ich gehe auch in der Stadt umher. Die Unruhe treibt mich. Es kommt vor, dass ich denke: Dies ist die schlimmste Zeit meines Lebens. Und dann gehe ich der sonderbaren Beschäftigung nach, die entsetzlichsten Situationen miteinander zu vergleichen. Mir ist klar, dass das ungesund ist.

Ich gehe umher, und es flimmern Gesichter vorbei, als wären sie aus Papier.

Jetzt ist es Nacht. Ich sitze still am Sekretär, allein im Zimmer. Zum ersten Male seit sehr langer Zeit denke ich an Johannes Skades Tod.

Mord war es nicht.

Mord ist etwas Geplantes. Er geschieht vorsätzlich. Was damals geschah, war ganz und gar zufällig. Es hätte ebenso gut vorbeiflimmern und in meinem Leben verschwinden können, ohne auch nur gedacht worden zu sein.

Wie zufällig und unabsichtlich es auch zugegangen war, so besitze ich doch nach wie vor das Mittel, mit welchem ich mich von ihm befreit habe. Das Döschen mit dem Bilde des Herzgespanns auf dem emaillierten Deckel steckt in meiner Westentasche.

Es lastet in der Tasche. Nein – nicht lasten. Es ist da. Ich weiß davon. Ich nehme an, es ist so, als hätte man einen Tumor entdeckt. Man weiß, dass er da ist. Immer.

Es wird hell, doch die Morgendämmerung ist grausüchtig wie die Gesichtsfarbe eines Schwerkranken. Ich sehne mich nach meiner rosigen, holden –

Obwohl sie jetzt blass ist. Sie arbeitet zu schwer. Wenn sie hier wäre, würde sie mit mir schäkern. So wie immer. Sie sagt, ich nähme die Dinge viel zu ernst.

Da aus dem Schlafe in dieser Nacht ohnehin nichts wird, werde ich mir selbst von der Begegnung erzählen, die fast ebenso widerwärtig war wie der Fund jener Buchseite zwischen den Krankenblättern.

Ich kam vom Nybroplan, war über Blasieholmen gegangen und auf dem Wege zum Kungsträdgården.

Da stand er vor mir, versperrte mir den Weg und rief: »Mensch – das ist doch Räven! Das ist ja ewig her.«

Merkwürdigerweise erkannte ich zuerst die Stimme. Der Mann war insgesamt gröber geworden, doch die Stimme war noch dieselbe. Für einen derart massigen Körper war sie recht zart.

»Erkennst du mich nicht mehr?«, fragte er. »Ich bin Ludde.«

Ich hatte ihn nie so genannt. Er heißt Ludvig und sein Nachname endet auf -berg. Lundberg?

Dieses Gesicht flimmerte nicht vorbei wie ein Fetzen Papier. Er wollte mit mir losziehen, auf die Veranda des Grands und uns Cognac-Soda bestellen. Er, dem in einer Herbstnacht vor vielen Jahren vor Schreck der kalte Schweiß ausgebrochen war, hatte sich in einen lauten und jovialen Lebemann verwandelt. Zumindest wollte er sich dafür ausgeben, und über das, was damals in dem Hause in der Döbelnsgatan oben geschehen war, verlor er kein Wort.

Dafür, dass ich ihn all die Jahre nicht gesehen hatte, bekam ich bald eine Erklärung. Er hatte sein Medizinstudium an den Nagel gehängt und war in seine Heimatstadt Norrköping zurückgekehrt. Er erklärte es damit, dass sein Vater einen Schlaganfall erlitten habe und er sich anfangs zeitweilig um die Schiffsmaklerfirma habe kümmern müssen.

»Vater saß nur noch«, sagte er. »Er sabberte, und wenn er zu gehen versuchte, schlackerte er mit dem Fuß. Du weißt schon. Du bist ja Arzt geworden!«

Und dann lachte er herzlich. Anders lässt es sich nicht beschreiben, obwohl es natürlich herzlos war. Doch es klang gut und groß und warm.

Mit trockenen Lippen fragte ich: »Und Elise – ist sie nach Norrköping mitgekommen?«

»Nein – du weißt schon …«

Er verstummte. Was meinte er, dass ich wüsste? Wie es zugeht?

»Was wurde denn aus ihr?«, fragte ich. »Ist sie verheiratet?«

»Büro«, antwortete er. »Die Weibsbilder wollen sich ja heutzutage selbst versorgen.«

Wurde dazu gezwungen, dachte ich. Wurde grau. Wurde fallengelassen. Womöglich verletzt.

Danach bekamen wir kein Gespräch mehr in Gang. Ich lehnte die Einladung zu Cognac-Soda ab und sagte, ich sei auf dem Wege zu einem Krankenbesuch und müsse mich beeilen. Die Lebemannmaske fiel von ihm ab. Ich sah, dass er bereute, mich gefragt zu haben.

Kirchenglocken. Das kann nicht wahr sein. Ich höre sie aber. Die Glocken der Adolf-Fredrik-Kirche läuten in der Winternacht. Tod! Tod! Tod!

Seit dieser Aufzeichnung in der Nacht auf den 17. Dezember habe ich hier nichts mehr geschrieben. Drei Monate lang habe ich darüber nachgegrübelt, ob ich erzählen soll, was geschehen ist. Eigentlich will ich nicht. Doch ich weiß, dass es befreiend sein kann, auch die Niederlagen eines Menschenlebens aufzuschreiben.

Zuerst muss ich erzählen, dass ich zu guter Letzt dem gesellschaftlichen Orden beigetreten bin, welchem Johannes Skade angehörte. Elsa hatte hervorgehoben, dass ich dadurch die Aussicht hätte, einen Teil der Ordensbrüder und ihrer Familien als Patienten zu bekommen. So ist unsere Gesellschaft nun mal eingerichtet. Wer der Missionsgemeinde angehört, kauft seine Butter bei jemandem, welcher derselben Gemeinde angehört. Die Freimaurer helfen einander aus Konkursen und anderen Verlegenheiten. Den Gesellschaftsbrüdern werden die Zähne von einem Gesellschaftsbruder repariert, und sie werden von einem in den Orden initiierten Pfarrer begraben. Auf dem Sarge liegt das Bahrtuch des Ordens.

Die Ordensgesellschaft heißt VOF, eine Abkürzung, deren Bedeutung geheim ist. Sie wurde mir bei der Initiation in den niedrigsten Grad anvertraut. Es waren drei lateinische Wörter, von denen mir nur eines in Erinnerung geblieben ist: Voluntas, Wille.

Jedes Ordenskapitel wird mit quasireligiösen Zeremonien eingeleitet, und sind diese überstanden, dann isst man ein ordentliches Mahl, welches von dienenden Brüdern serviert wird. Das sind einfache Leute wie Kellner, Handlungsgehilfen und Hausmeister. Ihnen wird die Ehre zuteil, einer besonderen Ordenskaste anzugehören und ihre Arbeit ohne Bezahlung zu verrichten. Doch so leicht sind sie nicht zu übervorteilen, denn sie halten sich dadurch schadlos, dass sie in der Küche Wein und Cognac trinken, und angeblich wurden mehrere dabei ertappt, ansehnliche Mengen an Essen und etliche Flaschen nach Hause geschafft zu haben. Die dienenden Brüder haben nicht das Recht, bei den Zeremonien anwesend zu sein.

Die Frauen der Ordensbrüder bilden eine eigene Vereinigung, welche sie Damenclub nennen. Ich glaube, jeder gesellschaftliche Orden, jeder Männerchor, jede Bienenzüchtergesellschaft und jeder Handwerkerverein hat einen Damenclub als Appendix, ebenso Vereinigungen, in welchen man die Kriegsgeschichte verehrt, Rosen züchtet, Veloziped fährt, Briefmarken sammelt, sich der Heraldik widmet oder nach Altertümern sucht. In etwa diese Aufzählung gab ich eines Sonntagmittags zum Besten, um Frida zu amüsieren.

Elsas Blick wurde scharf. »Du kannst scherzen?«, sagte sie. »Das wusste ich gar nicht.«

Unermüdlich richten die VOF-Damen Frühlings- und Weihnachtsfeiern sowie Himmelfahrtsausflüge vor

Tau und Tag und Dampferfahrten in die Schären aus. Einen Teil der Ausgaben bestreiten sie durch Lotterien. Die Weihnachtsfeier im Dezember des vergangenen Jahres wurde wie die meisten anderen Zusammenkünfte in den Räumlichkeiten des VOF in der Thulegatan abgehalten.

Es stand auch eine Darbietung auf dem Programm. Die Damen taten sehr geheimnisvoll, und ich begriff, dass Elsa daran mitwirken würde, da sie bei uns zu Hause repetierten. Ich hörte das Klavier scheppern, machte in der Garderobe kehrt und ging in die Praxis, um dem Spektakel zu entrinnen. Es wunderte mich, dass Elsa engagiert war. Sie kann nicht singen, und wenn sie Schrammels *Wien bleibt Wien* in die Tasten haut, ist es unerträglich.

Das Diner war so, wie solche Diners eben sind. Die Leute essen zu viel, und in der Woche darauf kommen sie mit gastritischen Beschwerden zu mir. Weingläser werden geleert, es wird laut. Wir aßen Canapés mit Entenleber, gebratenen Zander mit Champignons, Schweinebraten geschmort mit Äpfeln, Zwiebeln und Backpflaumen, und als Dessert wurde Mandelpudding mit Sahne und eingemachten Erdbeeren serviert. Ich saß ziemlich weit von Elsa entfernt, sah sie aber gestikulieren und zum Getöse beitragen. Ich behalte sie immer im Auge, wenn wir auf Gesellschaften sind. Sie trinkt im Allgemeinen zu viel und gibt sich künstlich ausgelassen. Gelegentlich hörte ich ihre Stimme durch den Lärm schneiden.

Sie redete so viel, dass sie vergaß, ihr Dessert zu essen. Als die dienenden Brüder die Teller abzutragen begannen, um den Kaffee zu servieren, hatte sie ihre Portion kaum angerührt. Ich sah, dass sie die Hand darüber hielt, als der Kellner den Pudding abräumen wollte, und obwohl ich auf die Entfernung nicht hören konnte, was sie sagte, verstand ich, dass sie ihn behalten und später essen wollte. Jetzt sollte nämlich die Darbietung beginnen, während wir an den Tischen Kaffee tranken.

Ich sah, wie Elsa ihrer Partnerin ein Zeichen gab, einer Frau, welche lächerlicherweise Sångström heißt und mit einem Lederwarenfabrikanten verheiratet ist. Die beiden gingen nun zusammen auf die Bühne und verschwanden dahinter.

Ich kann nicht behaupten, dass mir von dem Cabaret viel in Erinnerung geblieben ist, außer der Nummer, in welcher Elsa mitgewirkt hat. Eine Dame pfiff *In einem Klostergarten,* was selbstverständlich ungewöhnlich gewesen wäre, hätten wir das Kunststück nicht schon von der vorigen Weihnachtsfeier her gekannt. Alles Übrige ging recht spurlos an mir vorüber. Es war wohl wie üblich: Operettenlieder und Klavierspiel. Ich war schläfrig von dem schweren Essen, erwachte aber zu voller Aufmerksamkeit, als Elsa auf der Bühne stand. Sie und ihre Partnerin wurden mit donnerndem Applaus und Lachsalven begrüßt.

Es war furchtbar, sie zu sehen. Ich hätte mich am liebsten vom Tische erhoben und das Diner verlassen. Aber das ziemt sich nicht. Ich bin mir sicher, dass mein Gesicht starr wurde, spürte ich doch, wie ich innerlich erstarrte.

Lydia Sångström und Elsa Revinge waren als kleine Mädchen verkleidet. In Lackschuhen mit Spangen und Schleifen standen sie da und hatten die Fußspitzen nach innen gekehrt. Sie hatten faltige weiße Strümpfe an und eine Art pluderiger Beinkleider mit englischer Stickerei, welche ein Stück herunterhingen. Ihre Kleidchen waren kurz und vorn leicht gerafft. Sie trugen Volantschürzen und auf dem Kopfe Lockenperücken mit großen Seidenschleifen auf dem Scheitel. Die eine Frau war gelb, die andere rosa gekleidet. Wenn die eine sang, steckte die andere den Finger in den Mund, nuckelte daran und verdrehte fromm die Augen.

Ich erinnere mich, dass das Lied mit »Tuttan und Lillemor, zwei Mädchen klein« begann. Es handelte vom Bande ewiger Freundschaft, welches sogleich zerriss. Später habe ich erfahren, dass Ernst Rolf es verfasst und Emma Meissner es gesungen und populär gemacht hat.

Elsa und Lydia sangen abwechselnd einen Text, in dem es hieß, dass die andere nicht mehr auf ihrem Hofe spielten dürfe und dergleichen, und als sie mit den Fäusten aufeinander einhämmerten und einander an den Haaren zogen, wurde im Saale im Crescendo Jubel laut. Als das Zerwürfnis Faktum war, trennten sie sich auf der Bühne und taten, als weinten sie untröstlich.

Vermutlich kam es zur Versöhnung, denn ich erinnere mich, dass sie am Ende Hand in Hand dastanden; die Schuhspitzen nach innen gekehrt, nahmen sie knicksend und sich verbeugend den Applaus entgegen. Ich hatte über weite Strecken dieses Auftrittes hin die Augen niedergeschlagen und in meine Kaffeetasse gestarrt. Manches habe ich notgedrungen mitbekommen. Lydia hatte Elsa die Perücke heruntergezogen, und als deren eigene Strähnen bloßgelegt wurden, wollten die Lachsalven kein Ende nehmen. Sie steckte sich die Perücke wieder auf dem Kopfe fest und trat Lydia gegen das Bein, dass diese schrie. Der Schmerz war vermutlich nicht gespielt. Erneuter Jubel, erneute Beifallsstürme.

Woge um Woge der Scham brandete mir durch den Körper. Mir flimmerte es vor den Augen.

Frauen mit schweren Brüsten als kleine Mädchen verkleidet. Kann es etwas Groteskeres geben?

Warum schämte ich mich? Ich hatte nichts Unangebrachtes getan.

So sehr war ich also mit dieser Frau verbunden, dass ich mich ihretwegen schämte. Mir fiel das Dogma von der *satisfactio vicaria* ein. Ich glaube, es bedeutet, dass Christus an unserer Statt gelitten und dadurch die Vergebung des Vaters für uns erwirkt hat. Was ich empfand, war jedoch eine stellvertretende Scham, und was Elsa getan hatte, ließ sich nicht vergeben. Sie hatte nicht Verstand genug, sich zu schämen, und besaß kein Gespür für die furchtbare Peinlichkeit, welcher sie mich ausgesetzt hatte.

Mir schwindelte. Niemand kümmerte sich indes um mich. Um mich herum war alles in Bewegung. Nachdem Kaffee, Cognac und Liköre serviert und die Darbietungen beendet waren, standen die meisten auf und suchten sich andere Gesprächspartner. Die Leute tauschten die Plätze. Ich stand wie betäubt und sah Elsa umgekleidet von der Bühne kommen.

Sofort rief jemand: »Tuttan! Prost!«

Andere fielen ein: »Schaut euch Tuttan an! Welch wunderbare Vorstellung!«

Sie hatte jetzt offenbar einen Kosenamen erhalten – oder auch einen Spottnamen –, und sie trank gelben Likör, Gott allein weiß von welch entsetzlicher Sorte, und prostete und ließ die Zähne sehen. Sie wollte sich gerade an den Tisch setzen und ihr Dessert verspeisen, als einige nach ihr riefen, um mit ihr anzustoßen. Sie standen etwas weiter entfernt, und Elsa ging zu ihnen.

Völlig absichtslos hatte ich mich auf die andere Seite des Tisches begeben. Und nun fand ich mich vor ihrem Platze wieder. Ich zog mein Taschentuch heraus, wischte mir damit das Gesicht ab und steckte zugleich Daumen und Zeigefinger der anderen Hand in die Westentasche meines Frackes. Ich habe stets mein Döschen bei mir. Selbstverständlich wage ich es nicht, es irgendwo anders zu lassen. Wie es mir gelang, den Deckel zu öffnen und eine der Pillen herauszunehmen, ist mir ein Rätsel. Ich weiß nur, dass es schnell ging. Jemand sprach mich an. Es ging um Elsas Heldentat auf der Bühne.

Ich drehte mich um und erwiderte: »Wunderbar!«

Und schon war es getan.

Ich entfernte mich rasch von dem Platze. Wieder fing mich jemand ein. Es ging natürlich um eine Gratiskonsultation, und ich setzte mich mit dem Hilfesuchenden, einem Kurzwarengrossisten. Er litt an Konstipation, und wie er auf die Idee verfallen konnte, sich an den bekleckerten Esstisch zu setzen und mir dies leise anzuvertrauen, verstehe ich nicht, doch ich war ihm dankbar. Wir vertieften uns in sein Problem, und ich wagte nicht, in Elsas Richtung zu sehen. Aus den Augenwinkeln hatte ich bemerkt, dass sie sich an ihren alten Platz gesetzt hatte. Ich sah jetzt stur weg. Mein Herz hämmerte, und ich spürte, dass mir Hals und Gesicht brannten.

Da hörte ich Elsa schreien: »Mein Mandelpudding!«

Mir wurde nun klar, dass ich mich in eine Situation gebracht hatte, welche sich meiner Kontrolle entzog. Glücklicherweise saß ich. Sonst wäre ich ohnmächtig geworden. Ich dachte, sie hätte mit dem Löffel in ihrem Pudding gestochert und etwas entdeckt, was nicht hineingehörte. In diesem Falle wäre es um mein Leben geschehen gewesen.

Elsa schrie jedoch weiter nach ihrem Mandelpudding, und sie war jetzt so laut, dass sie Aufmerksamkeit erregte. Ein Kellner eilte herbei, und als ich aufzusehen wagte, stand er über sie gebeugt. An ihrem Platze stand kein Teller. Der Kellner erklärte etwas – vermutlich, dass er ihn abgetragen hatte.

»Aber ich wollte ihn doch noch essen!«, rief sie.

Ich sah, dass der Kellner versuchte, sie zur Vernunft zu bringen. Dann verschwand er plötzlich. Doch er kam wieder. Der Patient, den ich unfreiwillig am Halse hatte, warf mir vor, ich würde ihm nicht zuhören. Ich sagte: »Doch, doch! Gewiss!« und verfolgte zugleich mit dem Blick die Ereignisse an Elsas Platz. Der Kellner brachte jetzt einen Teller Pudding und stellte ihn vor sie hin. Ich wusste nicht, ob es derselbe war, welchen man abgetragen hatte, oder eine eilends angerichtete neue Portion, womit man sie zum Schweigen bringen wollte.

Ich stand taumelnd auf, um zu ihr zu gehen, ihr den Teller zu entreißen und ihn auf den Fußboden zu werfen. Ich war nämlich blitzartig zu der Einsicht gelangt, dass ich auf keinen Fall davonkommen würde. Ich war ihr Ehemann, und dass ich ihr keine Zuneigung entgegenbrachte, musste allen ersichtlich sein. Ich verfügte über die Mittel. Ärzte verfügen über solche Mittel. Ergo: verurteilt.

Ich musste den Teller zerschmettern.

Ich kam jedoch nicht von der Stelle, nachdem ich mich erhoben hatte. Meine Beine gaben nach, und ich landete wieder auf dem Stuhle. Da saß ich nun wie paralysiert und sah Elsa ihren Mandelpudding aufessen. Als sie fertig war, wischte sie sich mit der Serviette den Mund ab und machte einen zufriedenen Eindruck.

Leute setzten sich zu ihr. Sie unterhielt sich. Und nichts geschah.

Nichts.

Ich ertrage es nicht, mich lächerlich zu machen. Nicht einmal vor mir selbst. Ich glaube, dies ist der einzige Zug, den ich von meinem Vater – ich verachtete ihn – geerbt habe.

Ich gehöre nicht in diese Kreise, in welchen man zu viel isst und trinkt, vor Lachen über ältliche Frauenzimmer wiehert, welche sich als kleine Mädchen verkleiden, die Unterhosen zeigen und die Stimmung anheizen, dass die Fräcke vom Schweiße dampfen. Doch unter den befrackten Ochsen, die vor Begeisterung brüllten und einander mit »Voff! Voff!« zuprosteten, bin ich derjenige, der sich am wenigsten unter Kontrolle hat. Das hatte ich nun bewiesen.

Ich erinnere mich vage an meine Stimmung nach Johannes Skades Tod.

Und jetzt? Ich weiß ja gar nicht, was ich getan habe. *Ich will es nicht wissen.*

Doch in meiner Erinnerung spüre ich die Pille in meiner feuchten Handfläche kleben.

Die Kirchenglocken in der Nacht – die kann ich doch gar nicht gehört haben. Falls ich tatsächlich Glocken habe läuten hören, muss es das erste Gottesdienstläuten der Adolf-Fredrik-Kirche gewesen sein. Ich dachte wahrscheinlich, es sei Nacht, da ich Opiumtropfen eingenommen hatte. Normalerweise tue ich das nicht, doch ich hatte welche genommen, um mir Mut zu machen.

Tod! Tod! Tod! dröhnten die Glocken, und mir war, als gälte es mir. Ich hatte das Döschen mit den Pillen in der Hand.

Es war jedoch nur dieser eine Augenblick. Ich will leben. Ich verstehe nicht ganz, warum, aber ich will es.

Ich habe die Blätter aus dem Kuvert genommen, welches mit den Worten DES MENSCHEN EIGENE KRAFT beschriftet ist, und die Seiten über Johannes Skades Ableben gelesen. An diese Begebenheit habe ich in den letzten Jahren selten gedacht. Sie ist mir ziemlich natürlich vorgekommen. Er litt an Angina, und sein Herzmuskel konnte jederzeit versagen. Dass ich ihm auf den Weg geholfen habe, dessen bin ich mir selbstverständlich bewusst. Trotzdem war es für einen alten Roué wie ihn ein nahezu natürlicher Tod.

Woran ich mich nicht so deutlich erinnert habe, war meine Aufgeräumtheit, ja, mein Stolz über die Tatkraft, die ich an den Tag gelegt hatte. Davon jetzt zu lesen ist peinlich. Nach der Begebenheit auf der Weihnachtsfeier von VOF schwanken meine Begriffe von dem, was war. Ich bin meiner selbst nicht sicher. Wer bin ich, und was habe ich eigentlich getan?

Ich liege nachts wach, die Stunden schleppen sich dahin, und mein Körper schmerzt. Die Fensterrahmen bilden ein Schattenkreuz auf dem blauen Rouleau, und in den Ritzen leuchtet es, als wollte eine andere Wirklichkeit hereindrängen. Ich weiß, es ist der Schein der Straßenlaterne, welcher diese Illusion hervorruft, und wird sie hin und wieder stärker und unheimlicher, so ist es der Mondschein. Erst wenn die Laternen erloschen sind, der Mond weitergewandert ist und fahles Morgendämmerlicht durch die Ritzen des Rouleaugewebes dringt, kann ich wegdämmern und ein paar Stunden schlafen.

»Wie geht es dir, Onkel Pontus?«, fragt Frida, wenn sie mich besuchen kommt. »Du siehst nicht glücklich aus«, sagt sie leise.

Nein, meine Liebe, ich bin nicht glücklich. Doch das sage ich nicht. Es ist auch nicht nötig. Sie versteht mich, doch ich verstehe sie nicht.

Wer ist schon glücklich? Durch ihre Arbeit mit Kranken und Sterbenden muss sie längst begriffen haben, dass das Leben den Menschen auf die Dauer nur Trauer und Schmerz zu bieten hat. Und wenn es glimpflich verläuft, hält es dennoch vor allem Überdruss parat. Versteht sie das nicht?

Vielleicht kommt es daher, dass sie sich selbst belügt. Doch woher nimmt sie dann ihren Gleichmut und ihre gute Laune? Sie hält all das Leiden aus, welches sie zu sehen bekommt, und versucht ihm abzuhelfen. Sie schickt sich mit der gleichen Selbstverständlichkeit demütig in ihre schwere Arbeit, wie arme Menschen sich ihrem Elend unterwerfen – oder wie sie es zumindest früher getan haben. Sie ist ein Arbeitstier geworden.

Einst war sie ein kleines Mädchen, das sich ein Seidentuch mit Rosenmuster umgelegt hatte. Sie probierte ihre Türkisohrringe, und ihre Augen glänzten.

Ja, wie hat sie sich verändert! Wenn ich in meinen Papieren lese, begegne ich dem Mädchen mit dem dicken, gekräuselten Zopfe, welcher unter dem Tam-o'-shanter hervorschaut. Das muntere Klappern der Stiefel auf der Treppe. Rosige Wangen und vor Freude glänzende Augen, wenn sie auf dem Esstische zwei Napoleonschnitten entdecken. Für uns zwei. Sie ist so begeistert davon, dass sie mit der rosa Zuckerglasur beginnt.

Sie hat sich verändert. Nicht nur, dass sie in den Hüften breiter geworden ist, dass der Busen ausgewachsen ist und das Gesicht – nein, um Himmels willen! nicht faltig, nicht gezeichnet. Jedoch erfahren. Erfahren sind ihre Augen.

Ich dachte, alles sei so, wie es gewesen wäre, wenn Johannes Skade eines ganz natürlichen Todes gestorben wäre. Ich bin mir jedoch nicht sicher, dass es so ist. Wir haben uns durch seinen Tod und die Art und Weise, wie er gestorben ist, vielleicht alle verändert.

Ich beschloss, mir die ausgerissene Buchseite mit der Geschichte des Kandidaten Höglund und seiner Verliebtheit in ein kleines Mädchen vom Halse zu schaffen. Da wir im Sommer den Kachelofen nicht einheizen, sollte der neue Aga-Herd die Demütigung schlucken und verbrennen. Das Hausmädchen schrie auf: Ein Aga funktioniere nicht wie ein gewöhnlicher eiserner Herd, darin dürfe lediglich ein Koksbett brennen. Die dumme Gans.

Nunne, der Hausmeistersohn, brachte den Kokseimer. Zuerst schlurften seine Schritte auf der Treppe, dann trat er ohne anzuklopfen ein. Er zog die Nase hoch. Ihn anzusehen ist unangenehm. Er ist jetzt ausgewachsen und grobschlächtig. Vermutlich hat er pubertiert. Wo bleibt er nur mit dem Geschlechtstrieb, welcher ihm im Leibe sitzt? Seine jetzt unförmig große Nase springt vor und vereinigt sich auf eigenartige Weise mit der Oberlippe wie zu einer Schnauze. Er sieht tierisch aus.

Dass ich das Papier in den Herd gesteckt habe, worüber das Hausmädchen laut zeterte, schien ihn zu amüsieren. Er versuchte etwas zu sagen. Doch mehr als ein paar Stöhner kommen dabei ja nicht heraus: »Öh, öh …«

Holmlund, der Alte der Hausmeisterin, ist dem Alkohol verfallen. Meistens müssen sie und der Sohn seine Arbeit erledigen. Nunne ist zurückgeblieben und wird nie allein zurechtkommen und sich selbst versorgen können. Er bleibt ihr zeitlebens. Er ist stark und lebenskräftig.

Nachdem ich die Küche verlassen hatte, überfiel es mich, dass mir Elsa zeitlebens bleibt. Auch sie ist stark und voller Lebenskraft.

Am soeben vergangenen Tage, dem 18. September 1918, war mein fünfzigster Geburtstag. Meine Mutter hat gesagt, ich sei am Nachmittag um halb zwei zur Welt gekommen. Ein halbes Jahrhundert später war ich beim gleichen Glockenschlage auf Krankenbesuch bei einer von der Grippe heimgesuchten Familie in der David Bagares Gata. Ein Kind, einen nicht ansprechbaren Elfjährigen mit hohem Fieber, schickte ich ins Krankenhaus und hoffte für seine Mutter und eine vier Jahre ältere Schwester das Beste. Wir haben eine schwere Epidemie.

Elsa wollte sich nicht darauf einlassen, dass ich Ida Tjerning als Vertretung engagierte und verreiste, um einer Feier zu entgehen. Sie war erpicht darauf, dass diesem Tage Aufmerksamkeit zuteilwurde. Wieder kamen die Argumente, dass es der Praxis nütze.

Jetzt ist es vorbei. Ich war in der Küche, um mir ein Glas Selterswasser zu holen, und stieß dort auf Ida Tjerning und Elsa, die mit glühenden Gesichtern am Küchentische saßen. Sie hatten zwar schon viel zu viel getrunken, aber trotzdem noch eine Flasche Grådask geöffnet. Von einer großen Sahnetorte hatten sie die Reste zwischen sich aufgeteilt, und Tjerning schleckerte gerade ein Marzipanschild, worauf PONTUS 50 JAHRE stand.

Ihre Konversation war bizarr. Was meinte Tjerning damit, dass ich ein spannendes Leben hätte?

Es gab also Torten, Kaffee, Portwein, Blumenschalen und eine vergoldete Pendeluhr. Und das in einer hektischen Krankheitsperiode, welche mich oft mitten in der Nacht zu Krankenbesuchen zwingt.

Es war eine sonderbare Veranstaltung, und im Gesellschaftszimmer hing ein ekelerregender Geruch nach Kuchen und Tabakrauch. Elsa und Ida Tjerning rauchten türkische Zigaretten. Außer der Familie waren noch siebzehn Personen da, und alle müssen sich bewusst gewesen sein, dass hierzulande eine sehr gefährliche Epidemie ausgebrochen war, welche jeden von uns heimsuchen konnte.

Sollten sie tief im Innern Angst vor Fieber, Schmerz und Tod gehabt haben, so ließen sie es sich freilich nicht anmerken. Ihr Gegacker stieg mit dem Rauche zur Decke. Die Blumenarrangements in den mit Krepppapier umhüllten Töpfen rochen stark. Es waren vor allem Chrysanthemen, welche in meinen Augen Beerdigungsblumen sind. Besonders die kindskopfgroßen weißen liegen normalerweise auf Särgen. Die sehe ich mit jeder dieser in Seidenpapier eingewickelten Blumen vor mir.

Alle, welche hier waren und Wein und Kaffee tranken, redeten, mir zuprosteten und über mein Alter scherzten, müssen sich bewusst gewesen sein, dass der Tod im Hausflure stand und wartete. Etwas anderes ist gar nicht möglich. Sie schwatzten jedoch unbekümmert drauflos. Ich doch nicht! So denken sie.

Womöglich läuft unser Leben vor allem darauf hinaus, die Illusion einer Normalität in einem Dasein voll klaffender Löcher und scharfer Gegensätze aufrechtzuerhalten. Wir essen Kuchen. Wir legen Spitzendecken auf die Tische. Und wir schnattern – ebenso gedankenlos wie Enten vor der Schlachtung.

Jetzt bin ich jedenfalls allein im ausgelüfteten Herrenzimmer. Die Nacht drückt spätsommerdunkel gegen die Scheiben. Eigentlich ist es schon Herbst, doch diese Nacht ist warm. Im Hofe blühen, unbändig wie im Aufruhr gegen das Unausweichliche, Rudbeckien. Wir blühen, wir blühen …

Der Tag hat meine Nerven strapaziert. Ich habe mich nach dem Alleinsein gesehnt, und wäre es noch so schmerzvoll. Jetzt ist es da.

Ich lebe nun seit einem halben Jahrhundert und einem halben Tage. Vor fünfzig Jahren um diese Zeit hatten die Blutungen meiner Mutter sicherlich schon aufgehört. Sie lag da und hörte mich duseln. Dieses Wort wählte sie, wenn sie von ihrem Mutterglück erzählte. Es musste sich dennoch in Grenzen gehalten haben, da ich kein Wunschkind war; schließlich hatte ihre Schwangerschaft die Eheschließung erzwungen.

Ich duselte also. Ich hatte Arme und Beine, Finger und Zehen, welche sie gewissenhaft gezählt hatte. Wenn sie nun einen Nunne bekommen hätte? Ein Tier.

Seelisch war ich ein Embryo. Ich hätte mich zu allem Möglichen entwickeln können.

Ist das wahr?

Oder duselte in einem mit blaugeblümtem Baumwollstoff bezogenen Wäschekorb bereits ein Mörder?

Mörder ist ein zu starkes Wort. Ich bin nicht mehr Mörder als viele andere. Meine überhitzten Phantasien, nichts als Wille zu sein, sind nach der Weihnachtsfeier 1916 ein wenig angegriffen. Allein schon der Gedanke, eine solche Gelegenheit zu wählen, war lächerlich. Voff! Voff!

Ich bin kein böser Mensch. Ich bin nicht einmal krank.

Ich bilde mir keinen Augenblick lang ein, dies sei die Nacht der Wahrheit in meinem Leben. Immerhin aber weiß ich, dass ich den Huldigungsreden, welche heute auf mich gehalten wurden, keinen Glauben geschenkt habe. Zu behaupten, niemand habe ihnen Glauben geschenkt, wäre zu viel gesagt. Diejenigen, welche die Reden hielten, und diejenigen, welche ihnen lauschten, waren benebelt. Elsa sah verteufelt hingerissen aus.

Doch ihre leise Boshaftigkeit stellte sich stracks wieder ein: »Welche Huldigungen, Pontus! Wie soll deine Bescheidenheit das bloß verkraften?«

Sie kennt meinen Hochmut. Allerdings weiß sie nicht, dass ich ihn, wenn ich allein bin, nicht pflege. Wenn ich ihr sagte, was ich empfinde, würde sie zeit unseres verbleibenden gemeinsamen Lebens Gewinn daraus ziehen. Man kann sich nicht öffnen und anderen sein lächerliches Elend präsentieren. Es würde ihnen sofort Vorteile verschaffen.

Gegen meine Gewohnheit wurde ich während des Empfanges beschwipst. Wegen der schweren Grippeepidemie hatte ich es nicht mehr geschafft, etwas zu essen, sondern war geradewegs in die Gratulationscour zu meinem Geburtstage gestürzt, und während des unentwegten Anstoßens konnte ich mir nicht einmal ein Stück Torte einverleiben. Der süße Wein stieg mir zu Kopfe. Ich bekam gute Lust, unverschämt zu sein.

Ich war es natürlich nicht. Doch die Verlockung, ihnen zu zeigen, wer ich wirklich bin, war eine Zeit lang sehr stark. Der Dunst aus den Kaffeekannen und von den orientalischen Zigaretten, dazu die süßen Gerüche nach Gebäck legten sich auf meine Klarheit. Ich unterließ es, ihre Heuchelei zu verhöhnen, und zeigte ihnen nicht, wer ich bin, sondern bedankte mich und nahm in Empfang.

Wer bin ich?

Eine pubertäre Frage. Ich bin der Mensch, welcher ich durch die Vereinigung zweier Geschlechtsorgane geworden bin – nicht zu vergessen der Einfluss eines weiteren: das des Großhändlers. So wurde ich zuerst das überschätzte Kind, dann der Junge, welcher seine Mutter trösten (die Reibungen!) und Noten weit außerhalb der Reichweite seiner Fähigkeiten erlangen sollte. Sodann der Medizinstudent, welcher es sich viel zu selten leisten konnte, sich die Schuhe besohlen und die Hemden waschen zu lassen, und schließlich der Arzt, dessen Einkünfte von Rückzahlungsverpflichtungen aufgezehrt wurden.

Zu guter Letzt wurde ich also Mörder.

Doch das wurde ich auf die Art, auf welche sicherlich die meisten es werden. Mehr oder weniger unabsichtlich. Eine Handlung an der Grenze zum Nichtzustandekommen. Sie könnte ebenso gut gar nicht ausgelöst worden sein. Ich weiß nicht einmal, ob das, was geschah, wert ist, Mord genannt zu werden.

Ich glaube, ich habe eine halbe Stunde geschlafen. Mit einem Male hellwach, wurde mir klar, dass ich mir dessen, was geschehen ist, nicht sicher bin. Ich bin wieder aufgestanden und sitze nun hier. Ich habe in meinen Papieren gewühlt, um unbestreitbare Beweise zu finden. Doch ich finde nichts. Geschriebenes ist ja nichts als eine lange Kette aneinandergereihter Wörter und kann nicht Beweis genannt werden.

Ich suche in den Papieren die Seiten über Johannes Skades Tod, finde sie jedoch nicht. Anscheinend habe ich versehentlich das erste Kuvert geöffnet und stoße stattdessen nun auf eine Aufzeichnung über meine Begegnung mit Hjalmar Söderberg im Humlegården. Doch wenn ich sie so lese, beschreibt sie eigentlich keine richtige Begegnung. Warum habe ich nicht erzählt, dass ich ihm nachgeeilt bin, als er die Wasserbude verließ?

Ich holte ihn ein und grüßte: »Guten Tag, Herr Söderberg!« Er starrte mich an, ohne zu antworten. Ich fühlte mich plötzlich ruhig und sicher. Mein Paletot war besser in Schuss als seiner. Seine Stiefel waren staubig, und er trug keine Handschuhe. Dem Gerede zufolge war er ordentlich in die Klemme geraten, der arme Teufel. Man sah es ihm an, er wirkte heruntergekommen.

Ich sagte in mokantem Tone, dass ich mir eigentlich ein Widmungsexemplar von *Doktor Glas* erwartet hätte.

»Ach«, sagte er. »Tatsächlich? Warum ...«

Er wollte sich also nicht erinnern. Wie einen Dampfdruck spürte ich Zorn in mir aufsteigen.

»Na ja«, erwiderte ich. »Ich habe Ihnen bei dem Buche doch geholfen, oder etwa nicht?«

Er starrte mich an, aus Augen, deren Iris noch immer kinderblau waren, das Weiß dagegen war gelblich und rot geädert. Ich griff mit der Rechten unter meinen Paletot und die Jacke und fischte das Döschen aus meiner Westentasche. Es knackte, als der Deckel aufsprang.

Nun musste er sich doch erinnern! Aber er starrte nur, als wäre er außerstande, irgendetwas zu verstehen. Dann tappte er nach dem Döschen mit den Pillen. Ich schlug natürlich den Deckel zu. Er lächelte verwirrt und sagte, er werde mir das Buch selbstverständlich schicken. Dann lüftete er den Hut ein paar Zoll und ging davon.

Ich bekam nie ein Buch. Damals machte mir das nichts aus. Der Blick seiner Augen, als er mehr oder weniger um eine Pille bettelte, genügte mir. Nein, mein

Lieber, dachte ich. Das wäre ein gar zu leichter Ausweg.

Doch jetzt, in dieser Nacht, hätte ich das Buch gerne mit einer klaren und datierten Widmung zur Hand gehabt. Es hätte mir gesagt, dass sich dies wirklich zugetragen hat. So weiß ich es jetzt nicht. Nichts weiß ich sicher.

Was ging heute Abend in der Küche vor? Ich verstehe es nicht.

Ein spannendes Leben, hat sie gesagt. Wie in einem Detektivroman. Ich habe dem in jenem Moment keine Bedeutung beigemessen, ich kenne Ida Tjernings Begeisterung für diese Art Literatur ja nur zu gut. Doch was hat sie damit gemeint?

Es ist zutiefst unheilverkündend, dass diese beiden Frauen Freundinnen geworden sind. Das wird mir erst jetzt klar.

Es widerstrebt mir, dies niederzuschreiben, doch ich habe in der Küche die Beherrschung verloren. Elsa und Ida saßen wie zwei fette Vögel beieinander und starrten mich an. Wie es schien bereit, mir die Augen auszuhacken.

Ich war betrunken, hatte bei Tische fast nichts gegessen, doch in der ekelerregenden Wärme vor lauter Durst Wein getrunken. Die Ausdünstungen der Körper, welche sich bei dem Empfang in den Räumen gedrängt hatten, waren beim Essen noch nicht verflogen. Auf dem Tische brannten Kerzen, und im Luftzuge vom Fenster tropfte Stearin auf das Tischtuch. Das Mädchen wollte sie löschen, doch Elsa sagte, es sei noch viel zu früh, Pontus' Kerzen zu löschen. In diesem Moment fand ich das meiste dessen, was sie und Ida Tjerning sagten, bizarr. Frida schwieg vorwiegend und schien keinen Appetit zu haben. Auf den Kalbsbratenscheiben dickte die Sauce.

Mir war übel, trotzdem trank ich. Es kam mir so sonderbar vor, dass wir schon wieder aßen. Ständig dieses Essen. Jeden Tag. Nach zwei, drei Stunden erneute Nahrungsaufnahme. Jeden Tag, ein Leben lang. Jetzt schon seit fünfzig Jahren.

Mir war nicht gut. Als wir uns endlich vom Tische erhoben, verabschiedete ich mich von Frida. Ich hätte sie gerne zum Sophiaheime begleitet, wo sie zu meinem Kummer keusch und dürftig ihr Zimmer hat. Doch ich war ja nicht ganz nüchtern und wollte es vor ihr verbergen, was mir, glaube ich, gelungen ist.

Dann kam der Durst, und bevor ich mich auszog, um meine Abendtoilette zu verrichten, ging ich nach Selterswasser in die Küche. Da saßen die beiden fetten Vögel, bereit, mich in Stücke zu hacken.

»Nimm dir ein Glas!«, forderte Elsa mich auf. »Nein, nein – nicht das Seltersglas. Du sollst mit Porrtwein mit uns anstoßen.«

Sie spricht das so aus, weil sie ungebildet ist und auch nicht den Wunsch hat, daran etwas zu ändern. Ich habe mehrmals darauf hingewiesen, dass das o in Portwein bei uns lang auszusprechen sei.

»Es ist ohnehin mal an der Zeit für Ida und dich, Brüderschaft zu trinken!«

Ich spürte Zorn in mir aufsteigen und hatte gute Lust zu sagen, ich würde mich lieber zum Duzbruder des Barbiers im Frisiersalon machen. Doch ich schwieg, und als ich mein Selterswasser nahm, lachten beide. Ihre Gesichter waren flammend rot und glänzten.

»Er ist wählerisch in seinem Umgang«, sagte Elsa. »Aber das gehört zu seinem Charme. Ebenso, dass er sich zynisch gibt. Aber eigentlich bist du ja ein netter Junge, Pontus. Nicht wahr? Schau – jetzt ist er ganz grimm! Er will nämlich kein netter Junge sein, er will ein richtiger Nittsche sein.«

Sie sprach diesen Namen tatsächlich so aus. Ich bin überzeugt, dass sie ihn nicht buchstabieren kann.

»Oho«, sagte Tjerning gekünstelt. »Ein *Übermensch*. Einer mit eigener Moral. Das muss spannend sein, Doktor Revinge. Sie haben ein sehr spannendes Leben, ist mir klar geworden. Ich glaube, es ist wie in einem Detektivroman.«

Da platzte mir der Kragen.

»Schweigen Sie«, sagte ich. »Erzählen Sie mir lieber, wer von euch eine Seite aus einem Buch gerissen und zwischen meine Krankenblätter gesteckt hat!«

»O Gott, o Gott, o Gott, in diesen Blättern kann man sicherlich sehr interessante Dinge finden«, erwiderte Tjerning. »Aber was das nun sein soll, müssen Sie mir schon erklären.«

»Eine Seite aus einem Ihrer verabscheuenswerten Detektivromane. Eine Seite purer Infamie!«

»Die werden Sie selbst dort versteckt haben«, sagte Tjerning lachend.

Sie hat inzwischen schlechte Schneidezähne. Mir fiel Strindbergs *Erste Warnung* ein. Elsa hat ihre erste bekommen, Tjerning bereits die zweite. Doch im Unterschiede zu Elsa spitzt sie nicht den Mund, um es zu verbergen.

»Und ob er das getan hat!«, jubelte Elsa. »Ich habe gemerkt, dass aus *Hinter geschlossenen Rouleaus* eine Seite herausgerissen ist.«

Mein Zorn hatte sich gelegt. Er war als heftige Woge gekommen und hat mich nun in Ebbe und Trockenheit zurückgelassen. Ich war jetzt nur noch verwirrt und voll Angst. Diese beiden wollen mich zu Tode hacken. Ich weiß das. Als ich mein Seltersglas nahm und sie verließ, hörte ich sie gurren vor Lachen.

Und nun sitze ich hier. Allmählich dämmert der Morgen. Fahl und grau sickert er herein. Mein Rausch war nur von kurzer Dauer, mein Zorn desgleichen. Mir ist übel und ich friere.

ꕥ

Ja, ich habe Angst. Menschen mit Befehlston schrecken mich. Ida Tjerning erinnert mich an meinen ersten Chef im Garnisonskrankenhause. Ich entsinne mich noch seines Hohnes gegenüber uns Untergebenen in der Poliklinik. Dieser Hohn konnte auch Patienten treffen, welche vor dem Skalpell oder einer Spritze zusammenzuckten. Er fand natürlich heraus, dass ich empfindlicher war als die anderen medizinischen Rekruten. Dennoch brachte ich es bis zum Range eines Leutnants, und ich hätte es auch noch weiter bringen können. Doch ich knickte ein, als zu guter Letzt die Angst die Oberhand in meinem Leben gewann.

Und jetzt ist sie abermals drauf und dran, die Vorherrschaft zu übernehmen. Ida Tjerning ist höhnisch. Wenn ich bei verschlossener Tür zur Wohnung in meiner Praxis sitze, sollte ich eigentlich geborgen sein. Doch in der regenschwangeren Herbstluft höre ich die Glocken der Adolf-Fredrik-Kirche dröhnen, und mir sitzt der Schrecken in den Gliedern. Die Beerdigungen erfolgen jetzt in dichtem Takte. Ich habe Angst, dass Frida sich ansteckt. Es ist die Zeit der jungen Toten.

Ich habe bei meiner Geliebten geschlafen. Schon vorgestern Nacht, doch war ich bisher zu müde, um darüber schreiben zu können. Wir hatten Frida lange nicht gesehen. Während der Epidemie versieht sie natürlich weit über die normale Arbeitszeit hinaus ihren Dienst im Krankenhause. Ich rief Herrelius an, um mich nach der Lage dort zu erkundigen, doch hatte er kaum Zeit, mit mir zu sprechen. Vorgestern Abend machte ich einen Krankenbesuch bei einer grippekranken Frau in Lärkstaden und ging anschließend zum Schwesternwohnhaus des Sophiaheimes. In Fridas Zimmer war es dunkel, doch war das Rouleau nicht heruntergezogen. Als ich wieder ging, sah ich in der Dunkelheit unter den Bäumen ein weißes Häubchen schimmern und hoffte, sie wäre es. Und sie war es! Sie trat aus dem Dunkel, welches nach moderndem Laub und spät blühendem Phlox roch. Das ging mir sehr zu Herzen, denn es erinnerte mich an die kostbare Stunde, als sie und ich durch den Laubwald ans Meer gewandert waren.

Als sie auf mich zukam, spürte ich das Glück in mir aufsteigen. Es war rein, und es war ein physischer Zustand. Es war, als rollte eine Welle Blut durch vertrocknete Gewebe und bewirkte eine Erhöhung des Muskeltonus. Derartiges hatte ich noch nie empfunden, und ich staunte, dass mein Leben so etwas enthalten konnte.

Ich wollte dieses intensive Erlebnis so lange wie irgend möglich festhalten und ging deshalb mit Frida ins Haus. Sie war blass und abgearbeitet und sagte, dass sie jetzt vier Stunden schlafen dürfe. Dann würde eine andere Schwester sie wecken, damit sie im Krankenhause die nächste Schicht übernähme.

Sie versuchte mich anzulächeln, doch ihre Gesichtsmuskeln spannten vor Müdigkeit. Als sie auf dem Bette saß und sich die Schuhe aufband, beugte sie sich vor und rührte sich nicht mehr, so als wäre sie eingeschlafen. Ich half ihr, sich hinzulegen.

»Ich bin so müde«, sagte sie. »Du bist so lieb, Onkel Pontus, aber ich muss schlafen.«

Ich glaube, sobald sie den Kopf auf das Kissen gelegt hatte, schlief sie auch schon.

Kann man im Schlafe Glück empfinden? Als ich erwachte, hatte ein Schimmer von Morgendämmerlicht die Schatten im Zimmer gehoben. Es war sehr kalt. Frida hatte gelüftet, als sie gekommen war. Und dann waren wir beide bei offenem Fenster eingeschlafen.

Ich saß im Sessel und war ganz steif, doch das Glück des tiefen Schlafes war noch da. Es war noch keine Erinnerung, sondern Wirklichkeit in mir. Frida blieb gegenwärtig, ihre ruhigen Atemzüge waren zwar nicht zu hören, doch zu sehen, wenn sich der weiße Schürzenlatz auf ihrer Brust sanft hob und senkte. Jeder Muskel meines Körpers war voller Leben und zugleich gefühllos wie im Schlafe. Es war wie eine leicht surrende Betäubung, ein winzig kleiner Rausch.

Ihr Kopf ruhte mit der rechten Wange auf dem Kissen, wo sich unter ihrem Mund ein nasser Fleck gebildet hatte. Ich habe noch nie für etwas so starke Zärtlichkeit empfunden wie für dieses feuchte Fleckchen auf der Bettwäsche. Das Sophiahäubchen saß noch auf dem Haarknoten mit seinen Nadeln, war jedoch verrutscht und hing schief. Es machte einen lustigen Eindruck, fast wie aus Leichtsinn.

Ich hatte mit meiner Geliebten geschlafen.

Eine Nacht. Eine sehr kurze Nacht.

Leise stand ich auf und schloss das Fenster. Ich nahm meinen Hut, welcher auf der Kommode lag, und meine Arzttasche und verließ das enge, keusche Zimmer. Bald würde die andere Schwester kommen und Frida wecken. Sie brauchte mich nicht zu sehen.

Im Park war der Geruch nach moderndem Laub und der süße Duft von fast verblühtem Phlox nicht mehr so stark wie am Abend. Ich hatte mich vielleicht im Schlafe daran gewöhnt. Merkwürdig, dass dieser Geruch so lieblich sein kann. Schließlich rührt er von Zersetzung her.

Ich bin jetzt viel ruhiger, nachdem ich gefunden habe, was ich über Johannes Skades Tod schrieb, und mir klar geworden ist, dass Elsa keinen Anlass zu einem Verdacht gehabt haben kann. Es war alles in Ordnung. Hat sie trotzdem Verdacht geschöpft, ist er ein Phantasieprodukt ihres wirren Gehirnes. Aber das begreift natürlich Tjerning nicht.

Hat Elsa sie in ihre Hirngespinste mit hineingezogen? Ich kann das kaum glauben. Tjerning ist trotz allem ein Vernunftmensch, wenn auch von sehr einfacher Art.

Ich fühle mich jetzt stärker. Der Tod um uns herum ist, verglichen mit meinen Sorgen, so überwältigend. Diese merkwürdigen Tage enthalten mehr Tod als unsere gewöhnliche, triviale Zeit. Vielleicht ist es wie eine Okkupation, bei der die alltägliche Zeitrechnung aufhört? Auch haben viele ihr Zuhause in der Stadt verlassen, um die Herbstwochen in ausgekühlten und feuchten Sommerhäusern zu verbringen. Es sind unsichtbare Truppen, welche bei uns einmarschiert sind. Sie haben ganze Armeen niedergemäht, und wir besitzen keine Waffen, um sie zu bekämpfen.

Man spricht von Massensterben. Dieses Wort ist meines Wissens bislang nur auf Tiere angewendet worden. Rinderpest ruft Massensterben hervor. Heute aber töten Kriege und Grippe Menschen, als wären sie Vieh oder Fliegen. Es heißt, die deutsche Armee sei an der Marne zum Stehen gebracht worden, da die Soldaten zu Tausenden an dieser Epidemie gestorben sind. Der Krieg wird vielleicht nicht den Ausgang nehmen, den wir erwartet haben. In Paris waren die Franzosen schon dabei, aus ihren Häusern zu fliehen, doch scheint die Invasion jetzt gar nicht zustande zu kommen. Auf beiden Seiten verlieren die Männer ihr Leben. Wer nicht im Schützengraben umkommt, stirbt an der Krankheit. Die Angaben über die Zahl der Epidemietoten, welche uns vom Kontinent erreichen, sind unwirklich. Noch unwirklicher werden sie im Vergleich mit den Kriegsberichten.

Als Arzt verspüre ich nahezu Apathie. Wir haben für diese Krankheit keine Behandlungsmethoden. Bestenfalls können wir eine gewisse Linderung verschaffen. Ansonsten scheint der Kampf zwischen dem angegriffenen Organismus und der Krankheit ausgetragen zu werden, während wir machtlos zusehen. Ich mache Krankenbesuche, welche, so fürchte ich, sinnlos sind. Doch wenn ich die Menschen jetzt im Stiche lasse, verliere ich später Patienten; die Familien werden sich daran erinnern.

Wir befinden uns in einem Ausnahmezustand.

Haben diese beiden Frauenzimmer jetzt, da das Massensterben gegenwärtig ist, tatsächlich die Zeit, Johannes Skades Ableben, welches nun schon mehrere Jahre zurückliegt, bis ins Kleinste durchzudiskutieren?

Täglich sterben Menschen und werden abtransportiert. Mir kam der Gedanke, dass nicht alle Todesfälle in dieser Epidemie ganz natürlich eingetreten sind. Hat jemand nachgeholfen, vielleicht mit Veronal oder mit einem Kissen auf dem Gesicht des Kranken? Bei Grippetoten werden selten Obduktionen vorgenommen. Es fehlt ganz einfach an der Zeit und den Mitteln. Deshalb geschieht möglicherweise so manches, wovon nie jemand erfahren wird.

Vergangenen Freitag wurde Elsa krank. Ich sah keinen Grund, Frida zu beunruhigen, und so erfuhr sie es erst, als sie uns am Sonntag besuchen kam. Wir haben jetzt eine Märzwoche hinter uns, und die Zahl der Krankheitsfälle, die schon abzunehmen schien, steigt wieder an.

Bei Elsa begann es am Donnerstagabend damit, das sie über Rückenschmerzen klagte. Als ich von meinen Krankenbesuchen nach Hause kam, hatte sie Fieber. Augen und Ohren taten ihr weh, und als ich sie untersuchte, sah ich, dass Zunge und Rachen belegt waren.

»Ich habe die Spanische Grippe!«, weinte sie.

Ich erklärte ihr, dass die Grippe keineswegs aus Spanien komme und es deshalb keinen Grund gebe, sie als spanische Krankheit zu bezeichnen. Dagegen seien aus Spanien, wo keine Zensur die Veröffentlichung der entsetzlichen Sterbeziffern behindere, schon früh Berichte darüber gekommen. Ich sagte, ich sei überzeugt, dass ihre Infektion nicht malignen Typs sei, und wollte ihr Aspirin geben. Doch sie weigerte sich, das Pulver zu nehmen. Nur Frida oder Ida Tjerning durften ihr Medikamente verabreichen.

Am Samstag war das Fieber höher, und sie hustete, wobei sie Schmerzen hatte, wie sie behauptete. Als Frida am Sonntag kam, taten Elsa die Augen und der Kopf weh, und ihr Puls war schwach und unregelmäßig. Frida wollte, dass wir alles unternähmen, um ihr einen Platz im Krankenhause zu verschaffen, und sie rief Ida Tjerning an, welche bereits eine halbe Stunde später eintraf. Sie stand sehr unter Zeitdruck, denn sie musste den Zug zu einem Kongress in Zürich erreichen, welchen eine sogenannte Frauenbewegung anberaumt hatte. Sie hatte ihren Koffer bei sich, entnahm ihm ein deutsches Kompendium und gab es Frida. Es handelte von Schwangerschaft, Geburt, Wochenbett und Wechseljahren, und sie war der Meinung, Frida solle es lesen. Ich habe schon früher bemerkt, dass sie Frida unbedingt in die Welt der Frauenkrankheiten ziehen will.

Elsa weinte und hustete, die Luft im Schlafzimmer war zum Ersticken, und ich suchte das Weite. Als Tjerning im Vorraume stand und ins Telefon sprach, hörte ich ihre trompetende Stimme bis ins Herrenzimmer. In einem Krankenhause nach dem anderen versuchte sie Elsa ein Bett zu verschaffen, hatte aber kein Glück. Die Grippeerkrankungen haben erneut zugenommen.

Ich hatte nicht das geringste Interesse daran, mich mit dieser Person anzulegen. Trotzdem gerieten wir aneinander.

Sie stürmte ins Herrenzimmer. »Geben Sie mir ein Rezeptformular, damit ich eine Verschreibung ausstellen kann.«

Ich erwiderte, dass ich Elsa bereits Neosalvarsan verschrieben hätte.

»Wirkungslos«, fertigte sie mich ab. »Außerdem

nimmt sie es nicht. Sie will, dass ich ihr etwas verschreibe.«

»Das ist doch purer Wahnwitz.«

»Egal, was es ist, sie weigert sich, von Ihnen Medizin anzunehmen. Ich werde ihr ein neues Rezept ausschreiben, welches das Mädchen dann einlösen und ihr geben kann.«

»Was sagen Sie da? Sie misstrauen mir? Sie sind wohl verrückt!«

So weit erinnere ich mich noch ungefähr an das, was wir gesagt haben, doch der Rest liegt im Dunkeln. Wir müssen uns angeschrien haben, denn Frida kam herein und bat uns, um Gottes willen leise zu sein.

»Man hört euch bis zu Mutter, und sie wird unruhig«, sagte sie flehentlich.

»Hol mir meinen Koffer«, ordnete die Befehlsperson an, und Frida ging hinaus und schleppte deren Gepäck an. Tjerning öffnete den Koffer, wühlte darin herum und zog schließlich eine kleinere Tasche heraus. Darin fand sie einen Rezeptblock, und völlig bedenkenlos und ungeniert setzte sie sich auf den Stuhl am Sekretär, zog den Stöpsel aus meinem Tintenfasse und tauchte die Feder ein. Meine Feder! Das nenne ich wahrhaft ungezwungen. Dann kratzte sie ihr Rezept hin, polterte in die Küche zum Hausmädchen, welchem sie Instruktionen erteilte, und anschließend ins Schlafzimmer, um sich von Elsa zu verabschieden.

Tjernings Misstrauen – und Elsas! – zehrt an meinem Gemüte. Sie sind gefährlich, diese beiden. Sobald Tjerning gefahren war, bemühte ich mich selbst darum, einen Krankenhausplatz für Elsa zu bekommen. Ich hatte keinen Erfolg, konnte aber die allmächtige Oberschwester im Sophiaheime dazu überreden, Frida Urlaub auf Vorschuss zu geben, damit sie ihre Mutter zu Hause pflegte.

Ich fühle mich jetzt sicherer, und Frida ist sehr erleichtert.

Warum erleichtert?

Sind die Andeutungen der beiden bei ihr auf offene Ohren gestoßen? Hässliche Gedanken stecken leicht an. Ich habe nicht vergessen, dass sie mich, bevor ich nach Skodsborg fuhr, gefragt hatte, wie Johannes' Tod abgelaufen sei.

Tage in Hetze. Beruhigende Gespräche und Maßnahmen, welche wahrscheinlich sinnlos sind. Weder Quecksilber- noch Arsenikpräparate scheinen anzuschlagen. Neosalvarsan oder Kollargol sind gleichermaßen ineffektiv. Bald sind zehn Prozent unserer Bevölkerung an dieser Seuche erkrankt und fast dreißigtausend Menschen daran gestorben.

In dem allgemeinen Trauerspiel sollten sich meine privaten Sorgen unbedeutend ausnehmen. Doch es ist nicht so. Im Gegenteil, sie wachsen. Sie sind wie Schatten an der Wand einer Kammer. Sie haben Ohren und Mäuler, und sie bewegen sich.

Als ich gestern Abend nach Hause kam, berichtete Frida, Elsa habe über ein Brennen in der Brust geklagt. Das Fieber war auf über vierzig Grad gestiegen, und sie jammerte leise. Ihr Gesicht war bläulich, und zwar in entsetzlich hohem Grade. Es bestand jetzt kein Zweifel mehr, dass ihre Lungen angegriffen waren.

Ich telefonierte mich wieder durch die Krankenhäuser, und Elsas Gesichtsfarbe und hohes Fieber machten endlich Eindruck. Im Sankt Göran auf Kungsholmen bekam ich einen Platz für sie, und man versprach, einen Krankenwagen zu schicken.

Ich denke, Frida weiß, was diese Gesichtsfarbe bedeutet. Sie hat seit Juli Grippepatienten betreut und diese Veränderung bei den Schwerstkranken beobachtet. Als der Krankenwagen abfuhr, saß sie neben der Trage und hielt Elsas Hände.

Ich schreibe dies, nachdem ich soeben von einem Krankenbesuche nach Hause kam. Ich bin zu Fuß gegangen, von einem Hause weit draußen am Karlbergsvägen. Die Luft der Frühlingsnacht hat den ekelerregenden Gestank nach kranken Körpern und schmuddeligen Laken verjagt. Ich stand ein Weilchen im Hofe und sog den Geruch von Erde ein.

Ich bin jetzt allein in der Wohnung. Wahrscheinlich sollte ich Frida an Elsas Krankenlager ablösen. Sie ist erschöpft vom Wachen und vor Sorge. Nur noch ein paar Augenblicke möchte ich hier bei Kerzenlicht sitzen. Ich sehe meinen Schatten auf der Tapete. Soeben hat er sich bewegt, ohne dass ich mich bewegt habe.

Ich hatte schon seit Langem keine Minute mehr für mich allein. Meine Stimmung gleicht der, die ich als Gymnasiast hatte, wenn meine Mutter abends ausgegangen war. Dann wusste ich nicht so recht, was ich mit dem Gefühl, mein eigener Herr zu sein, anfangen sollte. Vielleicht tat ich nichts Besonderes. Ich saß einfach bei Kerzenlicht, ohne meine Hausaufgaben zu machen. Jetzt schreibe ich ein paar Zeilen, und neben meinem Ellbogen steht ein Gläschen Cognac. Es wird allmählich kalt hier drinnen. Die Lüftungsklappe des Fensters steht offen, und die Luft der Frühlingsnacht strömt herein.

Vielleicht ist jetzt alles schon vorbei.

Elsa starb, ohne dass ich sie noch einmal gesehen hätte. Es war hart gegenüber Frida, die ohne Ablösung wachen musste. Doch ich hielt es für das Beste, mich fernzuhalten.

Ich blieb zu Hause, bis mich am Morgen gegen fünf das Telefon zu einem Krankenbesuche rief. Der Tag verlief, wie diese Tage während der Epidemie eben verlaufen. Es reicht vollauf mit dem, was man zu tun hat. Was sich auf Kungsholmen tat, wusste ich nicht. Eines aber wurde mir klar, als mit dem Tageslicht mein Denkvermögen zurückgekehrt war: Am besten ging ich überhaupt nicht dorthin. Weiß der Himmel, auf was für Ideen Ida Tjerning sonst noch verfällt.

Vorigen Dienstag, es war der 18. März, füllten sich unsere Räume wieder. Es roch nach schlecht gelüfteten Wollkleidern, Chrysanthemen und Rosen, nach Kaffee, Wein und süßem Gebäck – alles war, wie es sein sollte, und ich konnte nur hoffen, dass es bald überstanden wäre. Frida trug ihre schwarze Feiertagstracht ohne Schürze. Die Hände, vom Desinfizieren mit Alkohol rot und aufgesprungen, hatte sie in den Schoß gelegt, ihre Augen waren verweint und die Lider so verquollen, dass die Haut durchsichtig wirkte. Sie war völlig fertig, das arme Kind.

Heute hat die Beisetzung stattgefunden, und außer dem Angestellten des Bestattungsinstitutes waren nur Frida und ich dabei. Zuvor gingen wir in den Hauptgottesdienst in der Adolf-Fredrik-Kirche. Frida betete inbrünstig. Sie ist in allen Dingen vernünftig, doch was Religion angeht, hat sie etwas an sich, was außerhalb meiner Vorstellungswelt liegt. Sophiaschwester zu sein bedeutet freilich, einer Art Orden anzugehören. Er steht auf christlichem Grunde und verlangt von seinen Mitgliedern ausdrücklich (ja, schriftlich!) Gottesfurcht. Von Frida muss jedoch niemand Glauben verlangen. Den hat sie, und ich glaube, sie hatte ihn schon immer. Sie vertraut auf Gott, wie man sagt. Trotz allem, was sie an unverschuldetem Leiden und willkürlichem Sterben sieht, vertraut sie auf ihren Gott. Das verstehe ich nicht bei ihr. Ebenso wenig verstehe ich ihre Trauer um die Mutter.

Als ich heute Abend nach Hause kam, saß Frida am Esstische. In der Wohnung brannte keine Lampe, und die schwarze Gestalt erschreckte mich zuerst. Dann sah ich, wer es war, und mir wurde klar, dass sie schon eine ganze Weile dort gesessen hatte, vielleicht seit Einbruch der Dämmerung.

»Ich habe ein Telegramm bekommen«, sagte sie. Es lag vor ihr auf dem Tische, und ich ging hin und nahm es. Der Streifen mit den Worten war nicht lang. Da stand:

BESEIGE MEIN BEILEID
OBDUKTION BESTELLEN IDA

Ich verstand es nicht ganz, erkannte aber immerhin das Wort Obduktion.

»Was will sie damit sagen? Warum telegrafiert sie überhaupt?«

»Das geht schneller«, sagte Frida. »Es hat offenbar lange gedauert, bis mein Brief in Zürich war. In Europa ist ja alles noch …«

Und dann begann sie zu weinen. Ich saß ein Weilchen bei ihr, meine Hand auf der ihren. Schließlich erhob ich mich und ging in ihr Zimmer, wo sie ein deutsches Lexikon hatte. Ihre Schulbücher stehen nach wie vor in dem kleinen weißen Bücherregal. Als ich zurückkam, hatte ich zumindest den Wortlaut des Telegramms verstanden. Doch warum war es auf Deutsch? Ich war verwirrt. Außerdem hatte sie ein Wort falsch geschrieben. Wahrscheinlich meinte sie *bezeige*. Frida schwieg, ihr liefen noch immer die Tränen über die Wangen. Ich sagte, Ida habe geschrieben, dass sie ihr Mitgefühl bezeigen wolle.

»Hast du das verstanden?«, fragte ich.

Sie erwiderte nur: »Ida kommt morgen nach Hause.«

Ich weiß nicht, was in diesen Worten lag, und ich fragte auch nicht. Als sie sich erhob, um zu gehen, sagte ich, dass ich sie zum Sophiaheime begleiten werde. Wir schwiegen den ganzen Weg über. Das taten wir sonst nie.

Herr über Leben und Tod

Gestern habe ich die Papiere aus dem letzten meiner Kuverts gelesen. Heute gedachte ich, sie allmählich zu vernichten, indem ich mich ans Fenster stelle und ein Blatt nach dem anderen verbrenne. Doch ich will nicht.

Diese Tage vergehen sehr langsam. Ich warte. Jeden Vormittag stattet der Trupp der Ärzte und Krankenschwestern meinem Zimmer einen Besuch ab. Frida ist eine der Letzten in der Visite, und sie darf mich nicht grüßen, nicht einmal mit einem Lächeln. Die Schwestern haben zu schweigen, falls sie nicht direkt angesprochen werden, und angesprochen wird nur die Oberschwester. Die Assistenzärzte schweigen ebenfalls, bis sich der Chefarzt mit einer Frage oder Anordnung an einen von ihnen wendet. Die gestärkten Schürzen rascheln, und die Schwestern haben ihre flanellgefütterten Ärmel heruntergekrempelt.

Ich spiele nicht krank. Die Diarrhöen und das Erbrechen sind durchaus echt gewesen, nun aber abgeklungen. Das Fieber ist noch messbar. Niedriges Fieber gehört dazu, ergo ist auch das in Ordnung. Ich erhalte Schmerzmittel, und ich liege still in meinem hohen Krankenhausbette. Gespielt habe ich dagegen meine Angst zu sterben und meine Überzeugung, bei der Krankheit handle es sich um etwas anderes als um ein Geschwür am Zwölffingerdarme.

Jeden Moment kann ich die alles verändernde Mitteilung bekommen. Ich werde am Ende Herr über mein eigenes Leben sein.

Warum sollte ich also kein neues Kuvert beginnen?

Es fällt mir sehr leicht, über Gesehenes zu schreiben. Schwieriger ist es, Gesagtes getreulich wiederzugeben. Vor knapp zwei Wochen sah ich vom Esszimmerfenster aus unten auf der Straße Ida Tjerning in Begleitung von Frida kommen. Die Person war aus der Schweiz zurückgekehrt. Mit der einen Hand hatte sie sich bei Frida untergehakt, in der anderen hielt sie einen in Papier gewickelten Blumenstrauß. Kondolenzbesuch also. Frida trug einen Karton von einer Konditorei. Als ich in die Praxis ging, nahm ich von der Flurgarderobe Hut und Mantel mit, damit sie glaubten, ich sei nicht zu Hause. Dieser Person wollte ich nun wirklich nicht begegnen.

Mehrmals war ich draußen an der Tür, um zu erkunden, ob sie gegangen war. Sie hat eine entsetzlich harte Stimme und war bis in den Vorraum zu hören. Schließlich kam sie näher. Ich hatte im Wartezimmer das Licht gelöscht, damit sich meine Gestalt nicht als Schatten auf dem gelben Vorhangstoff vor den Glasscheiben der Tür abzeichnete.

Jetzt waren die beiden an der Garderobe, und ich konnte Fridas Stimme vernehmen. »Aber Ida, ich habe doch gar keinen Schlüssel zur Praxis.«

Das hat sie gesagt. Ich stand regungslos da und wartete auf die Fortsetzung. Es folgten jedoch nur noch Abschiedsfloskeln. Dann schlug die Wohnungstür hinter Tjerning zu.

Sofort schloss ich auf und trat in den Vorraum. Natürlich erschreckte ich Frida, doch das war mir in diesem Moment einerlei. Ich war selbst erschrocken, und ich fragte, was Ida Tjerning gewollt habe. Frida antwortete, sie habe ihr Beileid aussprechen wollen, doch klang ihre Stimme unsicher.

Wollte Frida mich belügen? Sie hatte sich ja schon Elsa und Tjerning angehört und mir die äußerst merkwürdige Frage nach Johannes' Tod gestellt. Ich dachte, wenn sie jetzt lügt, habe ich auf der ganzen Welt keinen Menschen mehr, auf den ich mich verlassen kann.

»Sag die Wahrheit«, forderte ich. »Ich habe doch gehört, dass du sie in die Praxis einlassen solltest. Was wollte sie da?«

»Ich weiß nicht genau. Irgendwas mit einem Krankenblatte. Möchtest du etwas heißes Zuckerwasser haben, Onkel Pontus?«, sagte sie und ging vor mir in den Salon. Auf dem Tische stand eine Kristallvase mit fünf weißen Nelken. Ihr Geruch vermischte sich mit dem von Tjernings Zigarette. Der Stummel lag in meinem Aschenbecher aus Onyx, einem Geschenk zu meinem fünfzigsten Geburtstage. Es gefiel mir nicht, dass sie ihn benutzt hatte.

»Ich möchte nichts haben«, erwiderte ich. »Ich möchte wissen, was Tjerning in meinen Krankenblättern zu suchen hat.«

Frida sagte, es sei wahrlich nichts, worüber ich mich aufregen müsse.

»Nein?«

»Sie wollte mir nur das Krankenblatt meines Stiefvaters zeigen.«

Ich ließ sie stehen und ging in die Praxis. Sie sah erstaunt drein, als ich geradeso schnell wieder zurück war. Schließlich war es sonst nicht meine Art, mich so zu bewegen. Ich reichte ihr Johannes' Krankenblatt.

»Der arme alte Mann«, sagte sie, während sie es las.

»Warum wollte Doktor Tjerning, dass du es liest?«

»Ich sollte es nicht lesen. Darum ging es gar nicht. Es ging um die Tinte.«

»Was ist damit?«

»Sie hat die falsche Farbe.«

Ich starrte die Karte an. Ich benutze eine Tinte der Firma Rohrer und Klingner in Leipzig; sie ist von dunkelblauer Farbe, die Königsblau heißt. Diese Tinte hier war hellblau.

Jetzt fiel mir alles wieder ein. Die Eile, mit welcher ich kurz vor der Abfahrt meines Zuges nach Kopenhagen, das Blatt ausfüllen musste, und die Tinte, die zu Ende gegangen war. Ein paar Tage zuvor hatte ich Nunne aufgetragen, eine neue Flasche zu besorgen, ihm jedoch gesagt, dass ich sie erst brauchte, wenn ich wieder nach Hause käme. Deshalb hatte ich mir an jenem Morgen Elsas hellblaue Tinte leihen müssen.

Mein Magen begann mit starken Schmerzen zu rebellieren. Frida brachte in aller Ruhe das Zimmer in Ordnung, räumte nach Tjernings fatalem Besuche Kaffeetassen und Kuchenteller ab und fegte die Tischdecke mit einem Tischbesen sauber. Sie schien zu verstehen, dass ich in Ruhe gelassen werden wollte.

Als sie schließlich zu mir trat, hatte sie ihren schwarzen Mantel an. »Ich muss jetzt gehen«, sagte sie. »In einer halben Stunde beginnt meine Schicht. Mach dir wegen Ida keine Sorgen. Ich glaube nicht, dass du dir deswegen graue Haare wachsen lassen musst.«

Glaubt sie nicht? dachte ich, und als ich nichts erwiderte, sagte sie leise lachend: »Sie liest zu viele Detektivromane. Und jetzt mach's gut!«

Sie war noch im Vorraume, als ich ihr nachkam und sie um Ida Tjernings Adresse bat.

»Sie wohnt in der Upplandsgatan 77, im Hinterhaus«, sagte sie. »Ich glaube aber nicht, dass sie Besuch haben möchte. Sie geniert sich, weil sie so ärmlich wohnt. Ich werde sie stattdessen bitten, am Sonntag zum Essen zu kommen. Dann könnt ihr alles aufklären.«

Sie küsste mich auf die Wange, als sie ging.

Bei diesem entsetzlichen Essen am Sonntagmittag konnte ich kaum einen Bissen hinunterbekommen. Ich sah, dass Frida sich Sorgen um mich machte. In der hektischsten Phase der Grippewelle im Januar hatten sich meine Magenbeschwerden wieder gemeldet, und mir ging es immer schlechter. An diesem Morgen hatte ich mich erbrochen, und ich hatte nach wie vor Fieber.

»Onkel Pontus hält Diät«, sagte sie zu Ida, um zu erklären, warum das Mädchen mir ein Stück Kochfisch mit Reis statt Rinderbraten mit Gemüse servierte. Die Konversation schleppte sich hin. Frida stellte Fragen zu dem Kongress in Zürich, Tjerning antwortete ziemlich einsilbig. Sie war in Gedanken woanders. Vermutlich bei mir.

Nachdem wir uns vom Tische erhoben hatten und in den Salon gewechselt waren, blieben wir allein. Frida sagte, sie müsse sich darum kümmern, dass das Mädchen zum Kaffee Kognak- und Portweingläser auftrage. Das war bestimmt ein Vorwand, denn sie blieb lange aus, wahrscheinlich um uns Gelegenheit zu geben, uns auszusprechen. Und warum nicht?

Ich kam direkt zur Sache. »Sagen Sie, warum wollten Sie Frida Doktor Skades Krankenblatt zeigen?«

»Ich finde es merkwürdig«, erwiderte sie.

»Inwiefern?«

»Teils habe ich von Elsa gehört, dass er gar nicht so krank gewesen sei.«

»Das haben Sie gehört?«

»Ja.«

»Und Sie glauben, Elsa konnte seinen Zustand besser beurteilen als ich.«

»Ich stelle keineswegs Ihre Fähigkeiten infrage!«

Dieses Weibsstück lachte tatsächlich. Sie hat ein unangenehmes Lachen. In diesem Falle war es leise und klang, als schüttelte man eine Schachtel mit trockenem Zwieback.

»Was stellen Sie dann infrage?«

»Eigentlich nichts«, sagte sie und lächelte. »Warum müssen wir darüber sprechen?«

»Na gut«, erwiderte ich. »Hören wir damit auf. Aber Sie schulden mir noch ein Teils.«

Sie verstand nicht, und das amüsierte mich. Ich sehnte mich nach einem Glase, das ich in der Hand hätte halten können, doch ich musste mit leeren Händen fortfahren. Ich darf mit meinem Duodenalulcus keinen Alkohol trinken.

»Teils haben Sie gehört, dass Skade nicht ernsthaft krank gewesen sei. Und teils ...«

»Ach so! Ja, teils scheint das Krankenblatt auf einen Rutsch geschrieben worden zu sein.«

»Wurde es aber nicht.«

»Nein?«

In diesem Momente kam Frida mit den Gläsern herein und hinter ihr das Mädchen mit dem Kaffeetablett.

»Ich störe vielleicht«, sagte Frida ängstlich.

»Nein, überhaupt nicht«, erwiderte ich. »Wir sind gerade dabei, die äußerst wichtige Frage nach Johannes' Krankenblatt zu erörtern.«

Ich glaube, ich hörte mich so ironisch an, wie ich es beabsichtigt hatte, denn Frida wirkte verlegen. Sie stellte die Gläser ab und holte den Cognac und eine Flasche von Elsas verdammtem Grådask, ihrem »Porrtwein«. Tjerning wollte natürlich Cognac haben, Frida nippte am Portwein.

Nachdem das Mädchen den Frauen Kaffee und mir heißes Zuckerwasser eingeschenkt hatte, sagte ich: »Wie sind Sie bloß auf die unsinnige Idee gekommen, was in dem Krankenblatte steht, könnte auf einen Rutsch geschrieben worden sein?«

»Sie benutzen bei allen ihren Krankenblättern dunkelblaue Tinte«, sagte sie. »Ich bin sie durchgegangen.«

»Das kann ich mir vorstellen.«

»Und ich habe in Ihren Schubladen keine einzige Karte gefunden, welche Sie mit hellblauer Tinte geschrieben hätten – außer dieser einen.«

»Nein?«

»Nein. Ich schaute noch nach Karten mit demselben Datum oder um das Datum dieser Aufzeichnungen herum.«

»Sie müssen eine ordentliche Durchsicht vorgenommen haben.«

»Ja, in der Tat. Dieser Sachverhalt hat mich schließlich verblüfft.«

»Sind Sie nicht ein bisschen zu leicht zu verblüffen? Ist es nicht nachgerade so, dass Sie verblüfft werden wollen?«

Sie war jetzt unsicher, das sah ich. War fahrig, als sie sich ihr Zigarillo ansteckte.

»Frida meint, das könnte von Ihrer Lektüre kommen«, fuhr ich fort.

»Meiner Lektüre?«

»Den Detektivromanen.«

»Bitte, ihr zwei«, sagte Frida. »Das ist so langweilig. Lasst uns von etwas anderem sprechen.«

»Ich werde Doktor Tjerning nur noch von der hellblauen Tinte erzählen. Dann brauchen wir nicht mehr über diese Sache zu sprechen. Sie ist nämlich nicht im

Geringsten verblüffend. Die Aufzeichnungen über meine Untersuchungen von Johannes habe ich alle zu Hause angefertigt. Ich saß an meinem privaten Schreibtische und schrieb mit meiner ganz und gar privaten hellblauen Tinte. Ich wollte nicht, dass er das Krankenblatt las und erschüttert wäre. Das wäre seiner Gesundheit kaum zuträglich gewesen. Das Blatt steckte ich dann erst nach seinem Tode in die Schublade in der Praxis. So war das. Möchten Sie noch einen Cognac?«

Ich glaube, sie brauchte einen, denn sie sagte sofort Ja. Danach hielten wir es so, wie Frida es wünschte. Wir erwähnten das Krankenblatt mit keinem Worte mehr, doch über etwas anderes zu sprechen ging nur sehr zäh. Frida fragte, wann Tjerning ihre neue Stelle antreten würde, und Tjerning antwortete, in einer guten Woche wäre alles so weit.

»Ida fängt wieder bei ihrem ehemaligen Chef als Assistenzärztin an. Weißt du, die beiden werden einem Entbindungsheim auf Stora Essingen vorstehen. Es wird ganz neu eröffnet.«

»Aha«, sagte ich. »Wohl für die Frauen reicher Männer. Die sich vor dem Gebärhause fürchten und lieber ärztliche Hilfe als eine Hebamme in Anspruch nehmen.«

»Es wurden bereits zwei Hebammen angesprochen, die eingestellt werden sollen«, versetzte Tjerning säuerlich.

»Und stell dir vor«, sagte Frida. »Genau wie früher können auch Unbemittelte in die Poliklinik kommen und Hilfe erhalten.«

Tjerning machte einen selbstzufriedenen Eindruck. Als sie endlich sagte, es sei Zeit für sie aufzubrechen, hatte ich so heftige Magenschmerzen, dass ich kaum aufrecht sitzen konnte. Ich wollte mich jedoch nicht vor ihr erheben. Sie sollte nicht denken, dass sie mir einen Schrecken eingejagt hätte. Die Tintenfrage war jetzt jedenfalls geklärt. Ich war vollkommen ruhig.

Da sagte Ida Tjerning: »Wurde er eingeäschert?«

Ich geriet ins Schwimmen.

Doch Frida antwortete prompt: »Nein, nein, Onkel Johannes hielt ganz und gar nichts von einer Einäscherung. Ich kann Onkel Pontus nur recht geben, dass es sowohl ethisch als auch hygienisch richtig wäre. Mutter war jedoch dagegen, als er starb.«

Tjerning sah mich jetzt aus halb geschlossenen Augen an. Es war, als ob sie in weiter Ferne jemanden entdeckt hätte und nun dahinterzukommen versuchte, wer die Person war. »Sie wollten aber, dass er eingeäschert wird?«, fragte sie, an mich gewandt.

»Ich halte es nach wie vor für empfehlenswert«, erwiderte ich. »Gerade aus hygienischer Sicht. Und aus ethischer, wenn Sie so wollen.«

»Aber Elsa wurde nicht …«

»Doch, doch«, sagte Frida nahezu enthusiastisch. »Mutter hat ihre Meinung geändert. Das hat sie oft getan. Sie war immer gegen das, was Onkel Pontus gesagt hat, schon fast aus Prinzip. Doch dann sah sie ein, dass er recht hatte. Und als einige ihrer Freundinnen einem Feuerbestattungsverein beitraten, schloss sie sich an. Der Gedanke, was geschieht, ich meine … die Verwesung. Der war ihnen unangenehm.«

Eine Weile war es still.

Dann sagte Tjerning: »Sie könnte also nicht obduziert werden.«

Wir schwiegen, denn es gab nichts zu sagen.

»Ich habe doch eine Obduktion vorgeschlagen.«

»Ich weiß«, sagte Frida. »Doch das war nicht möglich. Weißt du, ich finde, es spielt keine große Rolle, ob ihre Pneumonie lobärer oder bronchopneumonischer Art war. Etliche Ärzte vertreten natürlich die Meinung, dass die lobäre nicht von der Grippe ausgelöst wird. Doch was würde das jetzt im Nachhinein für uns ändern?«

»Na ja«, sagte Tjerning. »Das ist vielleicht nicht das, was ich gerne gewusst hätte.«

»Entschuldigung«, sagte ich und stand auf. »Ich muss mich zurückziehen.«

»Wie geht es dir?«, fragte Frida. Damit löste sich das Ganze auf. Ich schäme mich nicht zu schreiben, dass ich vor Schreck wie gelähmt war.

Ich tat natürlich kein Auge zu. Was in dieser Nacht in meinem Kopfe war, lässt sich nicht Gedanken nennen. Es waren Splitter und Fetzen, welche in rascher Folge wechselten, Gesichter und Stimmen. Ja, ich hörte tatsächlich in weiter Ferne Stimmen sprechen. Heidenstam schreibt in *Die Tochter des Jairus* über das Mädchen, welches im Totenreiche war und die Stimmen an ihrem Bette nur wie von ferne wahrnimmt.

Bloß als Murmeln ich höre
eure Stimmen, obgleich nah,
bloß wie Lärm weiter Höfe
draußen vor meiner Tür.

So hört es sich an, wenn man in einem Eisenbahnabteil eingeschlafen ist oder wenn man zwischen Albtraum und Wachheit schwebt. Als ich schon fast in Schlaf gesunken war, wurde ich in kalter Panik von diesen Stimmen geweckt, oder auch von verzerrten Bildern von etwas wie dem Beginn eines Traumes. Ich wagte es nicht, Brom oder Veronal zu nehmen. Außer mir vor Angst, dachte ich an die Folgen, falls ich in eine falsche Ruhe geriete und die Möglichkeit verschliefe, mir selbst zu helfen.

Am Morgen gegen vier hieb die Angst derart auf mich ein, dass ich mich im Bette aufsetzen und mir fest um den schmerzenden Bauch greifen musste. Ich war wieder in meiner Schlussphase im Garnisonskrankenhause, als ich darauf wartete, dass Polizisten mit einem Gefangenenwagen auftauchen würden. Damals hatte ich mich gefragt, ob ich auf Långholmen oder im Norrmalmgefängnis landen würde, heute dachte ich an viel Schlimmeres. In einem flüchtigen Traume hatte ich bei einem Diner Stimmen gackern hören. Als ich mich aus dem Traumzustand losriss, war da noch die Erinnerung an ein Diner vor langer Zeit, bei dem alle von den Ereignissen in Gerells Wechselstube und Johan Alfred Andersson Anders Hinrichtung gesprochen hatten.

Ich beruhigte mich, als ich auf die Beine gekommen war, und ging in die Küche, um mir heißes Zuckerwasser zu bereiten. Ich trank es mit viel Milch, und es tat mir gut. Zwar war ich jetzt der wirbelnden, kaleidoskopischen Welt aus Halbträumen und Schreckensimpulsen dieser Nacht entwischt und konnte vernünftig denken, doch blieb eine höchst reale Gefahr bestehen.

Elsas Leichnam, welcher Ida Tjernings Verdacht gegen mich hätte widerlegen können, war eingeäschert. Johannes Skades war es nicht. Ich musste nachdenken, und als ich nach der Verrichtung meiner Morgentoilette und dem Ankleiden wieder ich selbst geworden war, zwang ich meine Gedanken in klare und logische Bahnen. Es war unerlässlich, Klarheit in die Sache zu bringen. Und zwar schleunigst. Als Erstes musste ich herausfinden, ob Kaliumcyanid im Körper eines Verstorbenen abgebaut wird. Arsenik wird es nicht, das wusste ich. Es lagert sich in Haaren und Nägeln ab und kann auch in Leichen, welche schon jahrelang unter der Erde liegen, noch nachgewiesen werden.

Ich besaß aus meiner Studienzeit noch ein Kompendium der Toxikologie, fand darin aber nichts über den Abbau von Kaliumcyanid, als ich fieberhaft in den Seiten blätterte.

Was hatte Tjernings Verdacht erregt? Elsa musste noch mehr gesagt haben. Ich war resigniert und verwirrt, als ich mit dem Kompendium vor mir am Schreibtische saß. Da entdeckte ich es:

> *Kaliumcyanid hat, oft unter dem Namen Zyankali, aufgrund seines ausgeprägten Geruches nach Bittermandel in Fällen von Mord durch Vergiftung entdeckt werden können. Doch sind nicht alle Menschen imstande, Bittermandelgeruch wahrzunehmen. Man rechnet, dass fünfzig Prozent dieser Fähigkeit entbehren.*

Ich scheine zu diesen fünfzig Prozent zu gehören, denn ich habe nichts wahrgenommen. Und Elsa? Hatte sie an Skades Leiche den Geruch von Bittermandel wahrgenommen und es Tjerning erzählt? War sie seinem Leichnam so nahe gekommen?

Nun wagte ich die Angelegenheit nicht weiter aufzuschieben. Als Frida am Abend nach Hause kam, um nach mir zu sehen, bat ich sie, Ida Tjerning anzurufen und zu fragen, ob sie mich eine Woche lang vertreten könne, wenn ich verreiste, um mich zu kurieren.

»Wart ihr denn nicht ein wenig über Kreuz?«

»Diese Geschichte ist doch jetzt aus der Welt«, erwiderte ich in leichtem Tone.

Ich war starr und wachsam vor Spannung, während sie in der Diele telefonierte. Als sie zurückkam, sagte sie, Ida werde die Vertretung übernehmen. Sie brauche Geld, erklärte Frida, doch ich dachte, dass es ihr gerade recht komme, in meiner Praxis herumzuschnüffeln und in meinen Krankenblättern zu wühlen. Sie hoffte sicherlich, noch mehr zu finden.

»Gib Doktor Tjerning diese Schlüssel«, sagte ich. »Doch unter gar keinen Umständen vor Mittwoch. Ich möchte nicht, dass sie unnötigerweise hier herumrennt. Und bis dahin bleibt die Praxis auf jeden Fall geschlossen.«

Ich dachte klar und kalt, trotz meiner Magenschmerzen.

Alles war nun in bester Ordnung, und obwohl ich stark angespannt war, schlief ich in dieser Nacht ziemlich gut.

ꙮ

Drückt jemand die Türklinke herunter, erwarte ich jedes Mal, dass nun die Mitteilung kommt. Es ist aber immer nur eine Krankenschwester. Sie rennen ständig hier herum. Es wäre mir kaum möglich, am Fenster zu stehen und meine Papiere zu verbrennen. Wahrscheinlich ist es auch gar nicht nötig, dass ich mich ihrer entledige. Was sollte ich außerdem während dieser sich hinziehenden Warterei tun, wenn nicht schreiben? Frida ist zweimal hier gewesen. Sie sagte fast nichts, tätschelte mir beide Wangen, küsste mir die Hände und weinte. Auch sie hatte keine Mitteilung.

ꙮ

Vor meiner Einlieferung ins Sophiaheim verbrachte ich drei Tage in der kleinen Pension in Uppland, in der ich gewohnt hatte, als ich Frida in der Heilanstalt besuchte. Es wurden drei lange Tage. Ich schlief in einem Bette, dessen Boden aus einem heftig nachgebenden Metallnetz bestand, mit Kapokkissen, Steppdecke und – tatsächlich – reinen Laken. Ich bekam, was ich bestellte: Kochfisch mit Reis, Sahne, heißes Zuckerwasser und Reissud. Im Laufe dieser Tage besserte sich mein Zustand etwas. Sie vergingen schier unerträglich langsam. Doch ich musste meinen Plan befolgen. Mich durfte keine Panik ergreifen. Eile war jetzt nicht geboten. Am Dienstag reiste ich ab und war am frühen Nachmittag zu Hause.

Wenn man eine Dichtung entwirft, kann man sich so sehr darein versetzen, dass man sie bisweilen für real hält. So war es auch, als ich in die Wohnung in der Tegnérgatan trat: Ich war ein Selbstmörder, eine resignierte Gestalt, die sich wie ein Schatten durch die Räume bewegte. Ein Plan wie der meine ist schließlich eine Art Dichtung. Den Schluss bestimme ich selbst.

Zuerst schrieb ich den Brief an Herrelius. Ich hätte das natürlich schon in der Pension tun können, wo ich so elend viel Zeit zur Verfügung hatte. Es gehörte aber zu diesem Sichhineinversetzen, ihn am Abend an meinem Schreibtische in der Praxis zu schreiben. Nach ein paar Entwürfen, welche ich verbrannte, war ich zufrieden. Der fertige Brief lautete:

> *Bester Bruder! Nachdem Du mir empfohlen hast, zur Rekreation für einige Zeit ein Erholungsheim aufzusuchen, beschloss ich, eine Deutschlandreise zu machen. Ich hatte jedoch ein Anliegen, von welchem zu erfahren, Dich vielleicht verletzt: Ich wollte mir eine unabhängige Beurteilung meines Zustandes einholen und habe mich daher von einem deutschen Arzte untersuchen lassen. Seit geraumer Zeit habe ich nämlich den Verdacht, dass das Ulcus ventriculi et duodeni in Wirklichkeit etwas anderes ist. Du hast gesagt,*

das Geschwür am Zwölffingerdarme sei so nahe an der Bauchspeicheldrüse entstanden, dass es diese affiziert habe. Jetzt habe ich meinen Verdacht bestätigt bekommen: Es ist ein Karzinom in der Bauchspeicheldrüse.

Ich habe beschlossen, die erniedrigende und schmerzvolle Phase, die mir den Prognosen gemäß bevorsteht, nicht zu durchleiden. Ich habe Menschen an Magenkrebs, wie sie die Krankheit nennen, sterben sehen. Ich will nicht einer dieser Verdammten sein, die aus einem merkwürdigen Instinkt heraus, der bei einigen Menschen stärker ist als irgendetwas sonst, am Leben festhalten.

Nun ist es gesagt.

Nimm nichts davon auf Dein berufliches Gewissen. Doch sei so gut und hilf mir bei einer mir sehr wichtigen Sache. Ich bitte Dich.

Ich möchte unter keinen Umständen, dass ausgerechnet meine geliebte Stieftochter Frida Klepp, welche ja bei Euch im Sophiaheime angestellt ist, mich findet. Wenn Du diesen Brief bekommst, ist alles vorüber. Ich habe die Zeit so berechnet, dass von dem Moment an, da Du am Dienstag die Morgenpost öffnest, kein Spielraum bleibt. Wenn Du Dich beeilst, hierherzukommen, wird Frida es nicht vorher schaffen, falls sie aus irgendeinem Grunde morgen Vormittag ihr Elternhaus besuchen möchte. Ich schließe die Tür ab, habe aber einen Schlüssel unter die Fußmatte gelegt, damit Du hereinkannst.

Ich danke Dir im Voraus für diesen Dienst. Bruder, ich hätte selbiges für Dich getan.

Mit Achtung und Ergebenheit
Pontus Revinge

Nachdem ich den Brief eingeworfen hatte, kehrte ich in die Wohnung zurück und traf die letzten Vorbereitungen. Den Whisky hatte ich bereits vor meiner Abreise gekauft. Es war ein Ardbeg, jenes Getränk, welchem Ida Tjerning, dessen bin ich sicher, nach einem langen Arbeitstage nicht widerstehen kann. Ich schenkte zuerst einen Schluck in ein Trinkglas und schüttete anschließend ungefähr die Hälfte dessen, was noch in der Flasche war, in den Ausguss. Die Verdünnung durfte nicht zu stark werden. Durch den Flaschenhals schob ich zwei meiner Pillen aus dem Döschen mit dem Herzgespann auf dem Deckel. Ich schüttelte die Flasche und wartete, bis von dem Zusatz nichts mehr zu sehen war. Ich konnte in dem Whisky nicht einmal eine Trübung erkennen. Dann ging ich in die Praxis und stellte die Flasche und das Glas mit dem Whisky auf den Schreibtisch.

Nun lag die Nacht des Wartens in all ihrer Tristesse vor mir. Sie erschien mir endlos, war es aber nicht. Ich rechnete damit, dass Herrelius, kurz nachdem um acht Uhr die erste Post verteilt wäre, eintreffen würde. Wie die meisten Ärzte öffnete er in Erwartung von Probenergebnissen die Morgenpost sehr schnell.

Ich tat in dieser Nacht kein Auge zu, versuchte es gar nicht erst. Ich legte mich in Fridas Zimmer, um zu ruhen. Das Bett dort hat eine gehäkelte weiße Tagesdecke, und die Gardinen sind dünn und weiß und getüpfelt. Nichts sieht sehr viel anders aus als zu Fridas Mädchenzeit. Selbst das Puppenhaus mit seinen fünf Zimmern und der Küche steht noch da. Im Esszimmer ist die Puppenfrau vor dem Büfett umgefallen. Der Puppenmann sitzt mit seiner Zeitung im Salon, ohne zu lesen. Er ist hintübergekippt, starrt zur Decke und sieht aus, als wäre er tot. Das Puppenmädchen in kariertem Kleidchen und Volantschürze hat sich unter den Kristallleuchter gesetzt. Ein kleiner weißer Hund mit schwarzen Tupfen liegt neben ihr. Er wirkt ehrlich gesagt ebenfalls tot. In der Küche unten lehnt ein Puppendienstmädchen in Blau und Weiß am Herde. Ich habe nie verstanden, wozu Puppenhäuser eigentlich gut sein sollen. Etwas Lebendiges kann ich darin nicht erkennen. Doch vielleicht können Mädchen das. Ebenso leblos wie der Puppenmann auf seinem Salonsofa erscheint mir Thorvaldsens Christus, welcher im Fenster steht. Doch für Frida ist er nun mal nicht leblos.

Ihr Duft war noch in dem Raume. Ich glaubte jedenfalls, dass er noch da sei. Ich vermeinte ihn ja zu riechen.

Herrelius kam um zwanzig nach neun. Seit acht Uhr saß ich schon am Schreibtische mit dem Whisky vor mir. Als ich ihn kommen hörte, kippte ich den Schluck in dem Glase hinunter. Ich wollte nach Alkohol riechen, egal, wie schlecht es mir davon gehen würde.

Äußerst zögernd näherte er sich meiner geschlossenen Tür. An seinen Schritten hörte ich, dass er draußen kurz umherging. Dann stand er wieder vor meiner Tür. Nach einer Weile wurde die Klinke heruntergedrückt, zögernd, wie ich fand.

Schließlich öffnete er. Starrte mich schweigend an. Rief: »Revinge – um Himmels willen! Du hast doch hoffentlich nichts genommen!«

Ich schüttelte den Kopf und murmelte, ich hätte es nicht fertiggebracht.

Er legte mir den Arm um die Schultern und schob mich zur Tür. »Du hast eine falsche Diagnose erhalten«, sagte er. »Was war das bloß für ein Scharlatan, bei dem du da in Deutschland warst? Mein Lieber, komm jetzt mit. Du musst ins Krankenhaus – aber bestimmt nicht wegen irgendeines Karzinoms!«

Er war natürlich gehetzt, so wie alle Ärzte in den Tagen der Epidemie. Etwas später am Vormittag nahm er sich jedoch die Zeit, noch einmal zu mir ins Zimmer zu kommen. Er setzte sich auf die Bettkante und tätschelte mir die Hand. Mir war das unangenehm.

»Ich schäme mich«, sagte ich. »Erzähl es bitte nicht meiner Stieftochter. Noch nicht. Ich möchte es selbst tun.«

ꙮ

Frida ist in den vergangenen drei Tagen schon mehrmals bei mir gewesen. Doch bisher hat sie mir keine Mitteilung gebracht. Sie war vermutlich noch nicht in der Wohnung und weiß von nichts.

Ich sehe Knospen an den Bäumen vor dem Fenster. Es wird Frühling. Doch für mich steht die Zeit still. Die Mahlzeiten kommen auf einem Wagen, welchen man schon von Weitem auf dem Korridor scheppern hört. Das Essen wird in seiner weißgrauen Tristesse serviert. Der Sud, die Fischrouladen, das leicht getoastete Brot und die weich gekochten Eier teilen den Tag ein, bringen die Zeit aber nicht dazu, vorwärtszuschreiten. Sie dreht sich im Kreise.

ꙮ

Frida kam gestern nach der Visite und erzählte, dass ich morgen entlassen würde und nach Hause fahren könne. Was sollte ich sagen? Herrelius war der Ansicht, ich sei physisch in recht gutem Zustand, aber weiterhin der Ruhe bedürftig. Alle scheinen sich darin einig zu sein, dass meine Nerven durch die Deutschlandreise schwer angegriffen waren.

Ich sträube mich innerlich dagegen, nach Hause in

die Wohnung zu kommen. Warum muss ausgerechnet ich entdecken, was passiert ist? Und warum hat niemand Ida Tjerning vermisst?

Ich bin müde, durch und durch müde. Das Frühlingslicht ist grell. Ich werde darum bitten, dass die Vorhänge zugezogen werden. Das Licht bereitet mir Kopfschmerzen und hindert mich am Denken.

ALS WIR AN der Haustür standen, legte Frida ihre Hand auf die meine und sagte leise: »Es hat einen Todesfall gegeben, Onkel Pontus.«

»Ach … wo denn?«

Ich befürchtete, sie könnte mein Herz schlagen hören.

»Bei uns oben. Am Mittwoch vergangener Woche.«

»Und warum habe ich nichts davon erfahren?«

»Ich wollte dich damit nicht beunruhigen. Es betrifft uns ja nicht weiter.«

Wenn du wüsstest, Kind, dachte ich, während sie mir in den Hauseingang half. Langsam stiegen wir die Treppe hinauf. Als wir in die Diele traten, nahm sie mir Hut und Mantel ab und hängte beides auf. Ich zwang mich, nicht in Richtung der Praxistür zu sehen.

»Willkommen zu Hause, lieber Onkel«, sagte sie. »Setz dich schon mal ins Esszimmer, ich bringe dir gleich dein Mittagessen.«

»Wo ist es denn passiert?«, fragte ich. »Kannst du nicht endlich erzählen.«

»Im Sprechzimmer. Du wirst es gleich hören. Es war jedoch niemand von deinen Patienten.«

Sie brachte mir Kalbsbriesfrikassee, Weißbrot und Reis. Dann stand sie da und sah mich an, und mir wurde klar, dass sie mir erst berichten würde, wenn ich zu essen begonnen hätte. Das Frikassee, welches auf dem getoasteten Brote lag, nahm sich in meinen Augen wie Gehirnsubstanz aus.

»Nun mach schon, Frida«, sagte ich. »Erzähl endlich.«

»Es war Holmlund«, sagte sie. »Der Hausmeister.«

Es wurde absolut still zwischen uns. Ich muss bis in die Fingerspitzen kalt geworden sein.

Als ich schließlich sprechen konnte, bekam ich meine Stimme nicht unter Kontrolle. Ich hörte selbst, dass sie schrill klang. »Was, zum Teufel, hatte er in meiner Praxis zu suchen!«

»Es war meine Schuld. Allein meine Schuld«, sagte sie.

Sie war am Mittwoch vor ihrem Arbeitsbeginn im Krankenhause in die Praxis gegangen. Es war ein kalter Morgen gewesen, und sie wollte die Öfen einheizen, damit es nicht ausgekühlt wäre, wenn Ida kam.

Frida hatte Holmlund gebeten, in beiden Öfen Koks nachzulegen, und als er mit dem Kohleneimer kam, ließ sie ihn ins Sprechzimmer. Sie selbst goss im Wartezimmer das Fleißige Lieschen und ordnete die Zeitschriften. Als sie den Eindruck hatte, dass Holmlund ziemlich lange brauchte, ging sie hinüber, und da fand sie ihn vor meinem Schreibtische auf dem Fußboden. Sie hatte ein Geräusch gehört, aber gedacht, er poltere mit dem Kohleneimer. Holmlund war umgefallen. Sie tastete nach seinem Puls und begriff sofort, was geschehen war. Nur wenige Minuten später war Ida gekommen und hatte den Todesfall bestätigt.

Ich schwieg lange und sah auf meinen Teller mit dem Kalbsbries hinab.

»Woran ist er gestorben?«, fragte ich.

»Es war wahrscheinlich das Herz«, antwortete Frida.

»Du weißt doch, er war Trinker. Übrigens hat er sich an deiner Whiskyflasche vergriffen.«

»Woher weißt du das? Hat er nach Whisky gerochen?«

»Nein, eigentlich roch er vor allem nach Bittermandel«, sagte sie lächelnd. »Wahrscheinlich war er am Kuchenteig in der Küche gewesen. Doch der Korken steckte nicht mehr in der Flasche. Sie war zu, als ich vorher dort war. Und ich weiß, dass es ihm schwerfiel, Alkohol stehen zu lassen, wenn er welchen sah.«

»Es hätte Nunne sein können«, sagte ich. »Sonst bringt doch der Junge immer den Koks.«

»Nunne hat Grippe.«

Ich dachte einen Moment an Nunne, welcher die Flasche nie und nimmer angerührt hätte, wenn er mit dem Kohleneimer gekommen wäre. »Gefählig, gefählig«, sagte er immer, wenn er eine Schnapsflasche sah. Das hatte er wahrscheinlich von seiner Mutter.

»Ist Holmlund obduziert worden?«, fragte ich.

»Er war mit seinen Herzattacken ja schon vorher schlecht beieinander, und im letzten Jahr hat er noch ärger getrunken. Der arme Kerl. Eine Obduktion ist daher wohl nicht nötig.«

»Ist er schon beerdigt worden?«

»Nein, er liegt noch in der Leichenhalle. Im Moment gibt es ja so viele Tote. Es werden sowohl Obduktionen als auch Beerdigungen aufgeschoben.«

So war das also. Ich konnte nur hoffen, dass der Leichnam des versoffenen Holmlund, welcher jetzt in der Leichenhalle lagerte, nicht näher untersucht wurde.

»Die Flasche«, sagte ich. »Was hast du damit gemacht?«

»Die steht hier im Büfett. Du darfst jetzt aber absolut keinen Whisky trinken, Onkel Pontus. Der würde dir nicht gut bekommen.«

»Nein, bestimmt nicht«, bestätigte ich.

Stockholm, den 11. September 1919

Sehr geehrter Herr Söderberg!

Sie erinnern sich nicht mehr an mich. Ich verlange keine Dankbarkeit und keine Erklärungen. Doch ich möchte Ihnen gerne klarmachen, dass Sie in Ihrem jüngsten Buche den Pakt zwischen Autor und Leser gebrochen haben, auf welchem die gesamte Glaubwürdigkeit eines literarischen Werkes beruht. Mit Doktor Glas schufen sie einst eine unsterbliche Gestalt. Indem Sie in »Jahves Feuer« Tyko Glas einer Gesellschaft angehören lassen, welche bei Whisky-Sodas und einem Schmause mit Strömlingen, Dünnbier und Pilsner religionshistorische Fragen diskutiert, haben sie den Pakt gebrochen und einen literarischen Stoff von unschätzbarem Werte veruntreut. Sie haben eine Gestalt von tragischem Formate zu einem Banausen unter Banausen am kalten Büfett gemacht.

Sie werden vielleicht fragen: Was hindert mich daran, meine literarischen Gestalten erneut zu verwenden? Sie gehören doch mir.

Ja, sie gehören Ihnen, doch sie gehören ebenso dem Leser. Sie waren in vielerlei Beziehung ein

Vorkämpfer. In dieser Hinsicht bekommen Sie, so hoffe ich, keine Nachfolger. Womöglich würde die Wiederverwendung nicht innerhalb der literarischen Besitzgrenzen verbleiben.

Wer ist der Besitzer einer Romangestalt? Ich meine, der Autor und der ideale Leser besitzen sie gemeinsam, und beide sollten dieses ihr Besitztum als etwas Einzigartiges und Kostbares behandeln.

Mit verbindlichsten Grüßen
Pontus Revinge

Dieser Brief war das Erste, was ich nach langer Zeit geschrieben habe. Mich nach Feierabend an den Schreibtisch zu setzen ist mir nicht in den Sinn gekommen, ebenso wenig, meine Papiere hervorzuholen und mich im Herrenzimmer am Sekretär niederzulassen. Die Wohnung gehört zwar mir, doch bewege ich mich in diesen Räumen, als hätte ich nicht das Recht, irgendetwas zu verändern oder zu entfernen.

Frida hat vorgeschlagen, ich solle in eine kleinere Wohnung ziehen und mir zusätzlich eine große und moderne Praxis mieten. Sie scheint an meiner Situation etwas erfasst zu haben, worüber ich mir selbst nicht im Klaren bin. Doch ich wohne weiterhin hier. Abends gehe ich langsam durch die Zimmer. Es erinnert mich daran, wie ich die Konkursmasse meiner Eltern durchgegangen bin und ein paar Briefe, ein Buch über den Weg zu Anerkennung und Reichtum sowie ein Pillendöschen an mich genommen habe. Damals hatte ich so ein aufgeräumtes Gefühl, einen Diebstahl zu begehen. Heute brauche ich nichts zu stehlen, da alles mir gehört, und ich entferne nichts von hier. Nicht einmal die Flasche Ardbeg. Sie steht in einem Schranke eingeschlossen.

In der Zeit nach meinem Krankenhausaufenthalt hatte ich Angst. Tagsüber konnte mich jederzeit vor Schreck ein Schwindel übermannen. Er trieb mir das Blut aus dem Kopfe. Die Nasenflügel wurden kalt, und ich musste mich setzen und nach vorne beugen. Ich bekam gespenstische Magenschmerzen. Sie hatten nichts mit meinem Ulcus duodeni zu tun, denn auch nachdem es ausgeheilt war, hörten sie nicht auf. Es war, als ob sich unter dem Diaphragma ein Tier regte. Dieses Tier musste gehegt und gepflegt werden, was ich wochenlang tat. Nur langsam starb es. Das war Fridas Verdienst. Sie sprach mit mir über meine Neurasthenie, und da erzählte ich ihr aufrichtig, dass es mich unangenehm berührt habe, als Ida Tjerning Elsa obduzieren lassen wollte.

»Sie möchte womöglich das Grab deines Stiefvaters öffnen lassen. Verstehst du nicht, was sie meinem Rufe als Arzt zufügen kann, wenn sie hergeht und die Polizei einschaltet und eine Exhumierung verlangt? Und so ungerechtfertigt diese Verdächtigung auch ist, werde ich nie wieder einen Patienten bekommen, wenn erst die geistige Zigeunerbande von der Geschichte Wind kriegt.«

»Wer?«

»Die Zeitungsfritzen. Das ist von Heidenstam. Er hat sie verabscheut.«

»Du lebst in deinen Büchern«, sagte Frida. »Genau wie Ida.«

»Ihre Bücher sind jedoch gefährlich!«

»Kaum. Schon eher albern. Und jetzt mach dir keine Sorgen. Daran denkt sie doch gar nicht mehr.«

»Und wenn es ihr wieder einfällt?«

Ganz so, als spräche sie zu einem Kinde, sagte sie: »Nur weil Ida Detektivgeschichten mag, dürfen die sterblichen Überreste des armen alten Onkel Johannes nicht gestört werden. Das entscheide ich.«

Ich bin mir dagegen nicht sicher, dass in einem solchen Falle die Einwilligung der Angehörigen vonnöten ist. Doch ich muss ihr glauben. Was bleibt mir anderes übrig? Und ich muss mich darauf verlassen, dass sie mir rechtzeitig von den Plänen dieser entsetzlichen Person erzählt.

Sie hat keine Obduktion Holmlunds verlangt. Es besteht jedoch die Gefahr, dass sie irgendwann seine Exhumierung beantragt. Falls einer der Detektive in ihren verdammten Büchern sich über eine Leiche beugt und feststellt, dass sie nach Bittermandel riecht, wird sie sich erinnern. Und begreifen.

Oder gehört Ida Tjerning zu der Hälfte der Menschheit, welche diesen Geruch gar nicht wahrnehmen kann?

Dass ich wieder zu schreiben begonnen habe, rührt also daher, dass ich Hjalmar Söderbergs *Jahves Feuer* gelesen und mich gehörig aufgeregt habe. Ich setzte mich hin, schrieb den Brief an ihn und schickte ihn am nächsten Tage ab.

Das war vorige Woche. Zwei Tage zuvor hatte ich im Club Sällskapet ein Herbstessen gegeben. Schon seit Elsas Zeiten bin ich etlichen Leuten eine Einladung zum Diner schuldig. Doch als sie noch lebte, wollte ich nur Herrendiners geben, und während der Grippeepidemie blieb keine Zeit für das Gesellschaftsleben.

Im Clubgebäude stieg ich mit leicht rauschhaftem Stolze die Wendeltreppe mit dem roten Teppich hinauf und trat in den Speisesaal mit den königlichen Porträts. Ich wollte die Tafel inspizieren und die Platzkarten verteilen. Ich schaute auch in der Küche vorbei, wo ich ein

Weilchen bei der Zubereitung von Auerhahn mit glacierten Kastanien, eingemachten Moosbeeren, Sauce und runden Kartöffelchen zusah. Als Vorspeisen gab es Juliennesuppe und kleine Timbalen mit Hummer und Trüffeln, dazu Rosenbrötchen. Zum Dessert wurde Eisbombe mit gesponnenem Zucker gereicht. Alles war auf Anraten des Restaurateurs geordert worden, ebenso die Weine, denn ich kann nicht behaupten, auf diesem Gebiete sehr beschlagen zu sein.

Ich hätte an diesem Abend glücklich sein müssen. Ich hatte erreicht, was ich mir vor dreizehn Jahren, als ich es mir kaum leisten konnte, meine Schuhe zum Besohlen zu bringen, nie hätte träumen lassen. Damals war ich nicht geachtet. Heute bin ich es. Doch ich habe für das Glück vielleicht kein großes Talent und wage auch nicht, mich darauf zu verlassen, dass es anhält. Wenn ich das Gefühl habe, als würde sich der Boden unter meinen Füßen langsam heben, dann denke ich daran, dass meine Chancen, in Ruhe leben zu dürfen, fünfzig zu fünfzig stehen. Genau so viel Prozent der Menschen können wie ich den bittermandelähnlichen Geruch von Blausäure nicht wahrnehmen. Wahrscheinlich lässt es sich auch mit schlechteren Aussichten als diesen weiterleben.

Während des Diners im Club hörte ich eine Dame, Gattin eines älteren Mitgliedes der Rechtsanwaltskammer, ihren Tischherrn fragen, ob er Hjalmar Söderbergs neuestes Buch gelesen habe. Er hatte es nicht gelesen.

»Ist es ein Roman?«, fragte er.

»Nein, eigentlich nicht«, antwortete sie. »Doch er lässt darin Romanfiguren auftreten, zum Beispiel Doktor Glas.«

Es wurde noch ein Weilchen über Söderberg geredet. Als man zu einem anderem Thema überging, klopfte ich mit der Gabel an eines der vier Gläser vor mir und hielt meine Willkommensrede. Ich trank auch auf Elsas Andenken. Den Rest des Diners war ich zerstreut, bekam kaum mit, wie das Essen schmeckte, und kann mich im Nachhinein an kein Wort der Dankesrede erinnern. Trotzdem glaube ich, dass der Abend recht gelungen war.

Am nächsten Vormittag stand ich schon früh im Buchladen und fragte nach Hjalmar Söderbergs Buch. Sie mussten ein wenig suchen, denn es war bereits im vergangenen Herbste erschienen. Dass ich in den Zeitungen nichts darüber gelesen hatte, lag wohl an der Grippeepidemie. Damals war nicht viel Zeit zum Zeitunglesen geblieben.

Zwischen den Patienten blätterte ich darin und suchte den Namen Tyko Glas. Nach dem Abendessen setzte ich mich hin und las. Da fand ich ihn natürlich, allerdings erst spät in der Nacht. Ich regte mich gehörig auf und beschloss, dem Autor zu schreiben. Als ich zu schlafen versuchte, wirbelten mir die Formulierungen durch den Kopf.

Ich habe den Entwurf des Briefes aufgehoben, und wenn ich ihn jetzt wieder lese, finde ich, dass ich ihn anders hätte schreiben können. Seine Aussage ist jedoch klar, und ich stehe zu ihr. Vielleicht war Fridas Urteil richtig, doch das erfuhr ich erst, als der Brief schon im Kasten lag. Sie meinte, er sei zu altertümlich und – sie verwendete genau dieses Wort – gestelzt.

»Aber ich weiß ja, dass du so schreibst«, sagte sie.

»Das kannst du doch gar nicht wissen«, erwiderte ich und spürte, wie sich das Tier in meinem Magen regte.

Doch Frida klang ungerührt: »Irgendwann war ich mal so neugierig, dass ich an den Sekretär ging und las, was du geschrieben hattest.«

»Wann war das?«, fragte ich.

»In einer der Nächte, da Mutter ihre Stimmungen hatte. Du hast dagesessen und geschrieben, bist aber zu ihr gegangen und hast versucht, sie mit Medizin zu beruhigen. Meiner Meinung nach hättest du lieber mit ihr reden sollen. Denn danach hat sie sich gesehnt.«

»Glaubst du.«

Am liebsten hätte ich das Thema gewechselt oder das Weite gesucht. Doch ich musste es unbedingt wissen. Deshalb fragte ich: »Was hast du in meinen Papieren gelesen?«

»Alles Mögliche. Ich habe ein wenig darin herumgeblättert. Bestimmt verstehst du, dass ich neugierig war. Du hast geschrieben und geschrieben. Manchmal denke ich, du hast ganze Nächte hindurch geschrieben. Und während ich das las, habe ich gemerkt, dass du ein Dichter bist. Das war ganz offenkundig. Doch wo ist das alles geblieben, was du geschrieben hast? Darf ich es denn jetzt lesen?«

»Nein, Liebes, ich schreibe nur für mich selbst.«

»Kein Mensch schreibt doch, ohne gelesen werden zu wollen!«

Sie schaute mir direkt in die Augen. Wie Hunde habe ich Schwierigkeiten mit durchdringenden Blicken.

Als ich den Kopf abwandte, fing sie erneut an: »Ich glaube nicht, dass man nur für sich selbst schreiben kann. Ebenso wenig, wie man sich selbst liebkosen kann.«

Oh, du Kind, dachte ich. Wie wenig du weißt.

»Es ist aber so, Frida«, sagte ich. »Ich habe für mich selbst geschrieben. Ich wollte Ordnung in meine Gedanken bringen.«

»Aber darf ich denn nichts lesen? Genierst du dich für deine Phantasien und Gedanken?«

»Bist du sicher, dass es Phantasien sind, die ich zu Papier bringe?«

»Aber ja, was ich gelesen habe – bestimmt waren das eine Menge Phantasien. Eine war ziemlich schrecklich. Du bist ein Dichter, Onkel Pontus. Aber was nützt es, Nacht um Nacht zu schreiben, ich glaube, ein ganzes Leben lang …«

»Nein«, sagte ich. »Seit 1905.«

»Das ist eine lange Zeit. Das ist eine sehr lange Zeit. Du musst ganze Bücher fertig haben.«

»Nein. Ich habe das meiste weggeworfen.«

»Aber warum?«

Sie sah erstaunt drein.

»Weil es trivial war.«

»Du bist viel zu selbstkritisch!«

»Nein. Ich bin nicht sonderlich kritisch, was mein Schreiben betrifft. Doch ich finde, dass viele Momente des Lebens bei genauerem Nachdenken nicht der Erinnerung wert sind.«

»Trotzdem musst du viel über diese alltäglichen Momente geschrieben haben. Warum hast du es denn getan, wenn du sie so trist findest?«

Um die Hand zu bewegen, dachte ich. Damit die Feder läuft und die Tinte jene Schnörkel formt, welche Worte bilden, welche – ja, was eigentlich? – bilden. Eine Art Leben vielleicht.

»Bitte, lass mich was lesen …«

Dieser Blick. Jetzt war sie wieder das kleine Mädchen – und ganz ohne Koketterie. Doch es sind nur die Augen, welche so zu mir sprechen. Der vom Stoffe des Schwesternkleides verhüllte Körper ist jetzt der einer erwachsenen Frau. Sie ist verbraucht von ihrem schweren Dienst und allem, was sie an den Krankenbetten gesehen hat. Ihre Augen haben immer noch Macht über mich, wenn auch ihre Blütezeit vorüber ist. Jene unschuldigen Jahre, da sie die liebliche Frauenblüte war, sie sind auf immer dahin.

»Du kannst mich doch lesen lassen, was da liegt. Was du heute Abend geschrieben hast.«

Es war ein kurzes Stück. Ich überflog es rasch. Warum nicht? Ich hatte lange daran gesessen, und als ich es ihr gereicht hatte und ihre Augen den Zeilen folgen sah, da wusste ich, was sie las, Wort für Wort. Es war lediglich eine Reflexion, die Stimmung eines dunklen Herbstabends und die Beschreibung des Schattens, welcher sich über die Wand bewegte, als ich mich rührte.

Sie begann zu lachen. Ja, sie lachte tatsächlich über das, was ich geschrieben hatte.

»Ist es so lächerlich?«, fragte ich.

»Nein, nein, mein Lieber … Ich lache nur über deine Wortformen!«

»Das verstehe ich jetzt nicht.«

»Mein lieber Onkel Pontus, du bist dir doch sicherlich deiner zum Teil sehr altertümlichen Wortformen und Schreibweisen bewusst? So schreibt man doch heute nicht mehr. Sogar die verehrungswürdige Selma Lagerlöf hat damit aufgehört. Und offenbar sitzt du bei Kerzenlicht, wenn du nachts schreibst. Das erzählst du ja selbst. Wie sich dein Schatten im Kerzenschein regt, als ob er lebendig werden wollte.«

»Jaja«, sagte ich. »Das ist ja wohl nicht von Belang.«

»Und ob!«

»Du meinst also, ich soll mit einer qualmenden Petroleumlampe dasitzen und schreiben oder, noch schlimmer, bei kaltem elektrischem Lichte. Ich soll modern sein.«

»Aber ja! Natürlich sollst du modern sein.«

»Nein, das kann ich nicht. Ich bin nicht modern geboren.«

Sie lachte herzhaft darüber, und dann erhob sie sich und sagte, sie müsse schlafen gehen, um am nächsten Tage bei Kräften zu sein. Ihre Stimme klang jetzt viel älter. Sie gab mir die Seite zurück und strich mir über die Wange. Der Moment war vorüber.

Sie ist achtundzwanzig Jahre alt. Sie sollte nicht so verbraucht sein.

Es ist Sonntagabend. Wir haben zusammen gegessen, und eigentlich möchte ich jede Minute auskosten, die sie zu Hause verbringt. Nach dem Kaffee hat sie sich ans Klavier gesetzt und zuerst *Für Elise* und dann den *Türkischen Marsch* gespielt, mir war sehr wohl zumute, und ich glaubte mich in ihre Schulzeit zurückversetzt.

Doch das war einmal. Jene Jahre, da sie lieblich und unerreichbar war, sind entschwunden wie der Hauch eines Sommerlüftchens.

Nun hat sie Elsas Heft mit den Liedern aus Millöckers *Bettelstudent* entdeckt, und da musste ich in die Praxis fliehen. Obwohl ich beide Glastüren zur Wohnung und auch meine Sprechzimmertür geschlossen habe, ist mir, als hörte ich das Klavier unter einem ganz anderen und härteren Anschlage scheppern, dazu zwei schrille Frauenstimmen, welche einander zu übertönen und in mich einzudringen versuchen.

Trotz allem Pech ein lustig' Lied

Elsa und Sångströms Frau hatten ja auf einer Weihnachtsfeier einen pyramidalen Erfolg errungen, und der sollte sich nun wiederholen. Sie wollten sich natürlich verkleiden, und sie hatten schon Mützen besorgt, welche sie bei den Repetitionen trugen. Die große, vorderlastige Elsa und die kleine, dicke Lydia Sångström wollten flotte Studenten abgeben.

Das war unmittelbar vor Elsas Erkrankung, und für

sie wurde nichts aus der Weihnachtsfeier. Die Melodie ist ein Ohrwurm: Sie setzt sich mir ins Gehirn, und ich bekomme sie kaum mehr los.

So, Schicksal, hau nur zu!
Wir wollen seh'n, wer früher müd',
ich oder du!

Und Elsa in hohem Falsett: Ich oder du! Ich oder du!

Ich sitze hier und versuche mir auszurechnen, was geschehen wird. Es ist nicht undenkbar, dass Ida Tjerning ihre Verfolgungen wieder aufnimmt. Die Flasche habe ich selbstverständlich noch, und ich weiß, dass sie den dunklen Maltwhisky mit Rauchgeschmack nach wie vor mag. Doch es ist gar nicht einfach, Auswege zu finden, das listige Verbergen und die endgültige Lösung. Ich habe ein an S. A. Duse und Stein Riverton geschultes Gehirn wider mich, und eine gewisse Schärfe kann man ihm nicht absprechen.

Ich oder du! singt es in mir.

Denn die Katastrophe will ich nicht haben. Nein, die darf nicht über mich hereinbrechen. Mein Döschen ist noch nicht leer.

Dieser Ausweg ist nicht einfach. Vielleicht ist er nicht einmal natürlich. In mir steckt ein Wille zum Leben, ein Wille, welchen ich mir schon zweimal eingestehen musste, wofür ich mich verachtet habe.

Frida hat gerade zu mir hereingeschaut und sich verabschiedet. »Du sitzt da und schreibst«, sagte sie, und in ihrer Stimme lag Zärtlichkeit. Dann strich sie mir über die Wange und ging.

Vielleicht bin ich ein Dichter. Sie hat mich doch gefragt, ob ich mich für meine Phantasien und Gedanken genierte, weil ich nicht wollte, dass sie meine Papiere las.

Ich hätte antworten sollen: Nein, Liebes, ich geniere mich nicht. Ich bin durchaus ein bisschen stolz auf mein Talent. Immerhin fällt es mir leicht, Szenen aus dem Leben vor mir zu sehen und sie zu Papier zu bringen.

ꟈ

In Kopenhagen sind die Tage noch warm, und die Wohnung in der Allégade hat einen Balkon. Dort sitzen sie, Hjalmar Söderberg und seine Emilie. Sie hat den Teetisch mit einer Stickdecke und feinem Porzellan von Bing & Gröndahl gedeckt. Durch das Gerede weiß ich, dass sie in dieser Straße wohnen, welche auf meiner Karte beim Fredriksberg Have liegt. Seine neue Frau soll Emilie Voss heißen. Ich kann sie sehr gut ihr weiches Dänisch sprechen hören – mag es auch aus Skodsborg stammen, wo die Pflegerinnen so freundlich zu mir waren.

Soeben ist die Nachmittagspost eingetroffen, Emilie schlitzt die Kuverts auf und überfliegt wie üblich den Inhalt der Briefe. Söderberg liest die *Berlingske*.

»Etwas Besonderes?«, fragt er.

»Ja, ein Brief von Karl Otto Bonnier.«

»Sind es die Verkaufszahlen?«

»Genau.«

»Brrr«, macht er. »Weg damit! Was noch? Wer schimpft heute auf den alten Satyr?«

»Ein Herr namens Revinge.«

»Kenne ich ihn?«

»Ich glaube nicht. Möchtest du den Brief lesen? Er ist recht amüsant, denn der Herr ist fürchterlich zornig.«

»Worüber ist er denn so böse? Habe ich Gott gelästert oder die Frauenbewegung geschmäht?«

»Du hast aus Doktor Glas einen Banausen gemacht. Bestimmt ist es so, wie es hier steht. Was ist ein Banause?«

»Du und ich und die Bischöfe und ein recht ansehnlicher Teil der Menschheit sind Banausen. Weg damit!«

Dann isst er einen Marzipankuchen, hergestellt aus Mandelmasse mit einem kleinen Zusatz von Bittermandel. Er nippt an seinem Tee, bevor er mit der Zeitungslektüre fortfährt. Emilie Voss liest leise lächelnd noch immer den Brief. Dann legt sie ihn beiseite.

Oder auch nicht.

Eine Nachbemerkung

Nur wenige Romane haben einen derartigen Abscheu erregt wie Hjalmar Söderbergs *Doktor Glas.* Selbst in den 1980er Jahren wurde das Buch in einer Literatursendung im Rundfunk noch als unmoralisch bezeichnet. Junge Mediziner, die es heute ergänzend zu ihrem Studium lesen, bekunden ihren Widerwillen gegen die Geschichte des Arztes, der an einem Patienten einen Mord begeht. Als der Roman 1905 erschien, löste er eine heftige Kontroverse aus. Am schärfsten wurde er von dem Arzt Poul Bjerre angegriffen. In einem langen Artikel ereiferte dieser sich über die in seinen Augen verdrehte Sexualität Söderbergs:

> *Als sicherer Kenner hat der Autor ins Zentrum seiner erdichteten Gestalt das Geschlechtsleben gestellt, ist diese Sphäre des Daseins doch wohl die einzige, die bei ihrem Erlöschen alles andere mit in die Vernichtung reißt. Schon bei seiner Einführung wird dieser arme Impotente von der ganzen Widerwärtigkeit selbst erstickter Triebe herabgezogen, und in seiner Seele findet sich nicht die Spur einer geistigen Kraft, die sich gegen dieses Schicksal irgendwie behaupten könnte. Er kann nicht den-*

ken, ohne dass sich Trümmer verbrannter Begierden vordrängen; von seiner Wohnung aus muss er sich ständig am Anblick eines nach Porter stinkenden Bordells erquicken, und mitten auf dem Friedhof sieht er Leute Exzesse begehen, von denen Ärzte im Allgemeinen nur durch Fälle Kenntnis erhalten, die ins Hospital eingeliefert werden. Seine Klientel besteht fast ausschließlich aus heruntergekommenen armen Teufeln, die ansonsten bei zweifelhaften Hebammen in den Gassen der Randbezirke Hilfe zu suchen pflegen. Beim Whisky lauscht er nicht ohne Wohlgefallen den Schuljungenferkeleien seiner Freunde.

Niemandem ist es bisher gelungen, mehr Ekel aus der Verwesung des Geschlechtstriebes zu destillieren.

Bjerres Zusammenfassung ist so weit wie nur irgend möglich von Söderbergs zurückhaltender Schilderung von Doktor Glas entfernt, der leidenschaftlich in das Leben einer Frau einzugreifen wünscht, weil er sie liebt. Dieser Angriff besagt indes viel über seine Zeit und macht deutlich, wie Menschen sich bei der Auslegung dieses Buches von dem großen Modepsychiater leiten lassen konnten.

Glas will die Lage eines Menschen dadurch verbessern, dass er einen anderen tötet. Er tut dies auch und verhandelt mit sich selbst darüber, ob er recht getan hat und ob er eine Schuld trägt an dem, was geschehen ist. Hinter dem Tod des Opfers sieht er jedoch nicht nur seinen eigenen Willen und seine Handlung (»Leben ist Handlung!«), sondern auch eine sich im Dunkeln verlierende Kette von Ursachen. In seinem Tagebuch schreibt er:

Ich empfand keine Schuld. Es gibt keine Schuld. Der Schauder, der mich überlief, glich ganz der Ergriffenheit, die ich mitunter bei großer, ernster Musik oder bei sehr einsamen klaren Gedanken erlebe.

Söderberg wollte natürlich nicht für das Recht plädieren, einem anderen Menschen das Leben zu nehmen. Er wollte sich vielmehr in eine Situation hineinversetzen, die einen dazu bringt, es zu tun, und wie es schließlich ist, wenn man es getan hat. Das Ergebnis war eiskalt: Es gibt keine Schuld.

Das erregte die Leser natürlich und erregt sie noch heute. Söderberg vertritt jedoch nicht die Ansicht, dass der Mörder schuldlos sei. Ebenso wenig verurteilt er Glas und seine Tat. Der Leser muss ohne die Anleitung des Autors Stellung beziehen. Es gibt hier keine Hauptperson, der man uneingeschränkt Sympathie entgegenbringen kann oder die einem leidtun könnte. Der Mörder geht auch nicht den Weg der Reue und Buße wie Raskolnikoff in Dostojewskijs *Schuld und Sühne*. Er bleibt allein, melancholisch und unverbesserlich: *Es gibt keine Schuld.* Söderberg schrieb einen der ersten modernen Romane Schwedens, und der verlangte seinen Leserinnen und Lesern viel ab. *Doktor Glas* bot kein moralisches Fazit, an das man sich hätte halten können.

Der traurige Doktor hat sich seine Keuschheit bewahrt, weil er Frauen gegenüber schüchtern ist und die Probleme und Ungelegenheiten der Sexualität scheut. Er wird damit allerdings in seiner Praxis konfrontiert. Die Gewalt an der Ehefrau, die nicht mehr mit ihrem Mann schlafen will, erweckt seinen Abscheu und löst die Mordtat aus. Söderberg war sich mit seiner Hauptperson in der Kritik an der Ehe einig. Diese wurde von der Kirche gesegnet, und innerhalb ihres Rahmens ließen sich Übergriffe als »das Recht des Mannes« entschuldigen. Dass es sich bei dem Opfer im Roman um einen heuchlerischen Pfarrer handelt, überrascht deshalb nicht. Söderberg stand ein langer Kampf gegen die Kirche und die Prälaten bevor, die damals einen heute nur noch schwer vorstellbaren Einfluss besaßen.

Doktor Glas weist eine Frau ab, die eine andere Hilfe begehrt, als der Forderung ihres Mannes nach Geschlechtsverkehr zu entgehen. Sie ist nicht einmal verheiratet und will abtreiben. Glas weigert sich. Er fürchtet um seinen Ruf als Arzt und hält das Ganze für unnötig. Sie solle heiraten, und die Sache wäre geregelt.

In dieser Frage scheint Söderberg Glas gegenüber nicht kritisch zu sein. Doch das lässt sich natürlich nicht mit Sicherheit sagen. Als eine Schilderung der Zeit des beginnenden 20. Jahrhunderts spielt *Doktor Glas* in einem eigenen, von den Turbulenzen der Gesellschaft entrückten Universum. Es gibt darin keine Arbeiterbewegung, nur Angehörige einer Unterklasse, von der sich Glas am liebsten fernhält. Die Frauenbewegung hat ihn noch nicht darüber aufklären können, dass illegale Abtreibungen meist aus purer Not vorgenommen werden. Seine Sicht auf geistig Behinderte ist kühl, und er redet der Euthanasie das Wort:

> *Jeder Idiot im Eugenia-Heim kostet mehr an jährlichem Unterhalt, als ein gesunder junger Arbeiter im Jahr verdient.*

Die Stadt, welche Söderberg, der Schilderer Stockholms, um die Tagebuch schreibende Hauptfigur herum aufleben lässt, ist ebenfalls eine eigene Welt, eine Glaswelt. Es gibt in diesem sich zur Moderne entwickelnden

Stockholm keinen Gestank, keinen Lärm und keinen Schmutz. Es riecht weder nach Pferdedung noch aus Fabrikschornsteinen nach beißendem Kohlenrauch.

Von Osten her kommt ein kühler, anhaltender Luftstrom, der Dunst hebt sich, segelt langsam davon und bildet weit hinten im Westen einen langen Schleier aus rotem Staub. Kein Geratter von Lastfuhrwerken mehr, nur ab und zu eine Droschke und die Straßenbahn mit ihrem Geklingel.

Söderberg hat einen Schleier der Melancholie über das moderne Leben gebreitet. Dennoch ist der introvertierte und gehemmte Doktor zu der einzigen Handlung imstande, die nicht rückgängig gemacht werden kann. Er mordet gleichsam voll Nachdenklichkeit und glaubt nicht recht an die Göttinnen der Rache:

Sie sind nicht gekommen. Ich glaube nicht, dass es welche gibt. Aber wer weiß ... Vielleicht haben sie keine Eile. Vielleicht meinen sie, dass sie sich Zeit lassen können. Wer weiß, was sie mit den Jahren aus mir machen können. – Wer bin ich in zehn Jahren?

Ja, wer war er nach zehn Jahren? Söderberg beantwortet diese Frage in *Jahves eld (Jahves Feuer)*, das dreizehn Jahre nach *Doktor Glas* erschien. Darin sitzt der Doktor wieder mit seinen Freunden Markel und Birck beim Whisky-Soda und diskutiert über religionsgeschichtliche Probleme. Er wirkt äußerst gut angepasst. Dabei wird keinem Wort verraten, wie es in seinem Innern aussieht, ob ihn die Rachegöttinnen erwischt haben.

Doktor Glas ist ein vollendeter Roman und ein sehr tückischer Text. In seinen Neuauflagen wurde der verabscheute *Doktor Glas* zu einem geliebten Buch. Geliebt – mit einem Schauder.

Kerstin Ekman über Hjalmar Söderbergs Roman *Doktor Glas*. Erstmals erschienen als Vorwort zur Neuausgabe des schwedischen Klassikers im Albert Bonniers Förlag, Stockholm, 2010.

Kerstin Ekman

Winter der Lügen

Roman. Aus dem Schwedischen von Hedwig M. Binder. 224 Seiten. Piper Taschenbuch

Die Bewohner des Mietshauses stehen vor einem Rätsel: Warum will der Hausmeister Pär Lindholm niemanden ins Zimmer der verschwundenen Vermieterin Agda Wallin lassen? Und weshalb hat man seit Wochen nichts mehr von der Alten gehört? Sie bleibt spurlos verschwunden, woran der Winter mit seinem Schnee nicht ganz unschuldig ist, denn der verbirgt eine Leiche und damit auch Pärs Geheimnis. Bis ihm schließlich eine Bewohnerin auf die Schliche kommt ...

»Kühl, präzise und mit fanatischer Detailgenauigkeit, dabei fast wortkarg, analysiert die Autorin das Sterben der inneren Natur des Menschen, das einhergeht mit dem der Gesellschaft, in der er lebt.«

Die Welt

05/1994/03/L

Anne Holt

Was niemals geschah

Kriminalroman. Aus dem Norwegischen von Gabriele Haefs. 384 Seiten. Piper Taschenbuch

Eine beliebte Talkmasterin wird mit gespaltener Zunge tot aufgefunden, eine junge Politikerin hängt gekreuzigt an der Schlafzimmerwand: Sorgsam inszenierte Ritualmorde, die es in der Vergangenheit schon einmal gegeben hat – wieder beginnen Kommissar Yngvar Stubø und die Profilerin Inger Vik fieberhaft zu ermitteln. Doch was, wenn der Mörder ein raffiniertes Spiel spielt und kein herkömmliches Motiv vorhanden ist? Ein meisterhafter Thriller, in dem Anne Holt die Abgründe menschlicher Eitelkeiten erkundet.

»Lange nicht hat das Rätselraten um die (perfide) Lösung so düster gekitzelt.«

Westdeutsche Allgemeine

05/2290/02/R

Johan Theorin

Öland

Kriminalroman. Aus dem Schwedischen von Kerstin Schöps. 448 Seiten. Piper Taschenbuch

An einem Spätsommertag verschwindet ein kleiner Junge im dichten Nebel der Insel Öland – und wird nie wieder gesehen. Zwanzig Jahre später erhält seine Mutter einen Anruf von ihrem Vater: Es gebe ein neues Beweisstück, und er bittet sie, nach Öland zurückzukehren und die Suche wieder aufzunehmen. Dort geht das Gerücht, der unheilbringende Nils Kant sei der Mörder. Dabei war dieser längst unter der Erde, als der Junge verschwand. Oder geistert er womöglich noch immer über die weite Kalkebene von Öland?

05/2510/01/L

Johan Theorin

Nebelsturm

Kriminalroman. Aus dem Schwedischen von Kerstin Schöps. 464 Seiten. Piper Taschenbuch

Ein dunkler, rauer Winter auf der schwedischen Insel Öland. Auf dem verlassenen Anwesen Åludden, einem mystischen, beladenen Ort, zieht die junge Familie Westin ein. Die tragische Nachricht vom Ertrinken der Tochter Livia scheint die schlimmsten Befürchtungen zu bestätigen …

»Man sollte immer vorsichtig sein, wenn irgendwas zum nächsten großen Ding ausgerufen wird, aber bei Johan Theorin sind alle Lobeshymnen angebracht.«

Brigitte

Ausgezeichnet von der Schwedischen Krimi-Akademie als bester Kriminalroman des Jahres und prämiert mit dem Dagger Award für den besten internationalen Kriminalroman

05/2643/01/R

Håkan Östlundh

Nordwind

Kriminalroman. Aus dem Schwedischen von Katrin Frey. 384 Seiten. Piper Taschenbuch

Ausgestochene Augen auf einem Foto der Familie Andersson & Kjellander? Wahrscheinlich ein übler Scherz oder die hysterische Einbildung einer Mutter, der die Einöde auf der winzigen Insel Fårö zusetzt. Doch als die kleine Ellen spurlos verschwindet, sind Kriminalinspektor Broman und Kollegin Sara alarmiert. Eine Eifersuchtstat? Dann geschieht das Schreckliche: Jemand dringt in das Haus ein und erschlägt Mutter und Sohn …

»›Nordwind‹ geht einem unter die Haut.«
Gotlands Tidningar

»Eine spannende und unheimliche Geschichte.«
Hallandsposten

05/2714/01/L

Arne Dahl

Rosenrot

Kriminalroman. Aus dem Schwedischen von Wolfgang Butt. 400 Seiten. Piper Taschenbuch

Dag Lundmark war Leiter der rasch und effektiv durchgeführten Razzia. Winston Modisane mußte dabei sterben – aber war der Tod des Südafrikaners wirklich unvermeidlich? Paul Hjelm und Kerstin Holm ermitteln in einem Fall, der im Milieu illegaler Einwanderer beginnt und in der trügerischen Idylle eines schwedischen Sommers atemlos endet. Ein Fall, der mehr mit ihnen selbst zu tun hat, als sie wahrhaben wollen …

»Der schwedische Bestsellerautor Arne Dahl zählt unbestritten zu den Größten seines Fachs: Seine Thriller sind nicht nur packend, sondern auch modern, international und sensibel.«
Iris Alanyali, Die Welt

05/2291/02/R

Markku Ropponen

Reusenkadaver und andere Unannehmlichkeiten

Kriminalroman. Aus dem Finnischen von Stefan Moster. 336 Seiten. Piper Taschenbuch

Die Sonne geht nicht unter in Jyväskylä. Hell leuchtet sie auch auf die finsteren Verbrechen, mit denen sich Privatermittler Otto Kuhala ausgerechnet zum Mittsommerfest beschäftigen muss. Eine rote Frauensandale – mit dem dazugehörigen Fuß – steht am Anfang seiner abenteuerlichen Ermittlungen, bei denen ihm glücklicherweise die reizende Kommissarin Annukka Schützenhilfe leistet. Aber die Unterwelt von Jyväskylä lässt sich nur äußerst ungern in die Karten schauen …

»Ein temporeicher, packender und mit wunderbar trockenem Humor versetzter Krimi, dessen Protagonist das Potenzial zur künftigen Kultfigur aufweist. Herrlich.«
Schweizer Familie

05/2715/01/L

Ferdinand von Schirach

Verbrechen

Stories. 208 Seiten. Piper Taschenbuch

»Ein erfolgreicher Berliner Strafverteidiger erweist sich als bestürzend scharfsichtiger Erzähler, der in schlaglichtartigen Geschichten zeigt, wie sich die Parallelwelt des Verbrechens in der bürgerlichen Welt einnistet.«
Literarische Welt

»Schirach schreibt so souverän, klar und einfach, als hätte er nie etwas anderes gemacht. Er ist ein großartiger Erzähler, weil er sich auf die Menschen verlässt, auf deren Schicksale … Geschriebenes Kino im Kurzformat«
Der Spiegel

»Im atemberaubenden Erzähldebüt ›Verbrechen‹ des Rechtsanwalts Ferdinand von Schirach geht es um die Wahrheit – nichts als die Wahrheit.«
Frankfurter Allgemeine Zeitung

05/2574/01/R